Postfach 120307 | 10593 Berlin
www.transit-verlag.de

Umschlaggestaltung und Layout:
Gudrun Fröba
Druck und Bindung:
GGP Media GmbH, Deutschland
ISBN 978-3-88747-382 2

FSC
www.fsc.org
MIX
Papier aus verantwortungsvollen Quellen
FSC® C014496

Tilman Spengler

MADE IN CHINA

Roman : **TRANSIT**

INHALT

ANKUNFT

1

Leo Zwirn ist übrigens nicht aus freien Stücken nach Xi'an unterwegs. Auch wäre ein einheimisches Flugzeug nie das Transportmittel seiner Wahl gewesen. Alle Maschinen des chinesischen Luftverkehrs unterstehen seit der Befreiung des Landes vor gut zehn Jahren dem Militär. Die Geräte sind darauf eingerichtet, eine größtmögliche Anzahl von Passagieren auf einem sehr begrenzten Raum zu befördern. In den Berechnungen der chinesischen Luftwaffe ist zudem die Gestalt eines mageren Rekruten aus dem Süden des Landes das Maß aller Dinge.

Diesem Modell entspricht Leo Zwirn allerdings nicht einmal in einer vagen Annäherung. Zwirn misst von den Stiefeln bis zum Schopf seiner dunkelblonden Haare fast zwei Meter, er ist zwar schlank, doch wenn er auch nur einigermaßen den Vorgaben von Rückenlehne und Sitzfläche entsprechen will, muss er die Schultern einziehen und die Beine zur Brust klemmen.

Zwirns Bestimmungsort ist das Museum der früheren Kaiserstadt Xi'an. Hier soll der junge russische Spezialist für Museumsangelegenheiten die chinesischen Genossen »beim technischen Aufbau« unterstützen, wie es recht unbestimmt in den Dokumenten steht, die seiner Ankunft vorausgeschickt wurden.

Auch das Museumsgebäude ist ein Geschenk der sowjetischen Freunde. Es wurde Anfang der Fünfzigerjahre, also vor nicht einmal einem Jahrzehnt, gebaut und ist ein fünfstöckiger Triumph des Blauen Betons und der kargen Linienführung.

Eine besondere Geschichte wird von seinem Dach erzählt. Ursprünglich hatten die Architekten das Gebäude mit einem Flachdach entworfen, sparsam, funktional, fortschrittlich, doch bald nach der Fertigstellung murrten viele Bewohner von Xi'an, weil das kantige Gebäude, das direkt an die alte Stadtmauer grenzt, ihre Vorstellung von architektonischer Harmonie verletzte.

Eine Zeit lang wurde dieser Protest von der Parteiführung als »Überrest des feudalen Denkens« kritisiert, doch schließlich erhielt die Zweite Brigade der Städtischen Holzarbeiter den Auftrag, dem sowjetischen

Betonkörper ein traditionelles chinesisches Dach aufzusetzen. Als Beitrag zum kulturellen Miteinander. Ein schmuckes, von Hand geschnitztes Holzdach, getragen von roten und grünen Säulen. Bestückt mit den vertrauten speienden Drachen und anderen Fabelwesen, die böse Geister abschrecken. Bedeckt mit hell schimmernden gelben Ziegeln, deren Glitzern schon aus der Ferne wahrnehmbar ist.

Das gilt allerdings nicht für Tage im Frühling wie dem, an dem Leo Zwirn ankommt. Da »geben die Wolken ihre Geheimnisse nicht preis, dem Karren bricht hinter dem Ochsen die Deichsel«, wie es im chinesischen Bauernkalender vorausgesagt wird. Für die zweimotorige Maschine, die den russischen Gast nach Xi'an bringt, bedeutet die stürmische Wetterlage ein langes Umkreisen der Stadt und das plötzliche Absacken in immer tiefere Luftlöcher. Zucken Blitze? Selbstverständlich, doch erkennbar nur, wenn man sich noch traut, aus den beschlagenen kleinen Bullaugen zu blicken. Dafür flackert im Flugzeug ein unruhiges Licht. Die künstliche Belüftung ist ausgefallen, und ein scharf säuerlicher Geruch liegt wie eine Glocke über der engen Kabine der Passagiere.

Irgendwann setzt das Flugzeug dann doch holpernd und wild schwankend auf dem Flugfeld auf. Mit weichen Knien tappt Zwirn die Stufen der Gangway hinunter. Auf der Aussichtsterrasse des Flughafengebäudes, der Regen hat gerade ausgesetzt, sieht er ein Transparent, das von zwei Männern trotz des immer noch heftigen Windes hochgehalten wird, auf dem in kyrillischer Schrift hellrot die Worte stehen: »Das Provinzmuseum begrüßt aus glühendem Herzen unseren russischen Sputnik.«

Zwei Stunden später, das Wetter hat sich wieder verschlimmert, erreicht der Wagen, der ihn abgeholt hat, die Stadtgrenze von Xi'an. Dreimal musste der Fahrer aussteigen, um Schlamm zu entfernen, den die Scheibenwischer des Dienstwagens nicht beiseiteräumen konnten. Doch als viel ärgerlicher empfindet Leo Zwirn den Verlust von einem Koffer und einem Reisesack, die offenbar beim Umsteigen auf der Strecke geblieben sind. Zwirn verflucht zum wiederholten Mal den Tag, an dem er sich auf dieses Abenteuer eingelassen hat.

2

»Heute finden uns weder Bomber noch Engel,
nicht einmal eine Elster findet den Weg
unter unser Dach, schon gar nicht zwei,
nicht einmal Elstern…«

singt, wie häufig an solchen Tagen, Frau Wang, die Leiterin der Abteilung für Restaurierung und Konservierung. Manchmal summt sie auch nur die Melodie und klopft dabei mit einem Pinselstiel den Takt auf die bunt verschmierten Blechdosen und Porzellantiegel auf ihrer Werkbank. Das Reich der Frau Wang liegt im Untergeschoss des Museums, und die Restauratorin ist eine strenge Herrscherin. Nein, nicht direkt streng, doch schwer zugänglich, wie die Kollegen sagen: eine Thermoskanne, die nach außen nicht verrät, was in ihr vorgehen mag.

Recht besehen hätte Frau Wang zum Empfang des Gastes auf dem Flughafen erscheinen müssen, als dritte Figur rechts, neben dem Museumsleiter und dem Parteisekretär. Doch das böse Wetter hat gefügt, dass nur der kleine Dienstwagen zur Verfügung steht, da wäre für sie kein Platz gewesen, man will schließlich den Gast mit seinem Gepäck nicht einpferchen.

Frau Wang empfindet den heftigen Regen als einen seltenen Gunstbeweis des Schicksals. In ihrer Werkstatt fühlt sie sich beschützt von den Objekten, die auf ihre Aufmerksamkeit warten, und wenn ihre Nase gerade darauf achtet, genießt sie auch den anregenden Geruch von Lösemitteln, indischem Dammarharz und anderen Substanzen, die für ihre Arbeit wichtig sind.

Weit, weit weniger wichtig sind dagegen fremde Besucher, die unter irgendwelchen Vorwänden ihren Frieden stören. Besucher aus der Stadt etwa, die gegen Abend in ihr Reich eindringen und nur wissen wollen, was sie für eine blauweiße Vase aus dem Mittelalter verlangen dürfen, wenn sie dieses Kunstwerk pflichtgemäß der staatlichen Ankaufskommission anbieten sollten. Noch weniger Geduld bringt Frau Wang für die Abgesandten der lokalen Parteizentrale auf, die, einer Direktive der vorgesetzten Behörde nachgehend, herrisch fragen, welche »metallhaltigen«

Objekte aus dem Bestand des Museums für die Einschmelzung und Umwandlung in »versorgungswichtige« Güter infrage kommen.

Am wenigsten mag Frau Wang Besucher aus den sozialistischen Bruderländern, die ihr Ratschläge über »fortschrittliche Techniken der Konservierung und Restaurierung« erteilen wollen. Sowjetische Berater pflegen bei solchen Begegnungen ihre Nase ganz besonders hoch zu tragen und auf die Schätze aus China zu verweisen, die in ihren eigenen Depots lagern: »Sie sollten einmal das Porzellan sehen, das der König von Sachsen damals nach Dresden bringen ließ.« – »Unsere Yuan-Vasen in der Sir Percival David-Sammlung im Britischen Museum …« – »Schade, dass wir sie nicht in den Vatikan einladen können …«

Fast ausnahmslos sind es männliche Experten, die zu ihr in den Keller geschickt werden, und es erstaunt Frau Wang schon lange nicht mehr, mit welch schlichten Gesten diese Besucher versuchen, die Beschreibung einer klassischen Vasenform in ein plumpes erotisches Verlangen umzudeuten. Gut, die Reisenden sind oft wochenlang allein mit ihresgleichen unterwegs, das sorgt für einen gewissen Stau und den entsprechenden Druck im Triebleben. Und es ist auch nicht zu leugnen, dass Frau Wang in vielerlei Hinsicht einem Bild der chinesischen Schönheit entspricht, das häufiger in der Malerei als auf offiziellen Delegationsbesuchen anzutreffen ist.

»Unser Land«, sagt die Restauratorin bei diesen Gelegenheiten, »steht wirtschaftlich vor großen Aufgaben. Wir verfügen jedoch im Bereich des Kunstgeschehens über eine sehr alte Tradition, über eine Handwerkerkunst, die über Generationen weitergereicht wurde, sowie den Zugang zu internationalen Publikationen.«

Immer wieder bereitet es ihr ein heimlich gurrendes Vergnügen, diese hölzernen zwei Sätze auszusprechen. Sie befördern Frau Wang gleichsam auf Stelzen aus jeder Unterhaltung, die ins Private abzuzweigen droht. Deswegen beherrscht sie diesen Zauberspruch auch auf Russisch. Dem neuen Gast aus der Sowjetunion, dessen Begrüßung auf dem Flughafen sie zu ihrem Glück verpasst hat, sieht sie daher mit heiterer Gelassenheit entgegen.

Im Museum gilt Frau Wang übrigens kaum als Sonderling. Klar, sie ist

Anfang, vielleicht auch schon Mitte dreißig und hat noch keinen Mann. »So etwas ist einfach ungesund für eine Frau«, sagt die für das Museum zuständige Betriebsärztin, »die Eierstöcke werden starr, und von der Milz kommt keine Energie.« Die Betriebsärztin hat, das ist nicht ihre Schuld, nur eine sehr einfache Ausbildung erfahren, doch ihr Wort setzt ein Urteil, gegen das nur Schweigen als Widerspruch taugt.

Aber hat man denn Frau Wang im Museum je anders als in einer hochgeschlossenen schwarzblauen Uniform unter ihrem Kittel gesehen? Dunkel ist selbst die Baumwollunterwäsche, die im Winter kurz aus den Ärmel- und Hosenrändern dieser Uniform herausdrängt. Immerhin, auf niemanden ist mehr Verlass, wenn es um zwei ganz wichtige Dinge geht: Frau Wang hilft jederzeit, wenn es um das Abfassen eines Schreibens, insbesondere eines Schreibens an Behörden geht. Sie trifft Töne, deren Schall die dicksten Türen von Amtsstuben durchdringt. Und sie hat, zweitens, Verbindung mit Menschen, die über das ganze Land verteilt leben. Keine Spinne kann sich in einem so weiten Netz bewegen und ist dabei noch so hilfsbereit.

Was bedeutet dagegen schon, dass Frau Wang immer wieder dieses merkwürdige Lied aus den Vierzigerjahren singt, wenn sie allein vor ihrem Arbeitstisch sitzt? »Weder Bomber noch Engel, nicht einmal eine Elster findet den Weg« ist der Titel eines Gassenhauers, den der Onkel der Frau Wang seiner kleinen Nichte vorsang, als sie mit ihm und ihrem Vater die Nächte des japanischen Bombardements in einem Schutzkeller in Shanghai verbrachte. »Nicht einmal Elstern«, lautete der Refrain. Elstern sind bekanntlich Glücksbringer. Wenn sie nicht gerade stehlen.

Die Zerstörung von Shanghai ist jetzt fast zwanzig Jahre her. Frau Wang hat seither, soweit sie weiß, keine Angehörigen mehr. Alle persönlichen Dokumente sind mit dem Vater, dem Onkel und deren Aktentaschen in einer jener Nächte verbrannt. Allerdings ist der Nachname der Frau Wang hierzulande sehr weit verbreitet. Für eine ausgebildete Restauratorin liegt selbst in diesem unglücklichen Umstand noch eine Fingerspitze Hoffnung. Schon aus winzigen Fundstücken lässt sich mit etwas Geschick und Entschlossenheit lebendige Geschichte wiederherstellen.

3

Die vier alten Frauen treffen sich jeden Morgen im Park des Museums, selbst bei ganz schlimmem Wetter. Doch heute nieselt es nur leicht, und es liegt auch kaum ein Hauch von Schwefel in der Luft. Die Frauen schieben die Kinderwägen ihrer Schutzbefohlenen sauber ausgerichtet vor die zwei Holzbänke, links neben dem Marmorsockel, der bereits vor zwei Jahren für eine Statue des Parteivorsitzenden Mao angefertigt wurde. Das Denkmal ist allerdings noch nicht fertig, weil die Künstler und ihre Auftraggeber noch über dessen Höhe und den Gesichtsausdruck des Vorsitzenden streiten. Die einen wollen Mao groß und heroisch, die anderen fordern Realismus und Weisheit, wie es das Antlitz auf den Banknoten ausstrahlt.

Die Frauen rauchen dieselbe Marke wie der Vorsitzende ihrer Partei, mithin eine Luxusmarke, und bereden die Vorgänge, auf die es ankommt. Niemand in dieser Stadt, vermutlich nicht einmal der Chef des Amtes für Öffentliche Sicherheit, weiß mehr als diese Frauen von Gerüchten, geheimen Verabredungen, zusammenlaufenden Fäden oder den rätselhaft zutage tretenden Quellen des Schwarzmarktes.

Zunächst geht es um ein Flugzeug, das gestern vielleicht abgestürzt und in Flammen aufgegangen ist.

»Nicht abgestürzt, nur notgelandet.«

»Der Traktorfahrer sagt, er habe acht Fallschirme gesehen.«

»Acht ist eine Glückszahl.«

»Diese Schirme, habe ich gehört, sollen aus einer ganz besonderen Seide sein. Bin schon sehr gespannt. Feste Seide kriegt man heutzutage nur noch ganz selten. Reiner Luxus, wenn ihr mich fragt, aber nur, wenn diese Dinger wirklich echt sind.«

Der Nieselregen hat aufgehört, die Farben der Wolken über dem Park spielen von leichtem Sepia in goldgewirktes Rosa. Die vier Frauen wechseln das Thema.

»Melonen aus Hami, echte, himmlisch süße Melonen aus Hami. Morgen, ganz früh in der Kantine der Werktätigen in der Weststraße.«

»Und frischer Tintenfisch soll auch in dem Flugzeug gewesen sein.

Wenn es nicht verbrannt ist. Tintenfisch haben wir hier schon lange nicht mehr gehabt. Nur früher aus Russland. Aber das waren Konserven.«

»Die hier in unserem Museum sollen einen ausländischen Experten aus Russland kriegen, einen Russen, der schon eine schwarze Geschichte mitbringt und den sie vergessen haben, als überall im Land die Russen verschwinden mussten. Er soll für unsere Führung etwas mit den Imperialisten regeln.«

Vor der Wand des Westflügels bewegt sich mit kleinen, ruckhaften Bewegungen ein großer Regenschirm ins Bild. Er könnte einmal ein gelbes Prachtstück mit strahlend rotem Rand gewesen sein, jetzt zeigt er die scheckige Farbe von abgeworfener Baumrinde.

Dieser Schirm gehört zur Ausstattung des alten Märchenerzählers, der seit fünfzehn Jahren davon lebt, mit seiner traurig fistelnden Stimme historische Geschichten vorzutragen, die er mit dramatischen, selbstgemalten Schaubildern illustriert. Die Gemälde bewahrt er im Anhänger seines Fahrrads, der auch die Bühne ist. Über einen Kettenzug, den er mit seinen Fahrradpedalen bewegt, kann der Märchenerzähler gleichzeitig seine Geschichten vortragen und die dazugehörigen Personen auftreten lassen. Früher waren das böse Fuchsgeister und unglückliche Feen, heute sind es die Helden des Sozialismus und deren Widersacher.

Naturgemäß wechseln die politischen Helden und die Schurken oft über Nacht. Der Märchenerzähler hat dafür ein Gespür, das ihm den geheimnisvollen Nimbus eines Wahrsagers verschafft hat. Das Wort Nimbus bedeutet auch im Chinesischen »dunkle Wolke«.

Die vier Frauen begrüßen ihn daher mit scheu kichernder Freundlichkeit: »Genosse Bao, kommen Sie zu uns, wir reden gerade über alte Konserven wie uns.«

Später wird es donnern, das gehört zum Frühling, der den Staub aus der Wüste in die Stadt treibt. Die alten Frauen drehen ihre Schutzbefohlenen auf den Bauch und stopfen ein paar Lagen alter Moskitonetze über deren Köpfe, bevor sie die Kinderwägen mit wiegenden kleinen Schritten aus dem Park schieben.

4

Von der Ankunft des Russen im Museum für Kunst und Geschichte existieren noch einige Rollen Schwarzweißfilm im 8mm-Format, aufgenommen wohl mit einer Ekran 8. So heißt jene Handkamera, die Anfang der Sechzigerjahre in Leningrad hergestellt wurde.

Das Gerät wird aufgezogen wie eine Spieluhr, bringt aber nach längerem, manchmal auch schon nach kürzerem Gebrauch nicht mehr die mechanische Spannung zustande, die für eine konstante Drehgeschwindigkeit nötig wäre. Beim Abspielen folgen die Bilder dann ihrem eigenen Rhythmus. Oft brechen sie zunächst in einen ansatzlosen Galopp aus, der alles Geschehen brüsk zusammenrafft. Darauf kann dann genauso übergangslos eine feierliche, bleierne Trägheit aller Bewegungen folgen. Der kurze Streifen bestimmt so nicht nur seine eigene Zeit, er versieht die Handlung auch mit ganz unterschiedlichen Deutungen.

Daher können wir heute die fast opernhaft ausladende Handbewegung, die der junge Russe in seinem Pelzrock mit dem ausgestreckten rechten Arm vollführt, als einen herzlichen Willkommensgruß sehen. Dann war der Filmstreifen bei der Aufnahme zu rasch durchgezogen worden, weil die Spieluhr plötzlich ein hektisches Tempo aufgenommen hatte. Auf einer anderen Filmrolle können wir dieselbe Geste als ein unwirsches Fortscheuchen des chinesischen Empfangskomitees wahrnehmen. Das wäre allerdings höchst ungewöhnlich für den Geist der Epoche, es sei denn, Leo Zwirn wäre seiner Zeit um ein paar Nasenlängen voraus gewesen. Oder Filmkader.

Die Gastgeber, also der Parteikommissar und der zivile Leiter des Museums, stehen streng militärisch ausgerichtet und mit geschlossenen Fäusten an den Hosennähten nebeneinander. Ihre Mienen entsprechen den einschlägigen Richtlinien der militärischen Dienstvorschrift 772. Dieses Handbuch der Armee regelt den korrekten Gesichtsausdruck bei offiziellen Festakten. »Ernst, fest und furchtlos« sollen die Mienen sein.

Zwei lange Spruchbänder, die vom Dach des Museums herabhängen, erläutern den wenigen Passanten im Park den Anlass der Zeremonie: »Die Archäologen der Provinz begrüßen warmherzig den aus der UdSSR entsandten Kunstexperten Leo Zwirn«, steht auf dem rechten Band, dem der böige Wind immer wieder die beiden Zeichen für »warmherzig« zu einem kleinen Ballon aufbläst.

Die Schriftzeichen auf dem linken Band sind deutlich kleiner ausgeführt, weil hier mehr an konkreter Botschaft zu verkünden ist. Zusammengefasst lautet die Nachricht, der sowjetische Genosse Leo Zwirn sei als ausländischer Experte nach Xi'an gekommen, um hier an der vordersten Front archäologischen Fortschritts seinen Beitrag dafür zu leisten, »dass das imperialistische England auch auf diesem Feld in weniger als fünfzehn Jahren übertroffen wird«.

»In fünfzehn Jahren haben wir die Engländer in allem übertroffen«, erläutert der Parteisekretär des Museums, der volksnahe Beispiele liebt und daher hinzufügt: »von der Archäologie bis zur Produktion von Bratschüsseln.«

Die Einbeziehung der Bratschüsseln in den Zusammenhang von Kunstgeschichte überfordert den russischen Gast zunächst, denn auch seine junge Übersetzerin scheint sich ihrer Sache nicht völlig sicher zu sein: »Museum wird hoffentlich bald besser sein als englische Bratpfannen«, sagt sie mit einem halbherzigen Lächeln, das ängstlich um keine Nachfrage fleht. »Sehr bald besser«, fügt sie noch hinzu, um ihren Worten eine neue Klarheit zu verschaffen.

»Der Genosse Parteisekretär benutzt hier das Bild vom Museum als einem Gastmahl«, versucht sie es noch einmal. Ihr Lächeln strahlt nun Zuversicht aus. Zwirn nickt wieder höflich, als habe er die Botschaft jetzt verstanden. Er hat während der Rede anderen Gedanken nachgehangen, der Frage etwa, in welcher Tasche er seine Kofferschlüssel aufbewahrt hat. Oder ob die Gunst der Dolmetscherin eher mit einem französischen Lippenstift oder mit der Einladung, sie als Sprachlehrerin in seine Dienste zu stellen, zu gewinnen wäre.

Die Worte »Museum als Gastmahl« setzen aber plötzlich ganz unerwartete Gedankenketten in ihm frei. Bisher hat er die Institution »Museum« ohne größeres Nachdenken immer als einen Ort der Bewahrung begriffen. Als einen Ort von Schätzen, den sich eine Stadt, ein Staat bewahrt, gleichsam eine Grablege mit öffentlichem Zugang. Aber wenn man »Museum als Gastmahl« einmal weitläufig auslegt, dann kommt man schnell zum Gedanken des »Museums als Laboratorium«. ›Wie in einer guten Küche‹, denkt Zwirn, ›liegen hier doch alle Rezepte und Zutaten bereit, um an diesem Ort Neues, bislang noch nie Erdachtes, nie Gewagtes zu schaffen.‹

Auch seine beiden Gastgeber denken gerade über die Zukunft des Museums nach, doch diese Gedanken sind düster. Vor drei Monaten haben sie erfahren, dass ihrem Haus die Schließung drohe, wenn es nicht innerhalb des nächsten Jahres »von einer Flutwelle der revolutionären Kunstbegeisterung erfasst würde«, wie es im Schreiben des vorgesetzten Parteikomitees formuliert wurde. Dabei ist das Museum bereits geschlossen, einmal, weil sich im Beton bedenkliche Risse aufgetan haben, zum anderen, weil der Direktor und die Parteiführung in heftigem Streit darüber liegen, ob Kunst aus der Feudalzeit wirklich Kunst genannt werden könne. Der Streit dauert an. Dabei wissen beide Seiten um die verheerenden Konsequenzen, sollte ihnen nicht bald ein Erfolg beschieden sein.

Vor dem Museum schmiegt jetzt der Wind die Bänder mit den Schriftzeichen zu einem ausgelassenen Schlangenpaar, dann trennt er sie wieder wie ein strenger Tanzmeister. In der Schlusssequenz des Films weist das Ende des zugespitzten rechten Bandes auf den breiten Schädel des rechten Flügelmanns aus dem Empfangskomitee. Nur wenige Handbreit über dessen einfacher Ballonmütze ist ein Datum zu lesen: Der Gast aus der Sowjetunion wird hier am 7. März 1960 willkommen geheißen.

Ob die festlichen Inschriften in nicht wasserfesten und überhaupt nur schwachen Farben gehalten waren, wie später von bösen Zungen behauptet wurde, lässt sich bei dem grobkörnigen Schwarzweißfilm naturgemäß nicht feststellen.

Wer immer die Kamera führte, hat jedenfalls die beiden Texte trotz der Windstöße in einem ruhigen, senkrechten Schwenk festgehalten und dann sein Objektiv vorsichtig weiter nach rechts gelenkt, um beim Ehrengast zu verweilen. Die Aufnahmen zeigen einen jungen Mann von vielleicht Anfang dreißig, dessen rechte Stirnhälfte von langen, dunkelblonden Locken bedeckt wird. Das Gesicht ist eher oval als rund, die Nase markant, doch makellos gewölbt. Die Lippen sind anmutig geschwungen, »sehr sinnlich«, wie es die Restauratorin Wang noch am Nachmittag in eine kleine Kladde notiert, die verschlüsselt und als Dienstakte getarnt ihre Erinnerungen bewahrt. Die Restauratorin ist sehr kritisch, wenn es um Nasen und Lippen geht. Am eindringlichsten aber beschäftigen Frau Wang die Augen des Russen, mehr noch: der Blick aus diesen dunkelbraunen Augen. Man erkenne Schwermut und Sehnsucht, hält sie fest, sie müsse an einen Dichter denken, vielleicht auch an den Schöpfer anderer genialer Kunstwerke, vielleicht einen Bildhauer. In jedem Fall etwas Großes.

»Seine Frisur«, sagt der politische Kommissar, nachdem sich das Komitee zur Besprechung des Empfangs zurückgezogen hat, »diese Frisur ist mir zu unordentlich.«

»Sie ist wild«, pflichtet ihm Frau Wang bei, die heute wegen der Erkrankung einer Kollegin das Protokoll zu führen hat, schreibt aber dort das Wort »wild« dem Kommissar zu.

5

Die Museumsleitung weiß natürlich, dass Leo Zwirn nicht auf eigenen Wunsch aus Peking nach Xi'an gekommen ist. Genauso wenig, wie er damals freiwillig von Leningrad nach Peking wechselte. Sein Aufenthalt in Peking wurde, so steht es in den Akten, durch »delikate Umstände« in seiner Heimatstadt erzwungen. Über diese »Umstände« verbreitet er selbst gern Versionen und Erklärungen, die allerdings nur in Bruchstücken mit den Einträgen seiner Personalakte übereinstimmen:

»Die Bezeichnung ›Filou‹ in Bezug auf meine Person ist ein Schimpfwort, das noch aus dem Sprachschatz der bürgerlichen Reaktion stammt. Mein Lebenswandel stand stets in Einklang mit den hohen Normen der partnerschaftlichen Gleichberechtigung im Sozialismus.«

Oder:

»Es handelt sich um ein bösartiges und rein formalistisches Anschwärzen meiner Person, wenn Genosse W. behauptet, ich hätte das Restaurieren von Erzeugnissen der Sowjetkunst dazu benutzt, neue Werke für den Export in den internationalen Handel zu befördern, und dafür ›schwarze‹ Devisen verlangt und bekommen.«

Aber da nicht nur im Fall des Leo Zwirn sorgfältig geführte Aktenprotokolle aus der UdSSR und der Volksrepublik China über Schicksale wie das des Neuankömmlings bestimmen, hatte er keine andere Wahl, als sich an diesem 7. März 1960 in Xi'an einzufinden. Personalakten, ganz gleich, ob sie in Leningrad oder in Peking lagern, sind kaum einnehmbare Festungen. Ganz besonders schwer haben es die Figuren, von denen die Dokumente handeln, in diese Festungen vorzudringen. In Zwirns lederner Aktentasche befinden sich die Kopien von mehreren Dutzend Schreiben, die er teils direkt für die zuständigen Behörden verfasst, teils an Verwandte oder gute Freunde geschickt hat, von denen er hofft, sie könnten sich dort für ihn verwenden.

»Ich verwehre mich strikt gegen den Vorwurf«, heißt es in einem dieser Briefe, »ich hätte mich in der Affäre der gefälschten und ins kapitalistische Ausland verkauften Gemälde von Kasimir Malewitsch persönlich bereichert und damit als Feind und Schmarotzer der werktätigen Künstler betätigt. Der Zustand der Leinwände ließ keine Restaurierung zu und verlangte nach Neuschöpfungen der Originale. Dass diese mehrfach erstellt werden mussten, lag und liegt in der Natur der Sache. Über den weiteren Verbleib beziehungsweise Nicht-Verbleib der Objekte im Magazin unseres Museums war und ist mir nichts bekannt.«

»Nein«, beginnt ein anderer Brief, »ich weise mit allem Nachdruck die Behauptung zurück, die Tochter des stellvertretenden Kultursekretärs der Stadtverwaltung sowie die Enkelin des Generalstaatsanwalts und deren Halbschwester geschwängert zu haben. Mir sind die Genossinnen zwar vom Augenschein her bekannt, doch nur in einem streng beruflichen Zusammenhang, weil sie an meinen Zeichenkursen teilnahmen.«

Weitere Schreiben leugnen seine Teilnahme an einer spiritistischen Séance im Refektorium des Alexander-Newski-Klosters, für die er sich als Nonne verkleidet habe, und den Diebstahl eines Fahrrads in angetrunkenem Zustand.

Von seiner Personalakte in Leningrad kennt Zwirn allerdings nur jene Passagen, die ihm sein jüngerer Vetter Sascha vor anderthalb Jahren hinter der Kantine des Russischen Museums im akustischen Schutz einer lärmenden Kapelle anvertraut hat: »Immer wieder werden von Zeugen Einfallsreichtum und technisches Geschick des Leo Zwirn positiv hervorgehoben. Dazu dessen hohe Merkfähigkeit von Details und schnelles Erfassen verborgener Zusammenhänge und die erforderliche Entschlossenheit, darauf strategisch zu reagieren. Sein Lehrer, Akademiemitglied Woroschilow, hat ihn im Kollegenkreis einmal nach zwei Figuren eines Romans von Dostojewski als die gefährliche Mischung aus einem Großinquisitor und Jesus bezeichnet. Nach Einzelheiten befragt, gab Woroschilow zu Protokoll, Zwirn habe sich gleichzeitig das Vermögen attestiert, Wunder zu vollbringen und diese aus der Welt zu schaffen. Der Zeuge war bei dieser Befragung allerdings schwer alkoholisiert.«

Zu den Vorwürfen, die gegen ihn in Peking erhoben wurden, kann Zwirn sich nicht äußern, weil ihm diese noch gar nicht mitgeteilt wurden. In der sowjetischen Botschaft der chinesischen Hauptstadt hatte er nur eine Person, der er glaubte, vertrauen zu können. Das war Rita, die Stellvertreterin des Kulturattachés, die ihm ein paar Mal für seine Zeichnungen als Modell zur Verfügung stand. Ritas Ehemann arbeitete übrigens in der Konsularabteilung und unterhielt enge Beziehungen zu den chinesischen Kollegen in deren Ausländerbehörde, die auch für den Fall Leo Zwirn zuständig war. Doch gerade zu diesem Zeitpunkt stürmten die politischen Beziehungen zwischen der Volksrepublik und der UdSSR auf einen gefährlichen Höhepunkt zu, um nicht zu sagen auf einen vorläufig endgültigen Bruch.

»Die werden uns Russen hier bald alle rauswerfen, Ritotschka«, ruft Ritas Mann eines Abends durch die Wohnung im Botschaftsgebäude. Er sortiert gerade Aktenbestände und trennt das Dienstliche vom Privaten. Der Name »Ritotschka« ist eine Koseform, die er nur ganz selten anwendet, doch heute bewegt ihn ein unbestimmbarer Hauch von Abschied. Seine Frau bereitet sich gerade in ihrem Schlafzimmer auf den Auftritt eines Eisenbahnerchors von Gewerkschaftern aus Kiew vor und sucht in einer Schatulle nach einem Schmuckstück, das weitläufig mit Musik oder mit Eisenbahnen, am besten mit beiden, zu tun hat. Sie hält eine Brosche an das Revers ihres Kostüms und antwortet nur: »Gut, gut, mein Täubchen, mach nur weiter, aber reg dich nicht auf, das wird sich alles klären, wir sehen uns später, ich freue mich schon.«

Später am Abend erkennt Rita, dass diese schlichte, vielleicht ein wenig nervös dahingesprochene Aufforderung »mach nur weiter« ein verhängnisvoller Fehler war. Ihr Gatte, Alexej Anatolowitsch, findet bei diesem von Rita ermutigten Akt des Weitermachens eine Reihe von Aktzeichnungen, teils in Kohle, teils in Tinte gefertigt, in denen er unschwer seine Gemahlin wiedererkennt. Den Künstler dieser Darstellungen zu identifizieren fällt Alexej Anatolowitsch ebenfalls nicht schwer.

In der Unterhaltung der Eheleute nach der Rückkehr der Gemahlin vom Konzert des Chors der Eisenbahner aus Kiew geht es, man darf das vermuten, heftig zu. Naturgemäß wird das Argument der künstlerischen Freiheit gegen jenes der ehelichen Treue ausgespielt. Andere Vorfälle werden in Erinnerung gerufen, die ebenfalls unterschiedliche Deutungen des angemessenen Verhaltens der einen oder der anderen Seite zur Disposition gestellt haben. Der russischen Literatur ist hier für viele Vorlagen zu danken. Nein, es kommt nicht zu opernhaft spektakulären Höhepunkten zwischen Rita und Alexej. Es fließt kein Blut, Hämatome werden nach innen getragen.

Dennoch wird der Liebesvorrat des Ehepaars an diesem Abend nicht weniger ausgeplündert als die vielbeschworene »Unzertrennlichkeit« in den Beziehungen zwischen der UdSSR und der Volksrepublik China infrage gestellt.

Eines, gewiss nicht das unwichtigste Opfer, ist Leo Zwirn. Konkreter gesagt: dessen Personalakte in der Verwahrung des Amtes für Öffentliche Sicherheit in Peking. Rita hatte sie, um ihn schützen zu können, angefordert – und auch ausgehändigt bekommen. Nach dem Streit mit dem Gemahl verschwindet das Dokument zusammen mit den Aktzeichnungen. Die Vernichtung von Akten und anderen Asservaten gehört schließlich zur Routinearbeit diplomatischer Vertretungen.

6

Da das schwere Gepäck von Zwirn mit der Eisenbahn nach Xi'an befördert wird, dauert es mehrere Tage, bis die Ladung, beschriftet mit kyrillischen Buchstaben und chinesischen Zeichen, vor dem Gästehaus an der alten Stadtmauer angeliefert wird.

Um dieselbe Frist verzögert sich der Einsatz der Mitarbeiter des Amtes für Öffentliche Sicherheit, die das Gepäck des russischen Gastes nach politisch relevanten Auffälligkeiten untersuchen werden. Nein, das ist kein Misstrauen, nur der Anstoß, sich das Neue und das Fremde der eigenen Aufgabe dienstbar zu machen.

Leo Zwirn befindet sich an diesem Tag auf einer Konferenz, zu der sein Direktor, Professor Wen, geladen hat. Zwirn soll den Kollegen aus der gesamten Provinz vorgestellt werden, damit, wie es in Punkt 1 des Rundschreibens heißt, »fachlicher Austausch im allerherzlichsten Geist der sozialistischen Solidarität« vollzogen werden kann. Der Parteikommissar hat für das Treffen die Stadt Yan'an bestimmt, die gut dreihundert Kilometer nördlich von Xi'an liegt, eine Entfernung, für die ein Kleinbus kaum sieben oder acht Stunden benötigt. Es kann allerdings zu einem Problem werden, wenn der Bus sich auf dieser Reise über teilweise schadhafte Landstraßen eine Beschädigung zuzieht, die dann vielleicht erst in einer Woche behoben werden könnte.

Yan'an ist dennoch eine gute Wahl, weil sich der Name der Stadt unauslöschlich mit der Geschichte des Siegeszuges der von Mao geführten Kommunistischen Armee verbindet. In Yan'an hat Mao vor nicht einmal zwanzig Jahren seine radikalen Ansichten über die Aufgabe der Kultur und deren Bedeutung niedergelegt, wenn sie ein hilfreiches Werkzeug im Klassenkampf sein will – und der Himmel habe Gnade mit denen, die eine andere Vorstellung von Kulturarbeit haben.

Yan'an, das ist der zweite Grund für die Wahl, verfügt auf Grund der historischen Bedeutung dieses Ortes über Gästehäuser und – was noch wichtiger ist – über Köche, die früher in den bedeutendsten Hotels von Shanghai oder Peking ihre Kunst lernten. Selbst in Xi'an, immerhin einer Provinzhauptstadt, bekommen Gäste nicht jeden Tag so raffinierte Nudelspeisen serviert wie in der Kantine des Revolutionsmuseums, ganz zu schweigen von der scharf gewürzten Kamelhufsuppe, die auch als Heilmittel bei Kniebeschwerden in gutem Ruf steht.

Parteikommissar Wu schickt seinen Stellvertreter auf die Dienstreise, denn er will persönlich die Durchsuchung von Zwirns Gepäck leiten. Auch die Kuratorin Frau Wang muss zurückbleiben. Sie gilt seit ihrer Arbeit an der Wiederherstellung eines Farbdrucks, der Lenin bei der Ankunft auf dem Finnischen Bahnhof in St. Petersburg zeigt, als Kennerin der russischen Kultur und hat einmal beiläufig behauptet, das Geheimnis eines jeden russischen Mannes könne man aus dem Inhalt seines Koffers erschließen. Das habe sie bei einem berühmten russischen Schriftsteller gelesen. Ihr Vorgesetzter hält das seitdem für einen sachdienlichen Hinweis.

Naturgemäß verabschiedet der Parteikommissar die kleine Delegation am Morgen der Abreise persönlich. In seiner kurzen Abschiedsrede setzt er gleichzeitig einen Akzent auf sein Bedauern, in den nächsten Tagen einer »wichtigen Verantwortung« nachgehen zu müssen, wie auf die Hoffnung, »Genosse Zwirn« werde auf dem Weg nach Yan'an Gelegenheit finden, das Grab des legendären »Gelben Kaisers« in Augenschein zu nehmen.

»Der Erste Gelbe Kaiser«, wiederholt der Politische Kommissar, als er aus Zwirns Gesichtszügen nur blankes Unverständnis zu lesen glaubt. »Das ist etwa genau fünftausend Jahre her. Der Wichtigste unserer Vorfahren. Er kam aus dem Firmament, exakt aus dem Sternbild des Löwen«, fügt er erklärend hinzu, als Zwirns Augenbrauen noch immer fragend in die Höhe zeigen. »Das funktionierte wie euer Sputnik vor fünf Jahren. Sozialistische Kulturarbeit muss immer das Produktive im Alten für das Neue finden.«

Leo Zwirn nickt, als ihm sein Übersetzer die Worte erläutert. Er habe verstanden, antwortet er, und sein eigener Vorname sei ja Leo, was genau »Löwe« bedeute, daher kenne er sich in solchen Missionen schon seit seiner Geburt aus. Aber Scherze sind im Inventar der Ausdrucksweisen des Kommissars nicht vorgesehen, sie stimmen diesen nur misstrauisch. Also erklärt er noch einmal streng: »Der Erste Gelbe Kaiser hat die Medizin erfunden und den Kompass, den Kalender, die Mathematik und vieles mehr«, ruft er, »Melonen und das Schießpulver. Und das Bauen von Mauern.« An dieser Stelle hält der Redner kurz inne, als sei eine wichtige Information noch nicht erteilt. »Er hat China 100 Jahre regiert, vielleicht auch 118 Jahre, lebte aber viel länger, und sein Grabstein steht direkt am Weg nach Yan'an«, schließt er, »einen Besuch dort wird man nie im Leben vergessen.«

Darauf ballt der Kommissar seine hochgereckte linke Faust und bläst in eine Trillerpfeife, gleichzeitig zur Bestätigung seiner Worte und um dem Fahrer das Zeichen für die Abfahrt zu geben.

7

Die Durchsuchung der Gepäckstücke des Gastes aus der Sowjetunion beginnt nur wenige Stunden, nachdem der kleine Bus der Delegation das nördliche Stadttor durchquert hat. Der Politische Kommissar, er heißt mit Nachnamen zwar einfach Wu, hört es aber nicht ungern, wenn er »der Stählerne Wu« genannt wird, denn auch Stalin gehört zu seinen Helden, der Stählerne Wu also hat für die Aktion eine eigene Mannschaft aufgestellt. Zu ihr gehören neben der Restauratorin Frau Wang zwei zivile Angehörige des Amtes für Öffentliche Sicherheit, deren Namen vorschriftsgemäß alle sechs Monate wechseln, sowie eine ältere Genossin, die für die Erstellung des Protokolls zuständig ist. Auch das Protokoll ist, wie selbstverständlich die gesamte Operation, der striktesten Geheimhaltung unterworfen.

Zu dieser Maßnahme gehört auch, dass diese Genossin im weiteren Verlauf der Bestandsaufnahme nur unter dem Namen »Protokoll« oder »Merker« aufgeführt wird. Die Bezeichnungen »Merker« und »Protokoll« sollte nach älteren Vorschriften die neutrale Position der Schriftführer betonen. Im Zuge der revolutionären Umgestaltung gilt Neutralität aber als ein Feind des Klassenkampfes, und so hält »Merker« am Abend dieses Tages in ihrem Protokoll fest:

1. (Allgemein.) Die ersten Funde ergeben kein eindeutiges Bild, weil noch zwei weitere Gepäckstücke geöffnet werden müssen, deren Zugang aber nicht ohne erhebliche Beschädigung ihrer Sperrvorrichtungen erfolgen kann. Diese Sicherung deutet auf konspiratives Verhalten.

2. Die Garderobe besteht aus sechs Anzügen ausländischer Webart, zwölf Oberhemden einer Seide- und Baumwollmischung, vier Paar Schuhen und der üblichen Leibwäsche. Insgesamt ergibt sich der Eindruck einer bürgerlichen, vielleicht auch halbfeudalen Ausstattung. Besonders auffällig auch die mehrfach gestreiften Socken.

3. Der in einer Hutschachtel mitgeführte Vogelkäfig wurde auf dem Gebiet der Volksrepublik hergestellt, stammt aber aus der Zeit vor der Befreiung. Eine Untersuchung der Gitterstäbe als mögliches Material für eine Funkanlage wurde eingeleitet.

4. Genossin Wang wird das tragbare Grammophon mit den zwölf Schallplatten auf deren Inhalt überprüfen. Sie verantwortet auch die Auswertung der Bücherkiste, die zwanzig Bücher in russischer Sprache enthält, die revisionistisches oder konterrevolutionäres Material enthalten können.

5. Ein Beutel mit Reiseutensilien wie Rasiermesser und Rasierpinsel enthält auch sieben Lippenstifte ausländischer Produktion, nach Einschätzung der Genossin Wang vermutlich französischer Herkunft.

6. In der Innentasche des größeren Lederkoffers steckt das aufklappbare Bild einer jungen Frau in goldgelber Kopfhaube, das von Genossin Wang als »Klapp-Ikone« bezeichnet und dessen Bedeutung noch von ihr ausgewertet wird.

7. Kommissar Wu hat in einem zweiten (kleineren) Lederkoffer ausländische Medikamente sichergestellt, deren Inhalte zwecks toxikologischer Bedenklichkeit an die zuständigen Organe der städtischen Gesundheitsbehörde weitergeleitet werden.

»Das Protokoll«, eine fast fünfzigjährige Frau, die noch als Kind am legendären »Langen Marsch« und am Bürgerkrieg teilgenommen hat, heißt übrigens auch Wu, also wie der Kommissar, ist aber nicht mit ihm verwandt. In China gibt es nun einmal nur die »alten hundert Familiennamen«. Aus vielerlei Gründen hegt sie gegen ihren Namensvetter eine nicht nach außen gekehrte Abneigung. Der Stählerne Wu, das ist nur eines ihrer Motive, hat nie am »Langen Marsch« teilgenommen und sich trotzdem schnell und windig in der Partei nach vorn gearbeitet. Ein Ehrgeizling, der, wie das Sprichwort ihrer Heimat sagt, »den Rücken nicht nur beim Scheißen krümmt«.

›Ihm fehlt praktisch alles‹, denkt sie, ›besonders aber die Erfahrung persönlichen Leids: der Schmerz, einmal oder mehrfach selbst Opfer, nackte, hilflose Kreatur geworden zu sein, die Scham, selbst einmal aus blindem oder aufgeputschtem Hass einen wehrlosen Gegner niedergestochen zu haben, das Gefühl der Ohnmacht, den Wundfiebrigen nicht einmal einen Schluck Wasser reichen zu können.‹ Frau Wu hat als Gegenwehr für ihre eigenen Gefühle ein detailliertes Gedächtnisprotokoll angelegt, das sie laufend verfeinert. Wenn sie während der täglichen Arbeit oder nachts nach einem bösen Traum eine Erinnerung überfällt, bekommt sie einen so kurzen wie heftigen Schluckauf. Sie greift dann sofort nach einem kleinen Schreibblock, notiert in hastig hingeworfenen Zeichen zwei, drei Stichworte, die sie später in ihre Aufzeichnungen einarbeitet und nimmt, um nicht aufzufallen, einen Schluck aus dem Teebecher. Fast immer ist dann auch der Schluckauf vorbei.

Ihre Kollegen haben dafür keine Erklärung, halten diese kleinen Anfälle mittlerweile aber für ein natürliches Gebrechen einer Frau ihres Alters und ihrer Generation. Die jüngeren schieben ihr ein Papiertaschentuch zu. »Geht schon. Nur ganz langsam trinken! Achtmal bringt Glück!«

Frau Wu nennt in einem ihrer Gespräche mit der Restauratorin Frau Wang, der einzigen Person übrigens, der sie sich, wenn auch nicht häufig, anvertraut, noch einen weiteren Grund für ihre Abneigung gegen ihren Namensvetter, den Stählernen Wu. Nein, sie ist nie persönlich von ihm als Frau bedrängt worden. Warum auch? Sie, mit ihrem dürren Körper, dazu noch in ihrem Alter, wo sie doch weder die Verlockung sinnlicher Reize, geschweige denn das Versprechen auf politische Aufstiegschancen anzubieten hat.

»Besonders schlimm wird es mit meinem Schluckauf, wenn Wu sich eine hübsche Kandidatin für die Parteihochschule aufknöpft. Das weckt ganz schreckliche Erinnerungen.«

»Aufknöpft?«

»Verzeih, ich meine natürlich ›vorknöpft‹. Ich muss ja immer dabei sein, wenn diese Prüfungen stattfinden. So ist die Vorschrift der Partei. Und er hat die Angewohnheit, nach einer schwierigen Frage seine Finger spielerisch tastend über die Knöpfe seines Hosenschlitzes tanzen zu lassen. Als würde er Mücken jagen. Wenn er länger auf die Antwort warten muss, werden diese Bewegungen immer heftiger.«

»Ekelhaft!«

»Er tut einfach, als wäre er allein mit dieser Kandidatin im Raum, als gäbe es mich gar nicht, als wäre ich nicht mehr als der Dreck einer Fliege auf der Fensterscheibe. Nie hat er mich einmal genauer angeschaut. Nicht, dass ich so etwas je gewollt hätte, aber als Genossin verdient man schließlich einen gewissen Respekt.«

»Und dann?«

»Dann ist die Befragung beendet, und er lädt die Kandidatin zu einem Essen ein. Das nennt sich ›persönlicher Erfahrungsaustausch mit jungen Kadern‹ und wird nicht protokolliert. Ich gehe dann zwar gemeinsam mit ihnen in die Kantine, er aber allein mit ihr in den abgetrennten Privatbereich im ersten Stock.«

BESUCH IN YAN'AN

1

Wie es sich versteht, gehört auch der kleine Saal, in dem sich an diesem Abend die Delegation aus Xi'an mit den Kollegen aus Yan'an zum Abendessen eingefunden hat, zur »Abteilung für Privilegierte«, liegt mithin in einem abgelegenen, höheren Flügel des Gebäudes. Hier werden die abgenagten Hühnerknöchel, Fischköpfe, Gräten und Entenfüße, die ausgesaugten Krebsschwänze und auch die Zigarettenkippen in halbstündiger Regelmäßigkeit vom Steinboden zusammengekehrt. Hier gleiten die Getränke aus größeren, schmuckvolleren Behältern in Gläser, die umstandslos nachgefüllt werden. Hier spielt im Hintergrund ein leierndes Grammophon rumpelnde Tanzweisen, und die Kellnerinnen tragen dunkelrote, hochgeschlitzte Röcke aus Samt oder einem Samtimitat, deren Saum gut zwei Handbreit über dem Knie endet.

Leo Zwirn empfindet an diesem Abend nach langer Zeit ein Gefühl von, nein, nicht von Heimat, doch, wie er einen Tag später in einem Brief an seinen Vetter festhält, »von einem anarchischen Zuhause. Jedenfalls einem vorläufigen Zuhause, in dem viele Regeln gelten und sofort wieder aufgehoben werden, wenn sich das Machtgefüge auch nur geringfügig ändert. Alles so wohltuend unaufgeräumt. Die Regeln laufen durcheinander wie Hühner in einem Hof, über dem mehrere Habichte kreisen. Als sogenannter Experte bin ich teils Habicht, teils Huhn. Aber was genau meine Aufgabe ist, hat man mir noch nicht mitgeteilt. Der Direktor des Museums will, dass ich als sowjetischer Fachmann seine Position stütze, der Parteikommissar, so habe ich nach dem gestrigen Abendessen den Eindruck, will mich am liebsten loswerden, hat aber wohl die Weisung aus Peking, an mir festzuhalten. Gut, das haben mir die Kollegen so erzählt, als deren Augäpfelchen nach acht Lagen Hirseschnaps schon längst tizianrot umrandet und ihre Gürtelschnallen längst keine Fesseln mehr waren.«

Zwirn überlegt kurz, ob das Bild der Gürtelschnalle als Fessel des Leibes nicht zu gewollt literarisch klingt, schlimmer noch: nach einem schludrig geschriebenen Roman. Dabei fällt ihm ein, dass sein Füllfederhalter bald leer sein wird. Das Gästehaus hat ihn ausreichend mit Tinte versorgt, sogar ein Extrafläschchen auf das Nachtschränkchen neben dem Bett gestellt. ›Warum eigentlich auf das Nachtschränkchen?‹, fragt er sich jetzt, ›Glauben die hier etwa, ich wache nachts auf und suche als erstes nach einem kleinen Tintenfass?‹ Er wirft einen Blick über seine linke Schulter und sieht, dass auf dem braunen Schränkchen eine nur noch zur Hälfte gefüllte Schnapsflasche steht. Im Schein der Nachttischlampe, die Zwirn seit seiner Ankunft vergeblich auszuknipsen versucht, schimmert ihr Inhalt wie milchig gebrochenes Wasser. Über dem Boden der Flasche schwimmt ein graugrünlich gepanzertes Tier, vielleicht eine kleine Echse, den Kopf zum Betrachter gerichtet. Der Russe klopft dem Tier einen kurzen Gruß ans Glas, plötzlich erlischt das Licht.

Zwirn findet ein weiteres Tintenfass in der Schublade, füllt nach und gießt sich einen Schluck aus der Flasche mit der Echse in sein Zahnputzglas. Seine Handschrift, registriert er zwei Absätze weiter, nachdem er seinen Brief an den Vetter fortgesetzt hat, zeigt kaum Abweichungen von ihrem vertrauten Erscheinungsbild.

»Es wird hier übrigens angenehm ausgiebig getrunken und das in einer Abfolge, die so schwer zu berechnen ist wie ein nicht gezinktes Kartenspiel. Der Spielregel: süße Limonade sticht Hirseschnaps, Hirseschnaps muss mit schwerem Rotwein bedient werden, schwerer Rotwein fordert kubanischen Rum, habe ich mich gestern nur mit großer Anstrengung beugen können. Alles in allem aber eine glückliche Erscheinungsform des Anarchismus.«

Zwirn überlegt gerade, ob man in einem Brief die politisch brisanten Wörter »anarchisch« oder »Anarchismus« mit der ihm eigenen Leichtfertigkeit verwenden soll, da tritt, nein hüpft, gleichzeitig mit oder besser vor seinem Anklopfen, der Hausmeister ins Zimmer. Seine linke Hand ist zu einer Art proletarischem Gruß erhoben, in der rechten trägt er eine Glühbirne, die er in die Nachttischlampe einschraubt.

»Strom«, sagt der Hausmeister, ein Wort, das Zwirn aus seinem chinesischen Lehrbuch noch nicht kennt. Dann leuchtet es wieder unter dem Schirm, und der Hausmeister hüpft grußlos davon. Zwirn beschließt, erst später über diesen Vorfall nachzudenken, und beugt sich wieder über seinen Brief.

»Deswegen musst du auch verzeihen, mein lieber Sascha, wenn mein Brief etwas torkelt. Ich bringe ihn auch nur deswegen zum Abschluss, weil hier der Postverkehr nach Auskunft meiner Kollegen noch so verlässlich funktioniert wie im Zarenreich. Das hängt damit zusammen, dass Yan'an durch seine Geschichte mit Mao in der Revolution den Status einer Heldenstadt genießt, Briefe von hier werden von Habichten und nicht von Hühnern weiterbefördert. So etwas Ähnliches wollte ich vorhin mit dem Bild vom Hühnerhof andeuten, da war ich aber beim Schreiben noch nicht so nüchtern wie jetzt, wo mir bald schon wieder die Tinte ausgeht.

Trotzdem eine wichtige Bemerkung vor der Schlussumarmung, lieber Vetter: Alle Welt erzählt mir, dass die Beziehungen zwischen unserer UdSSR und der Volksrepublik vor dem Ende stehen, wenn sie nicht bereits das Ende hinter sich haben. Ehrlich gesagt, ich habe hier keine noch so kleinen Schnipsel von Informationen, wahrscheinlich, weil mir meine Papiere abhandengekommen sind. Kannst du mir Verlorenem da weiterhelfen? Ein chinesischer Kollege, der in Xi'an nach historischen Knochen oder Helmen aus Bronze oder was weiß ich forscht, hat mir gestern anvertraut, dass es hinter dem dortigen Bahnhof einen kleinen Laden gibt, in den nach wie vor bester Beluga und erstklassiger Wodka aus Weißrussland geliefert werden. Ich betrachte das als Zeichen der Hoffnung und bitte dich, in diesem Sinne auch Freunde zu trösten, die mich vielleicht vermissen mögen. Sag ihnen, ich sei verzweifelt und bereit, meine wildesten Phantasien auszuleben. Wie stets wünsche ich euch fremde Welten und tiefe Klänge...«

2

Die Briefmarke, die Zwirn im Postamt gegenüber dem Gästehaus von einem sehr jungen Mann, fast noch einem Kind, erwirbt, zeigt das Profil des Parteivorsitzenden aus der Zeit, in der er Anfang der Vierzigerjahre über die Zukunft des Landes befindet. Auf den ersten Blick wirkt Mao auf dem Bild vielleicht eine Spur zu gut ernährt, bedenkt man, wie entbehrungsreich die Jahre waren, die gerade hinter ihm liegen, der Marsch durch die Sümpfe, das Durchkreuzen der Wüsten, das stürmische Hangeln an dünnen Seilen über steilste Schluchten – die Geschichten des »Langen Marsches« sind ja bestens bekannt. Ein wenig ungewöhnlich ist daher auch die Gesellschaft, in welcher der Parteivorsitzende sich befindet: Über ihm schwebt eine Figur, in der auch ein nicht auf Asien spezialisierter Kunstverständiger wie Zwirn fast auf den ersten Blick Guanyin, die buddhistische Göttin des Mitgefühls, erkennen kann. Umgeben wird diese Gestalt von mehreren weiblichen Wesen, die auch Mao offenbar umtanzen und deren hauchdünne Schleier, wie man früher gern sagte, ihre anmutigen Körper eher verdeutlichen, als sie zu verbergen.

Es ist ein prächtiges, ein auffälliges Postwertzeichen, und Zwirn kauft gleich ein Dutzend der Marken. Er kennt natürlich das Porto für einen Luftpostbrief und hat auch längst schon gelernt, die zwei Zeichen für sein Heimatland korrekt auf den Umschlag zu schreiben. Und nicht nur diese beiden. Für einen Anfänger sind das sehr komplizierte Zeichen. Jeden Tag lernt er ein paar neue hinzu. Es hilft ihm dabei, sein schon bei früheren Gelegenheiten erwiesenes Talent, bildliche Vorlagen verlässlich im Hirn abspeichern und dann noch Wochen später fast originalgetreu reproduzieren zu können. Zwirn selbst nennt das spöttisch seinen »ganz persönlichen Anteil am humanen Affenerbe«. Allerdings wünscht er sich an manchen Tagen und nach vielen zerknüllten Blättern im Papierkorb, die chinesische Schrift wäre von ihrer Struktur her so übersichtlich angelegt wie, sagen wir, die streng abstrakten Kunstwerke von Kasimir Malewitsch, denen früher seine Aufmerksamkeit gehörte.

Um sicherzugehen, beim Adressieren keinen Fehler gemacht zu haben, zeigt Zwirn den Umschlag einer Kollegin, Expertin für Vasen aus der späten Ming-Dynastie, mit der er sich in der vorgestrigen Nacht nach zwei Walzern über klassisches Aktzeichnen unterhalten und deren Russisch sich selbst zu vorgeschrittener Stunde noch als sehr brauchbar erwiesen hat.

»Ich würde das auf keinen Fall abschicken«, sagt die Kollegin, die den Brief kurz in die Hand genommen, gemustert und gleich wieder fallen gelassen hat. »Auf keinen Fall«, wiederholt sie, jede Silbe mit einem Taktschlag ihres ausgeprägten Kinns verstärkend. Dabei fixiert sie den Mann, in dessen Armen sie sich noch vor kurzem schmiegsam nach den Takten von Johann Strauß bewegt hat, mit einem vorwurfsvollen Blick, als sei ihr nicht der Umschlag, sondern der Anstoß erregende Inhalt eines Schreibens zur Überprüfung vorgelegt worden.

So jedenfalls kommt es Zwirn vor, der sich mit einem Schlag gleichzeitig schuldig und bloßgestellt fühlt. In seinem Kopf zieht jetzt noch einmal Zeile für Zeile seines Schreibens an den Vetter in Leuchtschrift vorbei. Diese Leuchtschrift blinkt immer dann besonders grell, wenn die Wörter »anarchisch« oder »Anarchismus« auftauchen. Weder in der Volksrepublik China noch in der Sowjetunion wecken diese Ausdrücke bei wohl- oder übelmeinenden Lesern eine positive Gedankenkette. Zwirn hat da bereits äußerst unangenehme Erfahrungen gemacht, damals, als ihm die Begründung für die Verschickung nach Peking eröffnet wurde. Plötzlich erinnert ihn seine Nase an den Gestank von Arrestzellen in Leningrad, in denen er bereits mehrfach zwei oder drei Nächte verbringen musste.

»Mein Brief ist privat und enthält keinerlei politische Provokation. Ich will nur meinem Vetter und meinen Freunden ein kleines Lebenszeichen senden. Wie es hier aussieht, was wir essen, welche Kunstwerke wir schätzen. Glaubst du etwa, ich treibe hier Spionage?«

Die Kollegin bleibt für einen Moment stumm und blickt auf ihre ausgestreckten Handflächen, die sie wie zum Empfang oder Überreichen einer Gabe nebeneinander geöffnet hält. Dann streicht sie über ihren Rock, als müsse sie diesen tief über die Knie verlängern.

»Niemand redet hier von Spionage, aber du bist Ausländer und kennst nicht die Regeln, die bei uns gelten.«

»Soll ich dir den Brief vorlesen? Oder willst du ihn selber lesen?«

Die Kollegin faltet jetzt die Hände und sagt gelassen: »Das ist nicht nötig.«

»Aber ich bestehe darauf«, ruft Zwirn. »Du wirst sehen, ich behandle alles hier mit großem Respekt. Auch das Denkmal eures Urkaisers. Auch den Postverkehr. Auch über eure Frauen schreibe ich nichts Respektloses. Ich habe auch niemanden denunziert. Das ist auch ganz und gar nicht meine Art. Ganz im Gegenteil. Oder …«, an dieser Stelle überkommt den

Russen ein böser Verdacht, »oder heißt das, ihr habt den Brief bereits gelesen, während ich nicht in meinem Zimmer war?«

»Es geht nicht um den Inhalt des Briefes«, sagt die Kollegin, »der Inhalt geht mich überhaupt nichts an, ich arbeite nicht für die in diesem Fall zuständigen Organe, das ist überhaupt nicht meine Verantwortung.«

»Und worum geht es?«

»Es geht mir nur um den Briefumschlag.«

»Den Umschlag?«

»Genau gesagt geht es um die Briefmarken, die du gekauft und darauf geklebt hast.«

»Das verstehe ich so wenig wie der Goldfisch das Klavierspiel, selbst wenn er auf dem Flügel schwimmt.« Zwirn ist immer noch erregt, doch die Spannung lässt fühlbar nach. ›Zu wenig Porto‹, denkt er, ›das wird ja wohl kein Verbrechen sein. Verwunderlich nur, dass die Kollegin ihre Erklärung nicht mit einem Lächeln einleitet.‹

»Es gibt seit einigen Jahren keine Briefmarken, die den Vorsitzenden Mao abbilden. Das hat politische Gründe und folgt strengen Regeln. Was du also eingekauft hast, sind schlicht Fälschungen. Entweder Fälschungen für Geld oder Fälschungen zur Verfolgung bösartiger politischer Ziele.«

»Also Ramsch?«

»Viel schlimmer! Wenn du den Brief mit diesen Marken in den Postkasten eingesteckt hättest, wäre er nie in deiner Heimat angekommen, das ist noch das Geringste. Aber in kürzester Zeit hätten dich die Genossen vom Amt für Öffentliche Sicherheit ausfindig gemacht und dich beschuldigt, regierungsfeindliche Briefmarken in Umlauf gebracht zu haben. Daraus wäre für uns alle großer Schaden entstanden, wir sind ja deine Kollegen und tragen für dich Verantwortung.«

»Ich habe die Marken ganz normal in einem Postamt gekauft, direkt auf der anderen Straßenseite, gegenüber unserem Gästehaus.«

»Und wer kann das bezeugen? Warst du allein?«

»Der Verkäufer natürlich, ein junger Kerl, für mich fast noch ein Kind. Ich habe ihn gar nicht besonders beachtet. Ich habe ihm nur den Umschlag gezeigt und die Adresse, da hat er genickt und mir die Marken über den Tresen geschoben.«

Zwirn ruft sich den Vorgang in Erinnerung. Ja, er ist allein in dem Amt gewesen, der Verkäufer trug keine Postuniform, nur ein weißes Unterhemd und gepunktete Hosen, als sei er gerade aus dem Bett gekommen. Doch diese Hosen waren auch nichts Auffälliges. In China, hat er gelernt, trägt man offenbar häufig dieselben Hosen zur Tages- wie zur Nachtzeit. Frauen wie Männer. Gerade wenn die Temperaturen angestiegen sind und nicht mehr zwischen Sonnenaufgang und Sonnenuntergang unterscheiden wollen.

»Kannst du sein Gesicht beschreiben oder seine Körpergröße?«, fragt die Kollegin, deren Stimme jetzt weniger besorgt, vielmehr schnurrend klingt, so wie bei jenem letzten Langsamen Walzer, als sie gegen Ende sagte: »Vielleicht später, bei einem anderen Mal, mein Täubchen.«

Das russische Wort »Täubchen« hatte ihn so heftig getroffen wie ein plötzlicher Zahnschmerz. Zwirn ist bei seiner Muttersprache sehr empfindlich, er mag als Mann nicht »Täubchen« genannt werden, das verletzt seinen Stolz. »Täubchen« nannte ihn zum letzten Mal eine längst verstorbene Großtante, die für Kinder noch Gewänder aus der »guten Zeit« aufbewahrte. Diese Kleider sahen alle aus wie Mädchenkleider, waren es vielleicht sogar, und Zwirn erinnert sich mit Schrecken an eine braunstichige Photographie, die ihn mit langen, bis auf die Schultern herabfallenden Locken zeigt.

»Nein«, antwortet Zwirn grummelig, ohne auf den Grund seiner plötzlichen Verstimmung einzugehen, »ich kann mich beim besten Willen nur an Einzelheiten erinnern, deren Fehlen, also deren Abwesenheit mir aufgefallen ist. Also die fehlende Uniform des jungen Mannes, die ich schon erwähnte. Was mir im Nachhinein auch noch merkwürdig vorkommt, ist, dass er nicht nach Knoblauch gerochen hat. Jeder riecht in dieser Stadt nach Knoblauch, Junge wie Alte, Frauen wie Männer, aber dieser Verkäufer roch eben ausdrücklich nicht nach Knoblauch. Das fällt mir aber erst jetzt ein. Und dann noch ein Drittes: Der kleine Kerl war oder ist bei all seiner Unscheinbarkeit von einer umwerfenden Höflichkeit. Vorbildliches Benehmen, wenn du verstehst, was ich meine.«

»Höflichkeit?«, fragt die Kollegin, die mit einem energischen Griff der rechten Hand einen Stift und ein quadratisches Notizheft aus der linken

Brusttasche ihrer Bluse gezogen hat. »Was genau soll das heißen? Kleinbürgerliche Manieren? Ein Duckmäuser?« Ihre hellrote Zunge gleitet zweimal flink über die Spitze des Schreibgerätes. Ihre Knie hält sie unter dem Rock eng gegeneinandergepresst. Zwirn ist kurz irritiert, einmal, weil das Hervorziehen des Notizheftes gleich zwei Knöpfe der Bluse geöffnet hat, zum anderen, weil der Einband des Heftes einen Schwarm von Goldfischen zeigt, der ihn zu bitteren Rückschlüssen auf den Geschmack der Besitzerin zwingt. Am meisten verstört ihn jedoch, dass dieses Gespräch merklich eine andere Richtung zu nehmen scheint. Vertraulich, ja, fürsorglich hat es begonnen, jetzt durchweht ein wahrnehmbarer Hauch von Schwefel das Geschehen. Für eine Unterhaltung unter Kollegen verwenden die Beteiligten nur in besonderen Fällen schriftliche Notizen.

»Höflichkeit ist in sozialistischen Ämtern oder Kaufhäusern so außergewöhnlich abwesend, dass ihr Erscheinen auffällt wie sonst nur ein Ladendiebstahl«, fährt Zwirn fort, der beschlossen hat, das kleine Heft der Kollegin einfach nicht zu beachten. »Gut, es kommt natürlich auch zu Ladendiebstählen, die nicht bemerkt werden, wie das ja auch bei einem Anfall von Höflichkeit passieren kann, aber das ist selten. Ich will damit auch nur sagen: Man müsste einmal an einer Theorie der auffälligen Abwesenheit arbeiten. Gerade in der Kunstgeschichte ist man doch mehr damit beschäftigt, das schreiend Vorhandene zu erfassen als das schreiend Fehlende.«

»Interessant«, sagt die Kollegin, ohne aufzublicken, züngelt noch einmal kurz über die Spitze ihres Stiftes und schreibt dann schnell weiter. Eine chinesische Zigarettenlänge später klappt sie das Büchlein zusammen, lässt es zurück in die Tasche der Bluse gleiten und schließt gelassen auch wieder deren zwei Knöpfe.

»Man müsste also, behauptest du, zur vollständigen Erfassung einer Person, eines Vorfalls oder eines Objektes eine spezielle Liste von auffälligen und unauffälligen Abwesenheiten anlegen«, fasst sie jetzt ihre Gedanken und das für eine höhere Instanz später zu verschriftlichende Ergebnis ihrer Unterhaltung zusammen, »für mich ist das wirklich interessant.«

Zwirn hat seit langem eine fast körperliche Abwehr entwickelt, sobald das in jeder Sprache dieser Welt dümmliche Wort »interessant« fällt. Das gilt auch jetzt, wo es aus dem Munde einer weiblichen Person kommt, die gerade mit einem Stift und der Knopfleiste ihrer Bluse gespielt hat. Andererseits ist Zwirns Geschlechtsleben seit dem unglücklichen Ausgang seiner Affäre mit Ritotschka in Peking auf Träume und wild neu zusammengefügte Wunschbilder angewiesen.

Daher lässt er sich nicht einmal von dem Wort »interessant« davon abhalten, sich mit der Kollegin zum Abendessen zu verabreden. Der Abend beginnt, wie es sich gehört, in der Abteilung der Kantine, die für privilegierte Gäste reserviert ist. Heute Abend sind sie dort allein, sieht man einmal von der Bedienung ab, die sie nur unauffällig beobachtet.

3

Am nächsten Morgen taucht das Wort »interessant« gleich mehrfach wieder auf, diesmal im Bericht der Kollegin aus dem Bereich der Ming-Forschung, die übrigens in russischer Umschrift mit Vornamen Lili heißt.

Es könnte »interessant« sein, schreibt Lili in einem ersten Bericht an die zuständige Stelle ihrer Organisation, sogar »sehr interessant«, dem Hinweis des »ausländischen Gastes« nachzugehen, dass auch eine Systematik des »Nicht-Vorkommens« von erheblicher Bedeutung für das Erkennen einer allgemeinen oder einer besonderen Gefährdungslage wäre. So könne sie jetzt ein annähernd exaktes Bild, praktisch ein Negativ und ein Positiv, des Kollegen aus der Sowjetunion anfertigen. Eben nicht nur, um ein paar Beispiele zu nennen, über die Gerichte bei Tisch, die er bevorzugte, sondern genauso über solche, bei deren Aufnahme er ausgesprochenen Ekel gezeigt habe, wie etwa der sehr speziell zubereiteten sauren Kamelhufsuppe. Oder bei der Auswahl der Getränke, da sei die süße Limonade stets unberührt geblieben. Interessant sei auch der Wortgebrauch des Ausländers, also die Ausdrücke, die er benutzt – oder eben auf keinen Fall verwendet. Mehr dazu finde sich in ihrem nächsten Bericht mit wörtlichen Übersetzungen aus der Fremdsprache.

»Am Morgen nach dem Abendessen haben wir gemeinsam Pingpong gespielt«, hält sie in einem weiteren Absatz fest. »Zwirn spielt nicht zur körperlichen Ertüchtigung, er spielt, um zu gewinnen. Beim Zählen der eigenen Punkte entwickelt er zu seinem Vorteil neue Zahlenfolgen, durch die sich der Stand des Gegners automatisch verringert.«

Zu seinen positiven Merkmalen, so steht es in ihrem Bericht, müsse die Fähigkeit des Fremden gezählt werden, auch mit unbekannten Herausforderungen fertig zu werden. Eine von unserer Partei abweichende politische Festlegung sei auch bei Themen nicht erkennbar, in denen es zwischen den Standpunkten der sowjetischen und der eigenen Führung zu Differenzen gekommen sei. »Der kluge Fisch bewegt sich mit dem Wasser«, habe er als die gültige und wahrhaftige Deutung der Lehren des Großen Vorsitzenden bezeichnet.

In Fragen der bildenden Kunst habe sich der Russe ausdrücklich zum sozialistischen Realismus bekannt, weil dieser von jeher das Ausdrucksmittel der Arbeiterklasse sei. Kunst bedeute ja seit ihrer Entstehung die Unterscheidung zwischen »wahr« und »falsch«.

Im letzten Absatz kommt Lili auch noch auf die Kleidungsstücke des Leo Zwirn zu sprechen, genauer: auf jene, die er sofort und solche, die er überhaupt nicht abstreift. Hier sind ihr die graugestreiften Socken der zu observierenden Person aufgefallen, doch nach kurzem Nachdenken schüttelt sie heftig den Kopf, sodass ihr langer, seidenschwarzer Zopf leicht ins Pendeln kommt. Sie greift zur Schere, schneidet die Passage aus dem Bericht und verbrennt den Papierstreifen sorgfältig mit der Glut ihrer Zigarette im Aschenbecher. Zwar dürfen auch winzige Details wie etwa graugestreifte Socken, das hat Lili in der Schulung gelernt, nicht unterschlagen werden. Dennoch: Als Berichterstatterin darf man sich als aufmerksam und verantwortlich, aber keineswegs als übereifrig zu erkennen geben. Das gilt auch für das Private.

4

Kommissar Wu, der Stählerne Wu, hat den Bericht von Lili dreimal sorgfältig gelesen und verpasst dem Dokument den obligaten Stempelabdruck, bevor er es dem Gesamtdossier über Zwirn hinzufügt. In einer Pappschachtel liegen bereits das Protokoll der Untersuchung von Zwirns Gepäck und seit gestern die schriftliche Analyse zu den toxikologischen Befunden über die Medikamente aus dem kleinen Lederkoffer.

Diese Befunde erfüllen den Kommissar immer noch mit einem Gefühl der Befriedigung, wie er es sonst nur kennt, wenn er einen Täter nicht nur überführt, sondern ihn auch noch zu einem gerichtsverwendbaren Geständnis gebracht hat.

Die Genossen vom Städtischen Gesundheitsamt haben nur zwei Tage gebraucht, um die Substanzen in den nicht näher etikettierten braunen und grauen Fläschchen zu identifizieren. In die Sprache des Laien übersetzt handele es sich um Extrakte von Morcheln, insbesondere von Stink- und Spitzmorcheln, vom Glänzenden Lackporling und dem Dunkelrandigen Düngerling, zusammengefasst: von Pilzen, denen allen der Ruf anhängt, entweder die männliche Zeugungskraft oder die weibliche Lust zu stärken. Das Labor habe die Fläschchen nach der Analyse mit Ersatzstoffen nachgefüllt, wieder verschraubt und in den Lederkoffer zurückgepackt, ohne Spuren zu hinterlassen.

›Es handelt sich also‹, denkt Kommissar Wu, ›recht beurteilt, um ein kleines, doch gut knatterndes Feuerwerk von vier Glücksfällen. Wir haben hier erstens einen ausländischen, somit international erfahrenen Experten, der nach Auskunft der Genossin Lili in Kunstfragen so ungewöhnlich vielfältig zu verwenden ist wie bei der Fahndung nach politisch Verdächtigen. Was, nebenbei bemerkt, polizeitaktisch wohl ertragreich miteinander zusammenhängt. Wir verfügen zweitens über deutliche Hinweise, dass der Lebenswandel dieser Person durch ein ihn ständig gefährdendes Triebleben leicht zu überwachen ist. Wir haben es drittens, das gefällt mir ganz besonders, mit einem Ausländer zu tun, der in keiner offiziellen Meldeliste geführt wird, außer eben der unseren. Ein Mann ohne Zugehörigkeit. Woher er, viertens, seine männlichen Lock- und Kraftstoffe bezieht, wird er mir auch noch verraten. Ein Mann, ganz zu unseren Diensten, zu Diensten unseres Volkes.‹

›Aber auch zu den meinen‹, beschließt Kommissar Wu, der sich so gern wie häufig im zwanglosen Gespräch nach dem Ende einer politischen Konferenz als »Lenzwunder« bezeichnet und dafür auch persönliche Statistiken ins Feld führt. Jetzt entzündet er zufrieden eine Zigarette der Marke »Langes Leben«, von der er zur Sicherheit stets zwei Packungen in der Uniformtasche bewahrt. Aus halbgeschlossenen Lippen pufft er ein ovales Rauchzeichen hoch zu den Gipsköpfen von Marx, Engels, Lenin und Stalin auf dem Regal mit den Klassikern. ›Vier Glücksbringer‹, denkt er. ›Genau vier. Alles Ausländer.‹ Ein grauer Kringel verharrt in einem trägen Flügelschlag eine Weile über der hohen Stirn von Lenin. Den verehrt die Mutter des Kommissars als Einzigen der Gruppe, weil sie beim Anblick des Kopfes an eine Erscheinung, wenn nicht gar an die Wiedergeburt des Buddhas erinnert wird. Keine Ahnung, woher plötzlich der Gedanke an die Mutter kommt. Wu überlegt seit langem, ob er die kleine Gipsstatue des russischen Revolutionärs nicht bald einmal entfernen soll. Auf einem Hausaltar hat sie jedenfalls nichts zu suchen. Die Zeiten ändern sich rasch, und die korrekte Bewertung historischer Figuren nach den Leitlinien der Herrschenden ist in China stets ein heikles Unterfangen gewesen. Daran hat der Sozialismus wenig geändert. Nein, recht besehen überhaupt nichts. Man muss ständig auf der Hut sein. Auch deswegen soll Zwirn sich hier zunächst einmal wohlfühlen wie ein kleiner Goldkarpfen im Teich. Man darf es ihm nur nicht zu deutlich zeigen.

5

Als wäre das Bild des kleinen Goldkarpfens auf magischen Wellen weitergeschwommen, taucht es ein paar Stunden später bei einer kleinen Feier auf, die Frau Wang, die Restauratorin des Museums in Xi'an, zum Einzug des russischen Gastes in seine neue Wohnung ausgerichtet hat. Auch Frau Wang kennt die Quelle für Kaviar und Wodka im Laden hinter dem Bahnhof und hat dort schon am Morgen üppig eingekauft. Frau Wu, »der Merker« aus dem Parteibüro, weiß, dass man den Teig für Blini fast genauso zubereitet wie jenen für gebratene chinesische Maultaschen. Auf diesem Gebiet ist sie sogar eine anerkannte Spezialistin und darüber hinaus von beschämender Großzügigkeit, bedenkt man, dass Sesamöl zu dieser Zeit streng rationiert, zudem nur über Sondermarken an verdiente Mitglieder der Partei abgegeben wird.

Der Geruch des erhitzten Sesamöls, der aus der Küche im Untergeschoss des Museums steigt, dringt auch zu den vier alten Frauen, die sich heute erst für den späteren Nachmittag im Park verabredet haben und jetzt auf ihrer Bank sitzen.

»Allererste Qualität, so etwas gab es bei uns schon seit langem nicht mehr.«

»Sie kochen für den jungen Gast aus der Sowjetunion. Der kommt heute Abend zurück.«

»Habt ihr auch schon gehört, dass er blaugestreifte Strümpfe trägt, die bis über das Knie reichen?«

»Ich bleibe trotzdem dabei: Der Kerl wird uns Glück bringen.«

Auch wenn der Gast nichts von diesen Gesprächen erfährt, wird der kleine Empfang zu einem berührenden Erfolg. Leo Zwirn isst und trinkt sich schnell in heitere Ausgelassenheit. Er legt auf seinem Grammophon Walzer von Glinka und Chatschaturjan auf, alle zu den Themen »Zauber« oder »Freundschaft«, und erzählt das »Abenteuer eines dummen Deutschen«, entnommen einer Erzählung seines Landsmanns Nikolai Leskow. Diese Erzählung handelt, das weiß nur Frau Wang, von einem Fremden, der sich bei seinen Gastgebern in Petersburg aus Gefallsucht oder aus Hunger durch den hemmungslosen Verzehr von Blini beliebt machen will. Dass dieser Held allerdings am letzten Blini erstickt, kann Zwirn nicht zu Ende erzählen, weil Frau Wu, »den Merker«, gerade in diesem Moment ein Anfall ihres rätselhaften Schluckaufs ereilt. Hier kann vielleicht das Wort »Hunger« ein Auslöser gewesen sein. Doch da den Umstehenden die Körpersprache der Frau Wu genauso vertraut wie unbegreiflich ist, wird sie schnell hinter einen Wandschirm geführt und dort mit einem milden Tee versorgt.

Zwirn verbeugt sich kurz vor dem Schirm, hebt dann erneut das Glas und bietet seinen Kollegen und selbstverständlich sehr galant auch den Kolleginnen die Verbrüderung an.

»Nennt mich einfach Leo«, ruft er, spricht aber im Gefühl des Glücks den Vornamen auf Englisch aus, schon um zu zeigen, dass Fremdsprachen, ganz gleich welcher Herkunft, nicht zwischen ihm und den neuen Freunden stehen werden. Da seine Aussprache aber nicht perfekt ist, vernehmen seine Zuhörer: »Liu«, wie in Liu Tolstoi.

Darauf trinken die Versammelten. Zwirn wirft spielerisch sein geleertes Glas aus dem offenen Fenster. Diesem Beispiel folgt zwar nur der Museumsdirektor, der achtet aber darauf, dass er den Wurf in genau dergleichen schwungvollen Bewegung ausführt, wie sie der russische Gast vollzogen hat.

»Wie er seinen Namen Leo aussprach, klang es in unseren Ohren wie ›Li yü‹«, notiert später »der Merker«, »also wie ›Karpfen‹, und da er mit seiner hohen Nase, der fliehenden Stirn und den vorquellenden Augen auch so aussieht wie ein Goldfisch, haben wir ihn unter uns gleich ›Karpfen‹ genannt. Frau Wang hat dann noch den Namen ›junger Goldfisch‹ vorgeschlagen und dabei hell gelacht. Frau Wang wirkt irgendwie anders.«

Leo Zwirn ist in Xi'an angekommen. Die Rückkehr nach Leningrad bleibt ein Traum.

6

Dabei geht es ihm, recht besehen, nicht schlecht, wie er selber in vielen Briefen schreibt, die er abschickt, obwohl er weiß, dass sie nie die Stadt verlassen werden. Er nennt diesen Vorgang seine »Flaschenpost«, bewahrt aber aus Vorsicht immer eine Zweitschrift. Einmal als Erinnerung an das, was er gern seinen »noch unvollendeten Lebensroman« nennt, zum anderen, weil er in seinen Schreibstil verliebt ist und sich schwertut, die eigenen literarischen Erzeugnisse einem blinden Schicksal zu überlassen.

Seine offizielle Funktion ist jetzt die eines archäologischen Beraters, das hat ihm Kommissar Wu in einem dienstlichen Schreiben mitgeteilt, das mit gleich drei feuerroten Stempeln ausgestattet war. Zwirn hat das zunächst verdutzt, weil er in seinem Studium Bezug zur Archäologie nur über die Liebschaft mit einer Kommilitonin aufweisen kann, deren Vater über ein Segelboot verfügte, das aus unerklärlichen Gründen vor etwa dreißig Jahren auf den Namen »Heinrich Schliemann«, den deutschen Entdecker von Troja, getauft worden war.

Frau Wang hat ihm aber erklärt, dass der Beruf des Archäologen in China eine Wertschätzung bedeutet, die der eines Astrophysikers in der Sowjetunion gleichkäme. Beide seien als Deuter von menschlicher und kosmischer Vergangenheit, daher auch für weitere Verläufe des Schicksals von höchster gesellschaftlicher Wichtigkeit. So stünde ihm, Zwirn, bereits ein Dienstwagen der mittleren Klasse zur Verfügung, ein Chemiker, ein Agrarexperte oder ein Botaniker könne von einem solchen Privileg nur träumen. Im Augenblick sei der Anspruch auf einen Dienstwagen allerdings nur rein formal.

»Du wirst dennoch deinen Weg machen. Im Chinesischen haben wir dafür ein Sprichwort, übersetzt heißt es: ›Wenn der Wagen erst einmal zum Berg kommt, findet er auch seinen Weg.‹«

»Dann machen wir dort ein Picknick«, antwortet Zwirn höflich, der glaubt, zwar die Absicht verstanden zu haben, doch über die rechte Deutung des Sprichworts noch nachdenken muss.

7

Frau Wang hat auf der letzten Sitzung der Museumsleitung angeboten, Zwirn im Chinesischen zu unterrichten. Diese Aufgabe ist zurzeit nicht so leicht, wie von der Konservatorin gedacht. Die Sowjetunion hat mit großen Gesten ihre »freundschaftlichen Beziehungen« zu China abgebrochen. Ein erstes Opfer dieses radikalen Schnitts ist auf chinesischer Seite der Zugang zu russisch-chinesischen Textbüchern, Grammatiken, Fibeln mit Beispielsätzen und vielen anderen pädagogischen Hilfsmitteln. Das ist bitter. Es kommt aber noch schlimmer, nämlich durch die Anordnung, alle sich bereits im Verkehr befindlichen Materialien unverzüglich an die zuständige Zentralstelle zurückzusenden.

»Geschichte ist eine Herausforderung, der wir uns jederzeit gewachsen zeigen«, ruft Kommissar Wu, als er den Mitarbeitern die neue Direktive vorträgt. »Die zuständige Zentralstelle befindet sich vorerst in meinem Büro.«

Es zeigt sich allerdings auch auf diesem Gebiet, dass staatliche Ordnungsmaßnahmen oft nur sehr grobmaschig wirken. Das Löschen von Vergangenheit, selbst wenn es zunächst ausschließlich um den Ausdruck von Gefühlen geht, trifft häufig auf verstockte Herzen in der Bevölkerung. Wer zehn Jahre lang, wenn auch nicht immer aus eigenem Antrieb, Freundschaft gepflegt hat, offiziell oder privat, muss schließlich auf die Wahrung seines Gesichtes bedacht sein.

»An Stalin wird man doch noch festhalten dürfen«, hört man selbst im Büro des Parteisekretärs.

»Und was ist mit den anderen Russen, etwa mit Marx und Engels«, fragt der Kader, der seit jeher für politische Schulung zuständig ist, »sollen deren Bilder jetzt auch abgehängt werden?«

Zudem dürfen die praktischen Folgen dieser Maßnahme nicht unbeachtet bleiben: Lehrbücher, gerade solche mit technischen Ausdrücken, enthalten oft Hinweise, die für den Umgang mit Gegenständen des täglichen Gebrauchs unverzichtbar sind. Für das Reparieren einer Pumpe sowjetischer Herkunft etwa. Oder eines Mikroskops, wie es für Archäologen unerlässlich ist. Vielleicht auch für die Instandsetzung einer Klimaanlage. Emotionale und praktische Momente greifen in diesem Fall wie Zahnräder ineinander.

Ökonomisch betrachtet sind staatliche Sanktionen bekanntlich ein zuverlässiger Anreiz für eine üppige Blüte des Schwarzmarkts und der Imitationen. Die Stadt Xi'an macht da keine Ausnahme. Bald vertreibt der kleine Laden hinter dem Bahnhof nicht nur Wodka und Kaviar. Auf ein bestimmtes Stichwort können die Kunden hier auch Lehrbücher der russischen Sprache und darüber hinaus freizügige Liebesromane erwerben, auf deren Titelseite unter einer galanten Graphik nie der Hinweis fehlt: »Eine kleine russische Erzählung«. Die Autoren dieser Werke arbeiten übrigens in einem Kollektiv, das sich jeden Samstag im Teehaus, nach zwei Runden Schnaps, eine neue Registriernummer ausdenkt, wie sie für die staatliche Zulassung von Publikationen zwingend erforderlich ist.

Frau Wang weiß von dieser Quelle für alle möglichen Formen von Literatur, benutzt sie aber nicht, denn sie fürchtet, dass auch Kommissar Wu über persönliche Beziehungen zu diesem Laden verfügt. Als materielle und als Informationsquelle. Sie beginnt also ihren Sprachunterricht mit der Übersetzung von Losungen, die überall in der Stadt auf Mauern oder Plakaten zu lesen sind: »Wir unterstützen unsere Bauern beim Einbringen einer Rekordernte in den Fünf Getreidesorten!« Zwirn muss die Losung wiederholen und dann in den Satz umwandeln: »Ich unterstütze unsere Bauern beim Einbringen einer Rekordernte in den Fünf Getreidesorten!«

Der nächste Satz wandelt das Thema nur geringfügig ab und führt in die etwas schwierigere Frageform: »Kann ich, oder kann ich nicht, dir beim Einbringen einer Rekordernte in den Fünf Getreidesorten helfen?«

Der Gast aus Leningrad zeigt sich als aufmerksamer Schüler. Sein Unterricht findet an vier Tagen der Woche statt, pünktlich nach Dienstschluss, im Untergeschoss des Museums. Zwirn, dessen Nase so ausgeprägt wie empfindsam ist, vermeint hier den Duft von Nelken und Kampfer, gleichzeitig von Sandelholz, Zimt und Vanille zu verspüren, bisweilen auch den Anflug von etwas Harzigem, auf das sich seine Nase vorerst noch keinen rechten Reim machen kann.

»Wir Kommunisten tragen nur das Banner des Sozialismus, denn es bietet unserem Körper Schutz und Hilfe!«, lautet die nächste Losung, die Frau Wang ins Sprachspiel bringt. Sie zitiert dabei einen Aufruf, der auf den vier Wandtafeln an der Kreuzung vor dem Museum prangt. In ihrer Stimme klingt leises Bedauern mit, als schäme sie sich insgeheim über das Schlichte, vielleicht sogar Doppeldeutige der Botschaft.

Zwirn spürt ihren inneren Widerstand und befolgt mit einer neuen Variante die Aufforderung, diese Vorgabe in das bekannte Frage- und Antwortspiel umzusetzen. Bei seinem letzten Besuch im Laden hinter dem Bahnhof hat er sich nicht nur mit Wodka und Kaviar versorgt, in seiner Aktentasche landeten auch zwei druckfrische Kopien der populären »Einführung in russisch-chinesische Konversation, Teil I und Teil II«, besorgt von der Abteilung für Fremdsprachen der Sowjetischen Akademie der Geisteswissenschaften. Nach kurzem Nachdenken sagt Zwirn also:

»Wir Kommunisten tragen große Sorge um den Körper und dessen Bedeckung mit Bannern. Wir lieben schöne Körper und schöne Banner.«

Frau Wang nickt überrascht, doch es ist ein aufmunternd skeptisches Nicken mit der freundlichen Aufforderung um eine genauere Bestimmung dieser Aussage. Sie neigt den Kopf leicht zur Seite, so als lauschte sie einer fremden, doch keineswegs irritierenden Melodie.

»Beim Einbringen der Rekordernte der Fünf Getreidesorten im Herbst werde ich besonderes Gewicht auf die Bekleidung deines Körpers mit Bannern legen«, schlägt Zwirn als sprachliche Verbesserung vor.

Das geht jetzt zu schnell, merkt der Russe, schon bevor er zu Ende gesprochen hat. So tändelt man nur mit Zufallsbekanntschaften beim Eislaufen über zugefrorenen Kanälen in Leningrad. Gleichzeitig nimmt er wahr, dass seine Lehrerin am obersten Knopf ihrer schwarzblauen Uniform nestelt.

»Das Banner des Sozialismus schützt die Proletarier weltweit vor dem Begehren der bürgerlichen Klasse, sie sich unterwürfig zu machen«, versucht er es erneut.

»Nein, es geht nicht in erster Linie um Bekleidungsmaterialien, es geht um das Banner des Sozialismus«, korrigiert ihn Frau Wang, ihre zuvor sanfte Stimme jetzt wieder stärker dem Gebaren einer Lehrerin anpassend. Doch wäre das Licht hier im Untergeschoss des Museums nur um ein Weniges heller, hätte man auf ihren Wangen ein zartes Rosa entdecken können. Ein schüchterner Farbton, vielleicht wie die Innenfläche des Blattes eines gerade erblühten Lotus.

»Die Bekleidung des Körpers ist ein entscheidendes Element für den Triumph des Sozialismus weltweit!«, versucht es Leo Zwirn jetzt zum dritten Mal und wirft Frau Wang einen Blick zu, in dem sich die Bereitschaft zu lernen unzweideutig mit einer Lust auf Eroberung mischt.

Wie gesagt, die Beleuchtung im kleinen Arbeitsatelier ist um diese Zeit aus Kostengründen eingeschränkt, umso deutlicher nimmt Zwirn Gerüche auf. Der Zusammenhang ist naturgemäß völlig eingebildet, doch seitdem Frau Wang den Knopf ihrer Uniformjacke geöffnet hat, strömt der so schwache wie lockende Geruch von Zimt und Vanille allein aus dem Oberteil der Uniform seiner Lehrerin. Behauptet jedenfalls die Nase von Leo Zwirn.

»Lass uns das Thema wechseln«, sagt Frau Wang, »welche politischen Losungen, welche Plakate sind dir seit deiner Ankunft in den Straßen unserer Stadt noch aufgefallen?«

Im Nachbarraum klingelt das Diensttelefon, Frau Wang erhebt sich und schreitet zum Apparat.

Zwirn lehnt sich zurück und lässt verschiedene Straßenszenen durch die Erinnerung ziehen. Manche Bilder sind grau, andere bereits verschwommen oder nur noch in kleinen Details erhalten: der Straßenmusiker vor dem Kino etwa, der auf seiner zweisaitigen Kniegeige schräg, aber erkennbar eine Melodie aus der Oper »Pique Dame« spielt, die Obstverkäuferin, die für ihre Kunden ein Schälmesser bereithält, das mit einer langen Kette an der Ladenkasse hängt, die beiden jungen Mädchen, die mit ihren Füßen einen Ball in der Luft tanzen lassen, in dem eine schmutzige Feder steckt.

Aber eine politische Losung? Doch, jetzt erinnert sich Zwirn an ein Plakat zur Geburtenpolitik, das ihm an der Wand rechts neben dem Obstladen aufgefallen ist. Es zeigt zwei überaus gut genährte Babys, gekleidet jeweils in ein prachtvolles blaues und ein strahlend rotes Gewand, ihre Köpfe sind geschoren bis auf eine pechschwarze Glückslocke, die wie ein kleiner Rüssel vom prallen Hinterkopf in den Himmel weist.

Zwirn hat das Bild fasziniert, einmal, weil es künstlerisch so platt und eindeutig ist und keinem konventionellen Gebot der Ästhetik folgt, zum anderen, weil es ihn an einen seiner künstlerischen Helden erinnert, nämlich an die Arbeiten des New Yorker Malers Jasper Johns. Die fünf, sehr opulent in Gold glänzenden und in Halbrelief ausgestalteten Schriftzeichen unter dem Bild der Babys hatte Zwirn sich in sein Notizbuch kopiert und noch am selben Abend dort auch die Übersetzung »Viel Zeugen ist eine gute Sache!« eingetragen.

›Der Spruch ist, recht besehen, genauso befriedigend und überzeugend wie das Bild des Amerikaners‹, dachte Zwirn und fügte diesen Gedanken seiner Flaschenpost nach Leningrad hinzu. Diesmal wieder in einem

Brief an seinen Vetter Sascha, der ihn als Erster auf die Arbeiten des Amerikaners und ihre Bedeutung als Ikone der modernen Kunst aufmerksam gemacht hat.

»Also, welche Losung ist dir aufgefallen?« Frau Wang schaut ihren Schützling weiterhin mit freundlich aufgeschlossener Erwartung an. ›Ihre Stimme‹, denkt Zwirn, ›hat jetzt wieder die Anmutung von warmem Lehm auf einer Töpferschale, der eine tänzerische Gestalt annimmt.‹

»Viel Zeugen ist eine gute Sache«, ruft der Russe, aus dem kleinen Dämmern seiner Erinnerung hochschreckend. Vielleicht war dieses Dämmern ja eine Art Wachtraum, das Zusammenwirken des Geruchs von Vanille und Zimt mit dem geöffneten Knopf einer Uniformjacke.

Frau Wang hat diesen Knopf mittlerweile wieder geschlossen.

»Bevölkerungspolitik ist ein Thema, das wir in einer späteren Sitzung erörtern werden«, sagt sie in einem Ton, der nur scheinbar wieder zu alter Strenge zurückgefunden hat.

GROSSE ERWARTUNGEN

1

Drei Jahre später besuchen die vier Frauen nach wie vor mit ihren Schützlingen den Park vor dem Museum. Die Älteste hütet jetzt den Sohn von Frau Wang, der vor mehr als zwei Jahren zur Welt gekommen ist. Die Restauratorin, darüber reden gerade die Vier, ist gleich nach der Entbindung von ihrem Posten entlassen und nach Yan'an versetzt worden, weil sie sich beharrlich weigert, den Namen des Kindsvaters zu nennen.

»Man wird es bald an seinem Gesicht herausfinden, das kann nicht mehr lange dauern.«

»Die Augen, das Kinn und der Mund. Besonders aber die Augen, die sprechen am deutlichsten.«

»Ich achte auch immer auf den Gang. Sobald der kleine Scheißer läuft, macht er den Gang des Vaters nach.«

»Wie kommt man nur auf den Namen ›Panda‹ für ein Kind?«

»Ein Bär ist tapfer und stark.«

»Aber nicht der Panda. Der ist faul und frisst die ganze Zeit.«

»Ist heute eigentlich schon wieder Demonstration?«

Seit mehreren Wochen versammeln sich im Park Schüler, Studenten, auch Lehrlinge beiderlei Geschlechts, die mit Trommeln, Fahnen und Spruchbändern hierher marschiert sind, um gegen Missstände zu protestieren. Es gibt offenbar viele Missstände. Keine der vier Frauen versteht die Losungen. Sie können die Schriftzeichen zwar lesen, doch was »Revisionismus« ist und warum schlimm, hat ihnen niemand erklärt, und wie eine »schwarze Linie« rückständig sein kann, erst recht nicht.

Die vier Frauen stören sich anfangs nicht sonderlich an dem Gejohle und den dumpfen Trommelschlägen. Den Babys scheint das Getöse zu gefallen, immerhin wiegen sie ihre Köpfe dazu im Takt und klopfen mit den kleinen Fäusten auf ihre rotgefärbten Wolldeckchen. Doch als plötzlich zwei junge Mädchen mit langen Stöcken auf den scheckigen braunen Schirm von Herrn Bao, dem Märchenerzähler, einschlagen, springt die älteste der Frauen auf und schreitet ein. Sie hat in dem stämmigeren der Mädchen einen ihrer früheren Schützlinge erkannt. Das kann noch keine dreizehn Jahre her sein. Wie hieß sie noch? Richtig, Danlan, die »Flammende Orchidee«.

»Rotzlöffel! Lass sofort den Stock fallen und entschuldige dich bei Onkel Bao. Noch ein Mucks, und ich zieh dir die Hosen runter, dann gibt es Dresche. Du bist ja noch nicht einmal abgestillt.«

Als Flammende Orchidee die vertraute Stimme hört, lässt sie überrascht den Stock fallen, dreht sich dann um, stemmt aber die Hände in die Taille und ruft trotzig: »Onkel Bao zeigt Bilder, die gegen die Revolution sind. Onkel Bao ist ein schlimmer Revisionist!«

»Dir wasch ich die Zunge mit Schlamm ab. Onkel Bao kann Bilder zeigen, wie er es will. Du wirst ihm Respekt zeigen, dich auf der Stelle entschuldigen und den Schaden wiedergutmachen.«

Das Mädchen verbeugt sich, doch es hält dabei weiter seine Fäuste gegen die Hüften gestemmt.

2

Auch im Inneren des Museums geht es heute heftig zu. Zwar ist die alte Drohung, das Haus ganz zu schließen, noch immer nicht vollstreckt worden, doch die Warnschüsse fallen immer dichter. Und auch hier geht es um Missstände. Würde man Frau Wu, »den Merker«, fragen, die wieder das Protokoll führt, dauert der Streit bereits seit mehreren Wochen, nur vielleicht nicht ganz so laut, wie es an diesem Tag der Fall ist.

Begonnen hat alles an einem Montag, als der Namensvetter von Frau Wu, der Politische Kommissar, den Museumsleiter, Herrn Wen, mit einem schwerwiegenden Vorwurf konfrontierte. Der Streit begann, noch bevor die ersten Teebecher auf dem Tisch des Konferenzraums zum zweiten Mal mit heißem Wasser gefüllt wurden.

»Im alles entscheidenden Streit zwischen den zwei Linien, der roten Linie des Kampfes um die Aufklärung des Volkes und der schwarzen Linie der Bewahrung des reaktionären Alten, liegt dieses Museum weit zurück. Es liegt in unserem Kampf noch hinter dem Nachschub. Gewaltig hinter dem Nachschub. Viele Etappen dahinter.«

Der Kommissar legt eine kurze Pause ein, um seine Worte wirken zu lassen, und wartet, bis die Teebecher nachgefüllt sind und seine Zuhörer aufgehört haben, verlegen aus gesenkten Köpfen auf die hochgeschwemmten Teeblätter zu blasen.

»Unser Haus bewegt sich langsamer als eine Schildkröte«, setzt er mit noch lauterer Stimme hinzu, »ja, eine feige, eine zögerliche Schildkröte, die sich nicht zwischen zwei Linien entscheiden kann. Als wären es Salatblätter und nicht die Lebenslinien der Revolution. Aber wir brauchen kein Zögern, wir brauchen entscheidende Fortschritte im Aufbau des Sozialismus. Ganz konkret in der Arbeit dieses Museums. Unsere Mittel sind begrenzt, aber wo bleiben, nur ein Beispiel, revolutionäre Zeichnungen von den Massen für die Massen? Was gibt es zu diesem Punkt von der Leitung des Hauses für Stellungnahmen?« Mit ausgestrecktem Zeigefinger weist Wu auf den Museumsleiter.

Leo Zwirn lässt sich das ihm noch unbekannte Wort »Schildkröte« übersetzen. Links neben ihm sitzt zu diesem Zweck die Kollegin aus Yan'an, an deren russischem Sprachgebrauch er damals das Adjektiv »interessant« so störend fand und die ihren Arbeitsplatz jetzt mit Frau Wang getauscht hat. Beim Wispern nimmt er wieder den Geruch ihres Körpers auf, und damit kommt auch der Name zurück: Lili. Genau, die Geschichte mit dem aus der Bluse genestelten Notizbuch und dem jungen Mann, der gefälschte Briefmarken mit dem Porträt von Mao verkaufte.

»Und dem Pingpong sowie einem romantischen Zitat von Puschkin«, sagt Lili, die gelernt hat, Gedanken zu lesen, »die Zeile der Tatjana hieß übrigens: ›So stoßen sie mich nicht zurück.‹«

Heute liegt Lilis Notizbuch bereits aufgeschlagen vor ihr neben dem Teebecher, es wird die Antwort von Museumsleiter Wen festhalten, auf die seine fünf Zuhörer mit großer Spannung warten.

Professor Wen weiß auch ohne Zeigefinger, dass die drei Wörter »Leitung des Hauses« direkt auf ihn und seine Stellung zielen. Er weiß, dass Wu schon seit langem anstrebt, die Posten des Politischen Kommissars und des Museumsleiters in seiner Person zu vereinen. Bislang ist es Professor Wen aber noch immer gelungen, den Widersacher als fachlich ungeeignet auf Distanz zu halten.

Für die heutige Konferenz hat sich der Professor fast stutzerhaft in einen grauen Anzug gekleidet, wie ihn der große Revolutionär und Gründer der chinesischen Republik von 1911 trug, das modische Vorbild für das Gewand seines Nachfolgers Mao. Auch die Frisur des Museumsleiters erinnert bis ins markante Detail des hohen linken Scheitels an die heroische Gestalt, ganz zu schweigen von dem kleinen Schnauzbart, pfeffer-und-salz-farben, den alle historischen Aufnahmen zeigen.

Gut, bei genauerer Betrachtung lässt die Behaarung unter der Nase ein wenig an Fülle vermissen. Für den schärferen Blick ist sie erkennbar das Produkt von Bemühungen, deren Anfang erst wenige Wochen zurückliegt. Ihr Resultat führt der Professor auf das glückliche Zusammenwirken von geraspelten Nashornscheibchen und einer den Haarwuchs dunkelnden Wurzeltinktur zurück. Doch wie bei jeder Täuschung spielt eine entscheidende Rolle, ob der Täuschende an seinen Erfolg glaubt.

»Ich bin dem Genossen Wu sehr dankbar«, beginnt der Museumsleiter und legt bewusst viel Dehnung in seine Silben, um der knarzenden Sprechart des Politischen Kommissars die Fülle eines akademischen Wohllauts entgegenzusetzen, »äußerst dankbar sogar, für sein Erwähnen gerade der Schildkröte.« Er steht auf und hebt seinen Teebecher, als bringe er einen Toast auf dieses Tier aus.

»In der glorreichen Geschichte unserer chinesischen Kultur steht die Schildkröte bekanntlich für zweierlei: Als eines der vier klassischen Wundertiere ist sie Symbol für Verlässlichkeit und Vertrauen. So finden sich in unserer Architektur zahlreiche Beispiele für das Zusammenwirken von Schildkröten mit dem Gesamtbild eines geglückten Bauwerks. Schildkröten können, kurz gesagt, die schönsten Säulen tragen. Das ist aber nur mein erster Punkt.«

»Ich habe nicht von Kunst geredet, mir geht es um Geschwindigkeit«, unterbricht ihn der Kommissar, auf dessen Wangen feuerrote Punkte zu kleinen Spritzern auseinanderwachsen. Wu ist sehr empfindlich, wenn Professor Wen sein Fachwissen ausbreitet. »Das Museum muss dem Volk und dem Fortschritt dienen. Es darf nicht zu einem Grab werden. Das ist es, was die Massenlinie ganz konkret fordert.« Wie viele Parteikader liebt Wu den Ausdruck »ganz konkret«. Auf geheimnisvolle Weise verleiht er jedem Satz die Kraft eines scharfen Gewürzes.

Professor Wen setzt behutsam den Teebecher ab und fährt scheinbar ungerührt fort: »Auf das Wort ›Grab‹ komme ich gleich noch zu sprechen. Das hängt ja eng mit der Erscheinung der Schildkröte zusammen. Wir sollten natürlich genau unterscheiden, ob wir von männlichen oder weiblichen Schildkröten reden, ob von kosmischen Schildkröten, wie wir sie aus den frühesten literarischen Schriften kennen, etwa aus...« Wen bricht hier ab, weil er bemerkt, dass sich die roten Spritzer im Gesicht des Kommissars bereits zu einem dichten Netz verbunden haben. So nimmt er wieder Platz und nimmt einen Schluck Tee.

Doch dann beschließt er, seine Verteidigung mutig zu Ende zu bringen: »Die historischen Quellen sind uns allen hier ja hinreichend bekannt. Deswegen muss ich auch gar nicht auf das Phänomen der sogenannten ›schwarzen Schildkröten‹ und der ›Geisterschildkröten‹ eingehen. Ich bleibe bei dem wichtigen Hinweis von Kommissar Wu: ›Schildkröte und Grab‹. Um es noch einmal zu sagen: ein sehr wichtiger Hinweis. Warum? Ganz einfach. Weil viele der Helden unserer glorreichen Geschichte in Gräbern bestattet wurden, die mit einem Hügel in der Form eines Schildkrötenpanzers bedeckt sind. Das ist ein wichtiger Hinweis.«

Professor Wen zündet sich eine Zigarette an und blickt in die Runde. Hätte er nicht seine dunkel getönte Brille aufgesetzt, wäre den Zuhörern ein zufriedenes Funkeln in seinen Augen aufgefallen. Erkennbar ist nur, wie behaglich er die beiden Flügel seines Schnauzbarts tätschelt.

»Gilt dieses Projekt auch für unsere Stadt Xi'an und die nähere Umgebung? Ich bitte die Genossen höflich um Entschuldigung, ich frage das nur für mein Protokoll«, sagt »der Merker«. Aus ihrer Stimme weht schwach, doch nicht überhörbar eine leichte Brise der Ermutigung.

Damit ist Frau Wu die Einzige in der Runde.

»Ich erkenne nicht, wie das Stochern in Gräbern aus der Feudalzeit den Interessen der Arbeiter- und Bauernklasse dienen soll«, befindet der Parteikommissar.

Genossin Lili schiebt ihrem Nachbarn einen kleinen Zettel zu, der Adresse und Telefonnummer ihrer neuen Dienstwohnung mitteilt. Dann schließt sie das Notizbuch mit den Goldfischen auf dem Einband und sagt: »Die chinesische Geschichte ist die Geschichte von vielen Helden.« Das kann alles und nichts bedeuten. Genossin Lili hat gelernt, in Konflikten frühzeitig eine Position zu beziehen, für die sie später von keiner Seite zur Rechenschaft gezogen werden kann. Insgeheim hält sie hier jedoch den Kampf für längst entschieden. Professor Wen wird selbst die Schildkröte sein, die, wie das Sprichwort sagt, vor ihrer Zeit im Kochtopf landet.

Leo Zwirn schweigt. Doch in seinem Kopf formt sich ein Plan, in dem sich die Stichworte »Zeichnungen für die Massen« und »Geisterschildkröte« auf rätselhafte Weise einander annähern.

3

Für den Missmut des Kommissars sind übrigens gleich mehrere Auslöser zu nennen. Naturgemäß ist da sein Streben nach der alleinigen Macht im Museum, nach der Befreiung von den lästigen Auflagen sogenannter Fachleute mit Diplomen aus früheren Zeiten und großen Städten. Gleichzeitig spürt Genosse Wu aber auch, dass sich im ganzen Land eine politische Neuordnung ankündigt, die sich offenbar ganz allgemein gegen die bestehende Ordnung zu wenden scheint. Aus Peking dringen seit Wochen Nachrichten über eine sogenannte Kulturrevolution bis tief in die entlegeneren Provinzen des Landes. Gerade Parteisekretäre, das ist der besonders beunruhigende Teil dieser Nachrichten, sollen ihrer Posten nicht mehr sicher sein.

Das Wort »Kulturrevolution« sagt dem Parteikommissar nichts, er kann auch über seine alten Kanäle nichts Verlässliches herausbekommen, weil über diese alten Kanäle immer nur bruchstückhafte und oft widersprüchliche Nachrichten transportiert werden. Selbst Genossin Lili, die ja von allen über die besten Kontakte zum Amt für Innere Sicherheit verfügt, zuckt ratlos mit den Schultern. Was für einen Sinn ergeben auch Losungen aus der Hauptstadt wie:

»Bombardiert die Hauptquartiere!«

oder:

»Nur Chaos schafft die Große Ordnung!«

oder:

»Nieder mit der Verehrung des Staatspräsidenten!«

Für Kommissar Wu weitaus verständlicher, weil praktisch eine Handlungsanleitung, ist da schon die Parole:

»Schlagt die Intellektuellen nieder, sie vergiften die Massen!«

›Damit kann‹, denkt Kommissar Wu befriedigt, ›in seinem Aufgabenbereich nur der Museumsleiter Wen gemeint sein. Wenn es um Kultur und Niederschlagung von Intellektuellen geht, muss es um den Professor gehen.‹ Das ist eine Verantwortung, die er gern übernehmen will.

Die größte Sorge aber bereitet Wu der offenbar unaufhaltsame Aufstieg des Revolutionsmuseums von Yan'an. Der Ort ist seit einigen Monaten zu einem regelrechten Wallfahrtsort geworden, zu einem magischen Ort der Erinnerung an die sozialistische Revolution. »Und was haben die dort groß auszustellen?«, fragt er rhetorisch seinen Fahrer. »Nichts«, gibt er postwendend sich und dem Begleiter selbst zur Antwort, »nichts außer einem ausgestopften Schimmel, ein paar Höhlen und nutzlosem Krimskrams.«

Um dieses Museum in Yan'an geht es auch in einer von Leo Zwirns Flaschenpost-Botschaften:

»Besonders reizbar wird unser Kommissar, wenn er in einem Rundschreiben der Behörde auf ›die glänzende Position‹ des dortigen Revolutionsmuseums hingewiesen wird. Vor ein paar Jahren hat man mich dort einmal herumgeführt. Ins Auge stach nur ein trauriges Beispiel missglückter Taxidermie, ein jetzt graues, früher angeblich weißes Pferd, das nach seinem Hinscheiden wohl künstlich aufgepäppelt wurde. Mao Zedong soll auf diesem Tier angeblich den legendären ›Langen Marsch‹ angeführt haben. Mich hat es tief bis ins Herz gerührt, wie der feurige Schimmel, den Jacques-Louis David vor 150 Jahren als Napoleons Reitpferd malte, hier als Mumie, nun, ›seine Wiedergeburt feiert‹ ist wohl nicht der angemessene Ausdruck, doch immerhin ein zeitloses Andenken findet. Mumien, das habe ich mir für meinen Plan gemerkt, sind offenbar unverzichtbar, wenn wir unser Museum retten wollen.«

Zwirn hält einen Moment inne, versucht sich kurz zu erinnern, welchen Namen Napoleons Schimmel trug, ob auch Maos Schimmel mit einem besonderen Begriff ausgezeichnet wurde und wie er hier einen literarischen Zusammenhang herstellen kann. Nach dem Vorbild aller Schriftsteller senkt er während des Nachdenkens seinen Federhalter in eines der fünf kleinen Tintenfläschchen auf seinem Schreibtisch. »Die schlecht ausgeleuchteten Schaukästen in der großen Halle«, schreibt Zwirn, »erinnern an die naturhistorischen oder Kuriositäten-Kabinette unserer früheren Fürstenhöfe, die ja zu den Vorläufern unserer Museen gezählt werden müssen. Ich fand dort Gürtelschnallen, Hemden, Wanderstöcke, eine Textilie, die wie eine gebrauchte Unterhose aussah, einen Revolver...«

Es klopft an seiner Tür – und wie Zwirn es schon vielfach gelernt hat, bedeutet das Klopfen an der Tür nicht die Bitte um Einlass, sondern bereits dessen Vollzug. Das hängt mit vielem zusammen, vordergründig mit Engpässen in der Versorgung der örtlichen Produktionseinheit für Sicherheitsanlagen und Schlüssel.

»Kommissar Wu hat für die nächste Sitzung der Mitglieder der Leitung den heutigen Nachmittag um exakt vier Uhr bestimmt.«

Die junge Überbringerin der Nachricht, sie kann nicht älter als vierzehn sein, deutet einen militärischen Gruß an. Bevor sie den Raum verlässt, lässt sie einen sehr aufmerksamen, sehr misstrauischen Blick über die Inneneinrichtung von Zwirns kleiner Wohnung schweifen. Erfasst das Grammophon und die kleine Plattensammlung, das Holzregal mit den vielen Büchern, das Sofa und die Sessel und auch die fünf verschieden beschrifteten Tintenfässchen auf dem Schreibtisch.

Zwirn trocknet nachdenklich die Feder. Er hätte gern noch mehr über die Schaukästen im Museum von Xi'an geschrieben. Gerade über die historischen Erläuterungen zu den Exponaten, den Munitionsgürteln, Fahnenwinkeln, Blechnäpfen, die ihm Lili damals sehr weitschweifig erklärt hat und deren kleine Tafeln er damals noch nicht entziffern konnte. Und über dieses Geheimkabinett mit den revolutionären Zeichnungen, das ihm immer wieder in den Sinn kommt, wenn er an seinen Plan denkt.

4

»Am heftigsten fühle ich meine Galle, wenn ich zur Arbeit an den Schaukästen herangezogen werde, liebe Wu«, schreibt die nach Yan'an versetzte Kuratorin Frau Wang an ihre Vertraute, die Namensvetterin des Kommissars in Xi'an.

»Dieser Ort ist an sich schon grauslich genug, eine düstere Festung, eingeschlossen von steilen Lößbergen. Die Bewohner tragen ihre Nase hoch, als müssten sie immer zu diesen Bergen zeigen. Ihr Geiz und ihre Habsucht verdienten nachhaltige Behandlung durch einen unserer Klassiker der Satire. Hochmut und ein ständiges Ausdünsten von schärfstem Knoblauch erwähne ich nur nebenbei. All das ist nicht so schlimm wie die ständig vorgeführte Rechthaberei. Seit der Ort zu einem Schwerpunkt unserer revolutionären Geschichte erklärt wurde, so erzählt mir das eine Kollegin, ist das ganze Geschehen noch um mehrere Stufen unerträglicher geworden. Darüber hinaus gibt es auch andere Anlässe für meinen Unmut, aber davon später.

Am meisten ärgert es mich, wenn ich fast jeden dritten, wenn nicht jeden zweiten Tag zu Korrekturen an den kleinen Erklärungen unter den Exponaten herangezogen werde. Ständig müssen wir diese ›Legenden‹, wir nennen sie unter uns die ›ideologische Flachware‹, völlig neu gestalten. Ich nenne dir nur ein Beispiel vom heutigen Tag. Es ging um das Hemd eines berühmten Genossen, den bei einer wichtigen Schlacht eine feindliche Kugel heimtückisch von hinten in die linke Schulter traf. Wir haben es erst vor zwei Wochen ausgestellt, drapiert um eine hölzerne Modepuppe aus der eigenen Werkstatt, die Schulter mit dem Einschussloch dem Betrachter zugewandt. Soweit kein Problem. Aber gleich nach Dienstbeginn kommt die neue Anweisung: Das Hemd soll zwar bleiben, doch es war ein ganz anderer Genosse, der es trug, und die mörderische Tat fand auch an einem ganz anderen Ort statt, mehr als vier Jahre früher. Dazu muss ich jetzt den neuen Stand der Tatsachen als ›Legende‹ entwerfen und dem Parteikomitee zur Genehmigung vorlegen.«

Frau Wang überlegt kurz, wie heftig sie hier gegen eine Dienstvorschrift zur Geheimhaltung von Amtsvorgängen verstößt, schüttelt den Kopf, zündet sich eine Zigarette an und beschließt, die letzten drei Zeilen zu unterstreichen. Dann fährt sie fort:

»Ein anderes Verfahren liegt in der Verbindung von Umwidmung und politischer Attacke. Meine Kollegin arbeitet an einem solchen Fall. Im Schaukasten 12 zeigen wir einen schweren Bambusstock, auf den gestützt ein berühmter Heerführer namens Sun die Höhe 571 erkletterte, um von dort eine siegreiche Schlacht gegen die Japaner zu leiten. Seit zwei Wochen ist dieser berühmte Heerführer aber als Konterrevolutionär entlarvt. Als ›schwarze Hand der Reaktion‹. Doch den Bambusstock will natürlich niemand wegwerfen. Wir sind schließlich ein Museum, da wird alles behalten. Ganz besonders, wenn es sich um kostbare Reliquien handelt. Also hat sich die Kollegin mit mir beraten und eine neue ›Legende‹ geschrieben, in der sinngemäß steht: Dies ist der Stock, von dem die ›schwarze Hand der Reaktion‹, der üble Revisionist, Trickbetrüger und Konterrevolutionär Sun, lügnerisch behauptet, er habe ihn zum Aufstieg beim siegreichen Kampf um die Höhe 571 benutzt. Das ist aber nur einer von vielen Beweisen für die unzähligen Lügen des gerade noch rechtzeitig vor der Geschichte bloßgestellten Verräters.«

Frau Wang zündet sich eine neue Zigarette an und fügt dem Schreiben noch einen kleinen Absatz hinzu:

»Dieser Russe, das bleibt jetzt aber ganz unter uns, unser kleiner Karpfen, weiß übrigens immer noch nicht, dass er der Vater von Panda ist. Ich habe ihm das nicht gesagt, einmal, weil ich weiß, dass er uns jeden Moment verlassen kann, wenn die Politik das so bestimmt, und auch, weil das Kind es mit einem ausländischen Vater, besonders mit einem aus der Sowjetunion, schwer haben würde.«

Der Brief geht in den Ordner für Rundschreiben unter den Museen, einer Mappe, der niemand je besondere Aufmerksamkeit schenkt. Frau Wang ist mutig, doch keineswegs tollkühn. Schließlich geht es nicht nur um ihr Leben, es geht auch um ihren Sohn Panda, den jetzt die alte Amme aus dem Park aufzieht. Diese Amme hat ihre eigenen Vermutungen, wie sollte es auch anders sein. Doch sie wird schweigen, das hat sie geschworen.

Die Kuratorin hat auf ihrem Notizblock ein weiteres Thema angerissen, das sie aber nicht einem Brief anvertrauen mag. Zweimal steht dort das Wort »Höhlen« in sehr großen Schriftzeichen. Als sie am Abend unter dem Moskitonetz im Bett liegt, formuliert sie mit halb geschlossenen Augen den Absatz, den sie sich am Nachmittag nicht getraut hat niederzuschreiben:

»Wenn ich über diese Stadt nachdenke, dann kommt mir als Erstes der Begriff ›Höhlen‹ in den Sinn. Unsere Truppen sind hier vor dreißig Jahren einmarschiert und haben zunächst Schutz in den Höhlen der Lößberge gesucht. Dort waren sie vor Bomben sicher, dort konnten sie aus der Luft nicht erkannt werden. Das war sicher gut und notwendig für ihr Überleben. Doch das Leben in Höhlen formt die Menschen anders als ein Leben in der Stadt. Ich habe lange darüber nachgedacht, und es wird mir immer deutlicher, dass unser Denken eben auch stark von den Räumen abhängt, in denen wir uns bewegen. Im Museum wirkt ein Ausstellungsstück ja auch ganz anders, je nachdem, ob man es unten im Magazin oder gut ausgeleuchtet in der Eingangshalle betrachtet. Wenn also unsere Genossen ihre wesentlichen ideologischen Anregungen von Höhle zu Höhle weitergegeben haben? Nein, das darf man nicht einmal im Zorn so denken.«

Auf den Pappeln vor dem geöffneten Fenster stimmen Zikaden einen Chor an, der erst nur zögerlich einsetzt, sich dann machtvoll entfaltet und plötzlich wie auf das Zeichen eines Taktstocks wieder abbricht.

War das jetzt ein Traum oder ein Halbtraum? Frau Wang richtet sich auf, steigt aus dem Bett und greift nach der Thermosflasche mit dem grünen Tee. Soll sie ihre Gedanken noch schriftlich festhalten? Ihr Blick streift über den Schreibtisch, gleitet über das Notizbuch und bleibt an einem verschraubten Glas mit fein geschnittenen Kräutern hängen.

Bei ihrem Klagen über die misslichen Lebensbedingungen in der revolutionären Metropole Yan'an hätte sie ihrer Briefpartnerin einen Umstand verraten müssen, den die Stadt gegenüber vielen anderen Städten positiv auszeichnet. In der allernächsten Umgebung erheben sich Hügel, die überreich mit Hanf bebaut werden. Die Pflanze Hanf, das ist klar, erfüllt bei der Produktion von Seilen eine wirtschaftlich bedeutende Aufgabe. Die nationale Schifffahrt ist praktisch abhängig von Tauen, die aus den Fasern der Stängel gewonnen werden.

Aber es gibt auch noch die weiblichen Blüten der Pflanze. Man kann sie ernten, trocknen und danach mit einem scharfen Messer in so kleine Stücke zerteilen, dass sie Platz in einer Zigarette finden. In Yan'an findet jeder interessierte Kunde diesen Wirkstoff der Natur auf dem wöchentlichen Gemüsemarkt auf dem berühmten Platz der Datteln. Genau dort, wo vor drei Jahrzehnten viele der Reden über den Sozialismus gehalten wurden, deren Auszüge heute in den Schulbüchern stehen.

Frau Wang sucht in der Schublade Filterpapier und eine Zündholzschachtel. Bald darauf geben ihr die Lungenspitzen das erste Signal zur Entspannung. Nach sieben oder acht tiefen Zügen löscht sie die Zigarette und steigt wieder ins Bett.

›Höhlen‹, denkt sie, genussvoll in den Schlaf gleitend, ›in welchem ausländischen Aufsatz habe ich gelesen, dass nur Männer von Höhlen träumen? Ist doch albern.‹

Die Zikaden setzen zu einem neuen Konzert an, doch ihr Klang verhallt ungehört.

5

Nachdem Kommissar Wu den Brief der Frau Wang zum dritten Mal gelesen hat, lässt er nach Leo Zwirn rufen. Zwirn ist für ihn mittlerweile der einzige Gesprächspartner, mit dem er sich noch austauschen kann. Außerdem macht er immer so verlockende Andeutungen über einen Plan, zu dem er bald Genaueres sagen will. Des Kommissars Namensvetterin, Frau Wu, »der Merker«, fällt als mögliche Kandidatin für eine solche Besprechung aus. Einmal, weil sie ohnehin nie etwas sagt, sondern immer nur mitschreibt. Zum anderen hat ihm der an sie gerichtete Brief den schon länger gehegten Verdacht bestätigt, dass diese Genossin mit Frau Wang ein konspiratives Verhältnis pflegt.

›Eine Natter mit zwei Köpfen‹, denkt der Kommissar. ›Mindestens zwei!‹

Aus bekannten Gründen kommt auch sein alter Rivale, Professor Wen, für einen Gedankenaustausch nicht infrage. Den früheren Museumsleiter hat Wu bereits vor einem halben Jahr dem Revolutionskomitee, das jetzt in Xi'an die Macht übernommen hat, als Preis für sein eigenes politisches Überleben in der Stadt und im Museum serviert. »Wie eine geröstete Ente, serviert auf den ›Acht Kostbarkeiten‹«, erinnert sich Wu mit Behagen.

Schon die hausinternen Protokolle lieferten damals überreiches Material für das konterrevolutionäre Denken und Treiben des Professors. Seine Aufmerksamkeit habe nie den Massen gegolten, immer nur den Gebeinen und dem Schmuck der Ausbeuter des Volkes, die diesen Luxus auch noch mit ins Grab genommen hätten, um ihren Raub für alle Zeiten zu bewahren. So oder so ähnlich stand es in grellroten und grellschwarzen Zeichen auf dem Pappschild, das die Rotgardisten dem Professor um den Hals gehängt haben, als sie ihn mit vielen anderen Konterrevolutionären durch die Straßen der Stadt trieben.

Schriftkunst ist kein Gebiet, auf dem sich der Kommissar besonders gut auskennt, doch selbst ihm ist aufgefallen, dass die handgemalten Zeichen seit einiger Zeit ganz besonders aggressiv auf ihre Unterlage geworfen werden. So, als bestünden die einzelnen Striche aus lauter Schlangen und wilden, empörten Blitzen, die Punkte hingeworfen wie Schlammspritzer.

Nein, der frühere Museumsleiter steckt jetzt gut bewacht in einem Lager am Rande der Gobi und lernt, wie der Kopf ein neues Bewusstsein erlangt, wenn die Hände bei sengender Sonne Rohre aus Lehm formen. Lange und kurze Rohre, gebogene und rechtwinkelige Rohre, Rohre so schlank wie die Knochen im Vorderbein eines Kamels oder so breit wie ein menschlicher Oberschenkel. Handgefertigte Teile, wie sie für die künstliche Bewässerung beim Gemüse- und Obstanbau in den Oasen der Wüste in großer Zahl und dringender denn je gebraucht werden.

»Auch hier geht es nämlich um Kunst und zwar um die einzig wesentliche Kunst, eine Kunst für die Massen«, verkündet im Schulungskurs am Abend eine etwa zwanzigjährige Rotgardistin. Vielleicht ist sie auch ein wenig älter, wer kann das heute noch so genau unterscheiden, wo alle Geschlechtsmerkmale ins Ungefähre verlaufen.

Professor Wen kennt das Mädchen. Sie ist die Tochter eines seiner Kommilitonen an der Peking-Universität. Die beiden Gelehrten stammen, was nicht unwichtig ist, aus derselben Provinz, demselben Distrikt, demselben Ort. Enger kann nur eine Blutsverwandtschaft sein.

»Hab bitte ein Auge auf sie«, stand im Brief des Vaters, als der ihm damals die Tochter für ein Praktikum am Museum in Xi'an empfahl, »sie ist ein Feuerstein, der hier in Shanghai in zweifelhafte Gesellschaft zu geraten droht. Ein ruhiger Ort wie dein Museum für Altertumswissenschaft, fernab von der Hitze unserer Großstadt, wird ihre Nerven gewiss beruhigen.«

›Feuerstein‹, erinnert sich Professor Wen, der jetzt mit seinen Leidensgenossen auf der niedrigen Holzbank über dem Lehmboden des Schulungsraums hockt und seiner früheren Praktikantin zuhören muss. Die Rotgardistin redet über den Widerspruch zwischen dem Trockenen und dem Feuchten, in dem sich der Widerspruch zwischen Armut und Reichtum, zwischen Kapitalismus und Sozialismus spiegelt, bildlich gesprochen, zwischen Wasser und Feuer, »ganz konkret« auch zwischen produktionsfähigen und nicht produktionsfähigen Rohren für die Bewässerung.

Professor Wen denkt in diesem Augenblick nur noch an das Feuer vor der Spitze einer Zigarette. Aus den Tiefen seiner Lungenflügel erhält das Hirn die dringliche, die absolut unaufschiebbare Botschaft nach sofortiger Zufuhr von Nikotin. Die Rotgardistin hat Rauchen als ein »feudales Laster« eingestuft und im Lager bis auf von ihr persönlich zu entscheidende Ausnahmefälle strikt verboten.

»Aber der Große Vorsitzende raucht doch auch«, hat sich Wen vor wenigen Tagen beim Abliefern eines spitzwinkeligen Rohrs zu klagen getraut. »Er hat sogar gesagt, wie wichtig das Rauchen für die Nerven und die gesamte Entspannung der körperlichen Energie sei.« Der angesprochene Arbeitskollege, ein stämmiger Kerl aus Kanton, von dem es heißt, er habe früher als Personenschützer für einen dortigen Banditenkönig gearbeitet, hat zu dieser Bemerkung nur seinen breiten Kopf geschüttelt, eine Bewegung, aus der weder Zustimmung, Ablehnung noch überhaupt eine Form aufmerksamer Wahrnehmung zu erkennen war.

»Die Verantwortung des Großen Vorsitzenden reicht bis an den Himmel«, ruft die Rotgardistin zum Ende ihrer Ansprache. »Noch wenn er isst und trinkt und raucht, stärkt er sich nicht zum Genuss, sondern zum Aufbau des Sozialismus.« Jetzt hebt die Rednerin noch einmal die Stimme. »Ganz anders verhält es sich mit dem Konsum von Tabak und anderen Rauschmitteln bei Konterrevolutionären und anderen Klassenfeinden.« Das Maulen von Wen bei der Übergabe des Rohrs ist ihr naturgemäß sofort berichtet worden. Daher blickt sie bei diesen Worten Wen auch direkt ins Gesicht.

6

Dem Stählernen Wu bleibt tatsächlich nur Leo Zwirn, um die gefährliche Lage des Museums in Xi'an zu beraten. Der Kommissar kann sich nicht einmal einen Wutausbruch leisten, als der Russe mit einer halbstündigen Verspätung an die Tür seines Büros klopft.

»Genosse Zwirn, ich hoffe, du hast deine Arbeit erfolgreich beendet.«

Zwirn hat den Morgen in der Werkstatt der Restauratorin verbracht. Dort ist es kühl. Seit der Versetzung von Frau Wang nach Yan'an drang nur einmal eine Abordnung von Rotgardisten in die Abteilung. Nach kurzer Beratung, ob es hier etwas Klassenfeindliches zu zerstören gäbe, konnten die jungen Rebellen von Zwirn überzeugt werden, dass die Bruchstücke alter Kunst in den Regalen bereits das Ergebnis einer erfolgreichen Zerstörung darstellten. Seitdem ist es hier unten ruhig.

Auf der kleinen Anrichte unter dem Bild des Parteivorsitzenden Mao stehen jetzt das Grammophon und die Schallplatten mit den Aufnahmen von Chatschaturjan, Glinka und Schostakowitsch. Als die Botin des Parteikommissars den Russen zum Treffen in den ersten Stock beordert, hat Zwirn gerade den Walzer aus der »Maskerade« von Chatschaturjan aufgelegt. Das ist oder war ein Lieblingsstück von Frau Wang, über deren Schweigen er noch immer rätselt. Kein Brief, keine Andeutung, keine Nachricht über Dritte, und das seit mehr als zwei Jahren. Sollte es ein Zeichen von Sentimentalität sein, wenn er hier unten in den überall verstreuten Unterlagen nach den Spuren ihrer Arbeit sucht?

›Ich war nie gefährlich sentimental‹, denkt Zwirn, ›aber unempfindlich war ich auch nie.‹

Immerhin zeitigt das Stöbern auch seine behaglichen, mehr noch seine kuriosen Seiten. Zwirn ist immer wieder verblüfft, wie viele Spuren der Vergangenheit bis in die Gegenwart überdauert haben. Kleinste Stoffreste, winzige Haarspangen, Bruchstücke von funkelndem Schmuck, die vielleicht einmal den Brustpanzer eines Kriegers zierten, der vor Tausenden von Jahren sein Leben verlor.

›Geschichte‹, denkt Zwirn, ›geht nie völlig verloren. Sie gerät nur bisweilen von einem Halbschatten in die völlige Dunkelheit. Wie der kleine Laden hinter unserem Bahnhof, hier in Xi'an, der, völlig unberührt von allen politischen Umwälzungen in diesem Land, weiterhin Beluga-Kaviar und Wodka der feinsten Qualität im Angebot hält.‹

Zwirn fragt sich kurz, ob er einen Gedanken ähnlicher Tiefe nicht schon früher einmal zu Papier gebracht hat, irgendetwas mit dem Engel der Verkündigung, vielleicht auch dem Problem der historischen Dialektik. Noch so ein Halbschatten der Geschichte. Nach kurzer Überlegung besinnt er sich auf die Gegenwart, senkt noch einmal die Nadel auf den Anfang des Walzers aus der »Maskerade«, greift nach dem Wodkaglas und dem kleinen Löffel für den Kaviar. Auf eine Besprechung mit dem Kommissar muss sich jeder auf seine eigene Art vorbereiten. Das Museum in Xi'an, hat ihm die Archivarin, »der Merker«, in ihrer vorsichtig vieldeutigen Ausdrucksweise anvertraut, stehe endgültig vor dem politischen Abgrund. Nein, praktisch auf der Kippe. Es ist also damit zu rechnen, dass Genosse Wu in seiner prekären Lage nichts weniger als Großes von ihm erwartet.

»Von uns wird Großes erwartet«, sagt der Kommissar tatsächlich, nachdem er Leo Zwirn aus seinem Etui mit dem Bild des Vorsitzenden eine Zigarette angeboten und ihm Feuer gereicht hat. Auf dem Feuerzeug prangt das Porträt von dessen Stellvertreter und »engem Waffengefährten«, der, anders als Mao, dem Betrachter einen trübsinnigen, wenn nicht nachgerade misstrauischen Blick zuwirft. Kommissar Wu scheut die Festlegung auf nur eine der beiden Ikonen des revolutionären Geschehens.

»Die Führung verlangt von uns«, beginnt er, »ganz konkrete Maßnahmen, um einen entscheidenden Beitrag für ihren Kampf gegen die Schlangengeister der Klassenfeinde zu liefern.«

Zwirn hat sein Gesicht hinter einer Rauchwolke versteckt, nickt aber zur Bestätigung, dass die Botschaft angekommen ist.

»Ich habe hier eine vertrauliche Nachricht der Genossin Wang aus Yan'an vorliegen«, fährt der Kommissar fort, »der einige wichtige Punkte enthält, die für unser weiteres Vorgehen von ganz konkreter, ja, von äußerster Bedeutung sein können.«

»Darf ich das Schreiben sehen?«

»Nein«, antwortet der Kommissar scharf, dem plötzlich die kurze Passage im Brief eingefallen ist, die von der so lange geheim gehaltenen und dort erst offenbar gewordenen Vaterschaft von Frau Wangs Kind handelt. Diese Spielkarte will er noch in seiner Hand halten.

»Vielleicht später«, sagt er, um nicht zu brüsk auf Zwirns Bitte zu reagieren, »das Schreiben ist ausschließlich für den internen Dienstgebrauch bestimmt. Tut mir ehrlich leid. Aber es enthält eben viele Punkte, die uns weiterhelfen können.«

»Zum Beispiel?«

»Genossin Wang schreibt, dass es in Zeiten der großen Umbrüche, wie wir sie jetzt gerade erleben, ratsam ist, sich nicht auf die Hervorhebung einzelner Schicksale zu konzentrieren, wie es ein früherer Leiter dieses Museums einmal vorgeschlagen hat. Ich habe hier noch eine Liste seiner Vorschläge, bevor er sich als die schwarze Hand der Reaktion entlarvte.«

Wu greift nach dem Feuerzeug und klopft eine Folge von harten, kurzen Schlägen auf seine Schreibplatte.

»Heldentaten sind nie die Heldentaten von einzelnen Individuen, sie verkörpern vielmehr die glorreichen Erfolge der großen, der noch namenlosen Masse des Volkes im Kampf gegen seine Ausbeuter und Unterdrücker. Über einzelne Helden kann erst die Geschichte entscheiden. Sie jetzt auszuzeichnen wäre ein äußerst verhängnisvoller Rückfall in die bürgerliche Zeit des Individualismus.«

Der Kommissar hat für seine letzten drei Sätze jenen schnarrend überzeugten Ton gewählt, der bei Parteiversammlungen ankündigt, dass sich seine Widersacher und überhaupt alle Feinde besser auf das Allerschlimmste gefasst machen sollten. Er nickt jetzt in vorgetäuschter Zurückhaltung, als könne er den tosenden Beifall seiner Zuhörer hören, und greift nach seinem Etui mit dem Bild des Vorsitzenden.

»Genosse Wu, redest du gerade von unserem Parteivorsitzenden?«

Der Kommissar begreift die Frage nicht sofort und behält die Miene des unangestrengt zurückhaltenden Triumphes in seinen Gesichtszügen.

Zwirn wird deutlicher: »Du hast soeben gefordert, wir sollten die Bedeutung individueller Personen für den siegreichen Verlauf der sozialistischen Revolution nicht hervorheben. Das zielt doch in erster Linie auf den Großen Vorsitzenden! Auf die röteste aller unserer Sonnen. Auf wen sonst?«

Der Stählerne Wu fühlt plötzlich, dass der Kragen seiner korrekt zugeknöpften Uniform so eng wird, als sei er eine Schlinge aus Hanfseil. Nein, nicht nur der Kragen, auch Jacke und Hose schnüren sich fester um Brustkorb und Beine. Das kann nur ein schrecklicher Traum sein: Ein glorreicher Schmetterling wird wieder zur Puppe. Eine Puppe, deren Organe jedoch ein wildes und böses Spiel in diesem Körper aufführen. Herz und, schlimmer noch, auch Darm und Blase lassen sich kaum noch unter Kontrolle bringen. Das Bild von Mao über der Eingangstür blickt ihn voller Verachtung an. Die Gestalt von Leo Zwirn, der ihn aufmerksam betrachtet, wächst und wächst, während er, der Kommissar, verzweifelt kleiner und kleiner wird. Für einen Moment schwinden ihm die Sinne.

Als er wieder zu sich kommt, ist sein Blick immer noch verschwommen, doch ausschließen kann er nicht, dass inzwischen links unter dem Bild von Mao auf dem kleinen Stuhl neben der Eingangstür die Protokollantin Wu, »der Merker«, sitzt. Ist sie vielleicht Zeugin des Gesprächs geworden?

Zwirn wartet, bis die Gesichtsfarbe seines Gegenübers vom Leichenblassen wieder in ein mattes Rosa gewechselt hat. »Wir sprachen vom Vorsitzenden Mao«, sagt er und zieht aus der Jackentasche einen kleinen Flachmann, den er aus seinem Vorrat von Lieferungen des kleinen Ladens hinter dem Bahnhof abgefüllt hat. »Du hast gesagt, seine Darstellung als Figur der Geschichte sei für unser Museum unerwünscht. Darf ich den Genossen Wu hier um eine Erklärung bitten?«

Den Kommissar durchzuckt die Erinnerung an seine Bemerkung über Ikonen der revolutionären Tradition. Sie fühlt sich so übel an wie das Aufstoßen aus einem übersäuerten Magen. Sein Ärmel wischt Schweiß von der Stirn. »Nie, unter keinen Umständen, bei meinen Ahnen, bei meinem Parteibuch, habe ich je so eine Aussage gemacht. Ich gebe jederzeit mein Leben für den Großen Vorsitzenden. Seit meiner Geburt.«

Zwirn findet im Regal zwischen zwei Ordnern eine kleine Keramik, die vielleicht aus der späteren, mithin der Nördlichen Song-Zeit stammt, eine bauchige Schale, vermutlich ein Opfergefäß, und gießt dem Kommissar Wodka aus Weißrussland ein.

»Wir müssen dringend reden«, sagt er, »ganz dringend.« Er zieht für »den Merker« den einzigen riedgeflochtenen Sessel aus der Ming-Dynastie heran, den die Rotgardisten bei ihrer letzten Aufwartung nicht zerlegt haben. Auf dem Hof vor dem Museum brüllen Kinder revolutionäre Parolen und üben sich im Steinewerfen. Frau Wu schließt die beiden Fenster, doch der Lärm ebbt nur geringfügig ab. Sie zögert lange, bevor sie Platz nimmt, es handelt sich schließlich um den Lieblingssessel des früheren Museumsleiters. Zwirn schenkt dem Kommissar einen weiteren Wodka ein und setzt sich auf die Kante des Schreibtisches.

»Ich habe zwei Pläne vorbereitet, um das Museum vor unseren Feinden zu schützen«, beginnt er, »den ersten können wir als eine schnelle Gegenattacke vortragen. Das verschafft uns zunächst einmal Entlastung.«

Frau Wu hat aus alter Gewohnheit ihr Notizheft aufgeschlagen, um wichtige Stichpunkte festzuhalten. Zwirn springt auf, verbeugt sich kurz und greift mit einem höflichen Lächeln nach ihrem Stift. »Für den Moment reicht das Protokoll mit der Aussage des Kommissars über den Parteivorsitzenden und dessen Bedeutung für die Rolle von Helden in der Geschichte. Unsere Strategie, unsere Planung für die Gegenattacke werden wir später aufzeichnen.«

An den Ohren des Kommissars, der sich erst langsam erholt, sind nur die Worte mit militärischem Bezug angekommen: »Planung«, »Strategie« und besonders »Gegenattacke«.

Eine Handvoll kleiner Steine trifft auf das linke Fenster des Büros. Frau Wu schließt den Vorhang.

»Ich bin einverstanden«, sagt der Kommissar, »es muss alles nur sehr schnell, allumfassend und erfolgreich geschehen. Wie sieht diese Strategie aus, welche Materialien brauchen wir für den ersten Einsatz? Wer übernimmt die Befehlsgewalt?«

Zwirn setzt sich wieder auf die Schreibtischkante und zieht mit dem Stift der Frau Wu ein paar einfache, fast geometrische Linien durch die Luft: kleine Kreise, die aber auch die Form von Birnen haben könnten, Rechtecke, Treppen, die nirgendwo beginnen und nirgendwo hinführen, Quadrate, die in immer größer werdenden Quadraten verschwinden.

»Zauberkunststücke?«, fragt der Kommissar.

»Man kann das so nennen, aber es ist auch eine Form der Kunst. Es ist nichts weniger als unsere Geheimwaffe. Dazu eine kleine Geschichte: Als ihr mich damals nach Yan'an schicktet, hat mir der dortige Museumsleiter spätabends ein Dutzend streng geheimer Zeichnungen aus dem Archiv gezeigt. Einfache Zeichnungen auf einem grauen Skizzenblock. Sie waren alle mit Vor- und Nachnamen des Künstlers signiert.«

»Wer signiert einfache Striche, und warum werden solche Bilder in geheimen Archiven aufbewahrt?«, fragt »der Merker«, »das ist doch ...« – sie will ›Unsinn‹ sagen, besinnt sich aber sofort auf ihre Stellung und schwächt ab zu »schwer zu begreifen«. In ihrer Stimme liegt jedoch unverkennbar Hoffnung auf diesen Unsinn.

»Weiter, weiter, was ist unser Plan?«, will der Kommissar wissen. »Über Einzelheiten kann man später reden. Man kann über alles reden.«

Zwirn greift erneut nach dem Stift der Frau Wu und schreitet gelassen vor das Porträt des Großen Vorsitzenden. Eine Handbreit unter dem goldenen Rahmen des Drucks kratzt er zwei Rechtecke in den weißen Putz.

»Ich verlange dafür natürlich einen Preis«, sagt er und fügt den Rechtecken noch eine runde Form hinzu. »Einzelheiten erläutere ich morgen, dafür brauche ich noch den Rat von Frau Wu.« Zwirn tritt an eines der Fenster, öffnet es und blickt siegesgewiss in den plötzlich menschenleeren Park.

7

»Der russische Karpfen hat behauptet«, vertraut Frau Wu in der Nacht ihren geheimen Aufzeichnungen an, »der Museumsleiter von Yan'an habe ihm damals Zeichnungen des Großen Vorsitzenden gezeigt, als der 1928 in seiner Universität gegen das realistische Zeichnen rebelliert habe. So sei aus einer blühenden Seerose einfach ein Kreis geworden, aus einer Dichterklause ein Quadrat, und so weiter und so weiter... Da habe sich bereits der frühe Revolutionär gegen künstlerische Formen des Feudalismus gezeigt. Angeblich hat der Große Vorsitzende diese Aussagen gegenüber einer amerikanischen Journalistin getroffen, die diese Episode dann zu Papier brachte. Heute sei das aber alles streng geheim.

In Yan'an habe aber ein alter Kurator diese Bilder für das Archiv aufbewahrt, dort, wo der lokale Museumsleiter mit seinem Schatz gegenüber Zwirn geprahlt habe. Wie das Konvolut dort hingekommen ist, sei unklar.

Fest stehe aber auch, dass sich das Museum von Yan'an nie von diesen Stücken trennen würde. Als Objekte einer Ausstellung wären sie jedoch von unermesslichem Gewinn. Darüber sollten die Beteiligten jetzt einmal ganz konkret nachdenken.«

8

In der späten Nacht sucht der Kommissar unter dem sehr durchsichtigen Vorwand einer dringenden dienstlichen Besprechung die Genossin Lili auf, die ja mehrere Jahre in Yan'an gearbeitet hat. Nach Zwirns Ankündigung ist die Kühle in seinem Lendenbereich wie der Winter einem milden, immer kräftiger werdenden Mai gewichen. Die Genossin Lili, das fand Wu schon bei früheren Gelegenheiten heraus, hat Verständnis für derartige Lenzgefühle. Als sie geraume Zeit später aus dem Badezimmer tritt, um mit dem Kommissar noch eine kleine Schale Tee zur Wiedererlangung verströmter Energien zu trinken, bringt er das Gespräch ganz beiläufig auf ihre alte Arbeitsstelle.

»Es sollen da geheime Schätze des Großen Vorsitzenden gelagert sein«, sagt er und blickt auf sein Zigarettenetui mit dem bekannten Bild, als sei von dort gerade eine Vermutung hochgekräuselt. »Irgendwelche Bilder oder Zeichnungen.«

»Stimmt«, antwortet Genossin Lili, zieht den Bademantel etwas fester über der Brust zusammen und führt ihre Knie wieder eng aneinander. Wenn vom Vorsitzenden die Rede ist, gehört sich der Ausdruck eines angemessenen Schamgefühls. »Warum willst du das gerade jetzt wissen?«

»Nur so«, sagt der Kommissar und drückt seine Zigarette aus. Nicht, dass er Zwirn misstraut, aber Kontrolle, erinnert er sich, gehört nun einmal zu den bewährten Mitteln des Apparats.

9

»Deshalb besteht mein erster Plan darin«, sagt Zwirn am nächsten Morgen, »den werktätigen Massen diese revolutionären Zeichnungen nicht länger vorzuenthalten. Kunst wird Geschichte schreiben.«

Es ist immer noch ruhig im Park vor dem Museum. Die rebellierenden Jugendlichen demonstrieren vor einem anderen Hauptquartier reaktionären Denkens. Man kann unbesorgt die Fenster öffnen, ein mehr als nur halbherziges Versprechen von lauem Sommer liegt in der Luft. Frau Wu blickt erwartungsvoll auf Leo Zwirn.

»In ihrer künstlerischen Form hat mich der Anblick dieser früh entstandenen Bilder an die Werke eines großen sowjetischen Künstlers erinnert, an einen gewissen Kasimir Malewitsch, den man selbstverständlich nur einen bescheidenen Vorläufer des Großen Vorsitzenden nennen kann.«

Den Namen Malewitsch lässt sich Kommissar Wu vom »Merker« lautgerecht auf einem kleinen Zettel aufmalen.

»Aber wie kommen wir denn jetzt an diese Kritzeleien?«

Für diese Frage erntet er einen strengen Blick des Russen. »Ich hoffe sehr, Genosse Wu, du willst nicht, dass dein Wort ›Kritzeleien‹ in irgendeinem Protokoll auftaucht. Wenn doch, dann bestehe ich darauf, dass an dieser Stelle festgehalten wird: ›Genosse Zwirn verlässt empört den Raum, nachdem er die künstlerische Arbeit des Großen Vorsitzenden gegen eine polemische, unsachliche und das Ansehen des Parteiführers herabwürdigende Äußerung durch Parteikommissar Wu verteidigt hat.‹ Was ich hiermit tue.«

Den Kommissar überkommt eine anschwellende Erinnerung an seinen gestrigen Schwächeanfall.

»Das habe ich nie so gesagt«, stöhnt er, seine Organe beginnen wieder ihr teuflisches Spiel. Doch in der aufsteigenden Not erinnert er sich an eine Bemerkung von Zwirn, die den Russen vielleicht günstiger stimmen könnte:

»Du hast gesagt, du willst eine Bedingung stellen.«

»Gut, dass du mich daran erinnerst, Genosse Wu. Ich komme darauf zurück, wenn wir über den zweiten Plan reden. Aber zunächst zum Dringlichsten!«

Zwirn hat wieder vor dem Schreibtisch Platz genommen und faltet die schlanken Hände unter seinem Kinn. So hat Lenin auf einem Bild in Zwirns Seminarraum in der Universität seine Zuhörer angeblickt. Nachdenklich und entschlossen. Soll es noch einmal einer wagen, ihn »Karpfen« oder »Goldfisch« zu nennen.

»Ich habe mir die Objekte in Yan'an genau angesehen. Sie sind in meinem Gedächtnis eingraviert wie photographische Dokumente. Ich bin auch bestens vertraut mit den Arbeiten jenes Kasimir Malewitsch. Wenn die Genossen in Yan'an sich weigern, die unsterblichen Werke des Großen Vorsitzenden auszustellen, wird diese Ausstellung hier, in Xi'an stattfinden. Hier, in unserem Museum. Und zwar größer, umfangreicher und bedeutender als alles, was in Yan'an je stattfinden könnte. Dazu bedarf es rücksichtsloser Entschlossenheit und eines künstlerischen Talents. Ich bin bereit, beides in die Waagschale zu werfen.«

Kommissar Wu überfällt wieder ein Schwindel. Der ist zwar von einer ganz anderen Qualität, allerdings nicht weniger heftig als die Schwäche, die ihm Zwirns Worte gestern Abend und noch vor wenigen Minuten zugefügt haben.

»Ich kann mir nicht vorstellen, dass ein Raub …«, beginnt er, unschlüssig am Kragen der Uniform ziehend, »damit will ich nur sagen, für den Schutz unserer Museen gelten leider …« Die Archivarin fällt ihm ins Wort: »Genosse Wu, du bist feige und ein erbärmliches Mitglied unserer Partei. Außerdem handelt es sich um eine Enteignung. Damit kennst du dich doch aus.«

»Der Merker« zieht ein blasses Taschentuch aus der Jacke und hält es erschrocken vor den Mund. So hat sie noch nie mit dem Kommissar gesprochen.

Am späteren Nachmittag legt Kommissar Wu der Genossin Lili nach dem gemeinsamen Duschen den kleinen Zettel vor, auf dem in phonetischer Umschrift der Name des russischen Malers Malewitsch steht.

»Den hat es tatsächlich gegeben«, sagt Lili, »er ist berühmt. Aber soweit ich mich erinnere, schon seit dreißig oder ein paar mehr Jahren tot. Mit dem jedenfalls könnt ihr anstellen, was ihr wollt.«

Wu fühlt, dass in diesem letzten Satz eine Andeutung schwingt, über die er später unbedingt noch nachdenken sollte. Die Betonung lag auf jenem kleinen Artikel »dem« vor dem Wort »jedenfalls«. Vielleicht war das eine Warnung. Oder eine Drohung? Und was waren überhaupt die Bedingungen, die der Russe noch stellen wollte?

»Du bist gar nicht bei der Sache, mein großes Lenzwunder«, flüstert Lili dem Kommissar ins Ohr, »hast du eine Sorge, von der ich wissen sollte?«

DER FALSCHE MAO

1

Leo Zwirn ist glücklich über die neue Aufgabe, die er sich gestellt hat. Bei einem Schneider in der Altstadt bestellt er einen dunkelsamtenen Umhang, wie ihn europäische Künstler im 19. Jahrhundert getragen haben, und für den Kopf ein Barett aus Wolle, etwas kleiner als jenes, das er aus dem berühmten Photo von Auguste Rodin kennt, doch ausladender als das Käppi, das in chinesischen Zeitungen bei der Nachricht vom Tode Che Guevaras gezeigt wurde.

Auch sein Schneider ist glücklich. Seitdem er seine Produktionsbrigade verlassen musste und wieder in seiner alten Werkstatt hockt, gibt es für ihn nur noch Änderungsaufträge. Hosen, immer wieder Hosen. Hosen für Männer und, kaum unterscheidbar, Hosen für Frauen, die neuen Umfängen angepasst werden sollen. Stoffe werden nicht mehr nach Qualität bewertet, nur noch nach ihrer Unauffälligkeit und der Zahl von Coupons, die für die Änderungen anfallen.

Aber Zwirn ist ein ganz anderer Fall. Schon sein Auftreten erinnert den Schneider an jene glücklichen Zeiten seines Erwachsenwerdens, in denen Stoffe noch mit Respekt, ja mit Würde behandelt wurden, wo am Kragen, an der Flankennaht und an Knopflöchern noch sorgfältig paspeliert wurde, wo knappkantiges Absteppen zu einem wichtigen Teil der Lehre zählte, der Kunst näher als dem Handwerk.

»Als junger Mann habe ich noch Stoffe von Kaisern genäht«, erzählt er, »Maulbeerseide, Wildseide, ach, alles, was in den großen Handelshäusern von Shanghai gelagert wurde. Seide, wenn sie richtig behandelt wird, hat ja kein Alter. In Shanghai vielleicht ein wenig, doch nicht hier, wo das Meer so weit entfernt ist.«

Zwirn hat sich für seine Arbeiten am künstlerischen Werk des Großen Vorsitzenden Mao von Kommissar Wu ein spezielles Studio ausbedungen, einen für Besucher geschlossenen Lama-Tempel am nordwestlichen Ende der Stadtmauer. Früher hieß das Gebäude »Tempel der Ausgedehnten Menschlichkeit«, als Zwirn diesen Namen hört, beharrt er umso dringlicher darauf, das Atelier gerade hier aufzubauen.

»Es geht mir um die idealen Lichtverhältnisse für sensible künstlerische Wahrnehmungen«, erklärt er dem Kommissar, »und auch um die Abgeschiedenheit der Anlage für unsere Operation.«

2

Die Beschaffung der Materialien ist übrigens kein Problem gewesen. Papier verschwindet in China nur, wenn es durch die Folgen von natürlicher oder politischer Gewalt vernichtet wird. Das von Mac benutzte Papier, das hat Frau Wu, »der Merker«, herausgefunden, wird heute noch im Nordosten wie in den Küstenregionen der Volksrepublik vertrieben. Dasselbe gilt für die Malutensilien. Genau kalkuliert sind sie im Vergleich zu den Jahren vor der Befreiung sogar billiger geworden.

Aus welchen Quellen sie diese Informationen bezieht, will im Museum niemand nachfragen. Klar, die beiden Pole »Vertrauen« und »Kontrolle« darf eine aufmerksame Führung nie aus den Augen lassen. Und welche Auskünfte, Geschäftsbücher welcher Institutionen, Papierhändler, Schreibwarenläden sind in diesen Tagen überhaupt noch verlässlich? Doch wenn dieser Plan 1 des Genossen Zwirn überhaupt eine Chance auf schnelle Verwirklichung haben kann, dann muss man die Wahrheit nicht in vieldeutigen Tatsachen, sondern in der Hoffnung finden. Hier ist Vertrauen eindeutig besser als Kontrolle. Gerade auch, wenn es um ein zu beschleunigendes Verfahren geht, wie die Rettung eines Museums.

3

»Ich habe für meine hiesige Herrschaft einen kleinen und einen großen Plan entwickelt«, schreibt Zwirn in seiner Flaschenpost, »um aus diesem Museum eine Festung zu machen. Der Erfolg eines kleinen Plans hängt nämlich entscheidend davon ab, ob er Teil eines Gesamtentwurfes ist. Das gilt für alle Systeme, in denen Größeres angelegt ist. Schon wenn man für die Kinder einen Sandkasten baut, muss man ihnen beibringen, an die Wüsten zu denken.

Dieser kleine Plan hat mir bereits erhebliche Vorteile gebracht. Ich wohne jetzt in meiner Wohnung UND in einem Tempel, aus dem alle früheren Bewohner vertrieben wurden, Gottseidank ohne meine Schuld. Wenn ich jetzt ›Tempel‹ schreibe, darfst du dir darunter nicht ein verfallenes Gebäude am Wegesrand vorstellen, es ist vielmehr eine Anlage, die über drei breite Hallen verfügt, in denen früher wohl gebetet und gelehrt wurde. Das erlaubt mir ein Schreiten durch jetzt leere Räume, ganz wie durch eine Kathedrale, eine Bewegung, die den Verstand auf Schwingen in höhere Sphären trägt, wo er auf der Luft schwebt.«

Den letzten Satz streicht Zwirn mit einer energischen Bewegung der Feder. Da er den Brief aber nicht ganz von vorn anfangen will, fügt er einen Kommentar hinzu: »Hatte gerade über ein Gedicht von Puschkin nachgedacht, da geht es um ein Kloster im Kaukasus. Mein Gefühl war ähnlich, die Sprache aber erbärmlich. Man muss sich in den Boden schämen.«

Zwirn lehnt sich zurück und blickt durch die geöffnete Eingangspforte des »Tempels der Ausgedehnten Menschlichkeit«. Im Vorgarten steht ein sechseckig zusammengefügter Pavillon. Früher, das hat ihm der Schneider am letzten Wochenende erzählt, wölbte sich sein Dach über einen Stein, in den in erhabenster Kalligraphie eine kaiserliche Botschaft gemeißelt worden war. Den Stein haben Rotgardisten vor ein paar Jahren unter großem Gejohle zerstückelt und fortgeschafft, als Baumaterial für ein Straßenprojekt.

»Vor der Eingangstür meines Tempels steht ein kleiner, sechseckiger Pavillon«, schreibt Zwirn jetzt weiter, »unter dessen Dach ich den Vogelkäfig aus Messing gehängt habe, den mir Ritotschka damals in Peking zum Abschied geschenkt hat, gleich nachdem ihr Mann meine Briefe und meine Zeichnungen gefunden hatte. Ich fand die Geste damals zunächst komisch, schließlich wollte ja meine Geliebte ihren Käfig nicht verlassen, aber dann war ich doch gerührt, schließlich bewegen uns ja leidenschaftliche Gesten, die ein wenig schräg geraten sind, stärker als das perfekt Pompöse. Man könnte hier von einer bewegenden Asymmetrie zwischen

Herz und Hirn reden. Deshalb habe ich das Geschenk auch hierher mitgenommen.

Der Käfig ist übrigens wieder bewohnt, weil ein älterer Nachbar von mir, der Schneider, dort ein Brieftaubenpärchen untergebracht hat. In der gegenwärtigen politischen Lage gilt das Halten von Haustieren aus vielerlei Gründen für gefährlich, wenn es nicht sogar ausdrücklich verboten ist. Daher war Schneider, der offenbar schon von seinem Vater eine Liebe zu diesen Tieren geerbt hat, überglücklich, als ich dem Pärchen hier einen Unterschlupf anbot. Die Vögel verkümmern, behauptet der Schneider, wenn sie nicht regelmäßig trainiert werden. Wie er das anstellt, hat er mir noch nicht verraten, auch aus der angemessenen Ernährung mit verschiedenen Körnermischungen macht er ein großes Geheimnis. Aber irgendwann werde ich schon dahinterkommen. Als ich heute durch eine meiner so weitläufigen wie weitgehend leeren Hallen schritt und dann wieder zum Pavillon zurückkehrte, kam mir der Gedanke, dass Brieftauben zu einem Teil meines großen Plans werden könnten.«

Zwirn blickt kurz von seinem Brief hoch und sieht neben dem Fuß einer der sechs Säulen des Pavillons eine magere, rotgestreifte Katze, die zu dem Taubenpärchen hochblickt. Im Gesichtsausdruck der Katze wechseln beständig stolzer Anspruch, genussvolles Verlangen, aber auch schon eine Andeutung von trauriger Resignation. Das bewegte Mienenspiel setzt sich fort im Tanz der gesträubten Schnurrhaare.

›Jetzt nur keinen Gedanken an das Schicksal oder irgendeine andere Symbolik zulassen‹, denkt Zwirn. ›Jetzt werden wir, um unseren Freund Wu zu zitieren, *ganz konkret* und konzentrieren uns auf den Plan 1.‹

Mit entschlossenem Griff stülpt er sich sein neues Barett auf den Kopf und notiert: »Spätestens morgen Abend werde ich die Exponate des Frühwerks unseres Großen Parteivorsitzenden fertiggestellt haben. In weniger als drei Wochen wird unser Museum die breiten Volksmassen zu einer Ausstellung einladen, die nicht nur die begeisterte Aufnahme der Bevölkerung, sondern auch der internationalen Kunstwelt finden wird.«

Erst beim zweiten Lesen fällt Zwirn auf, dass sich in sein Russisch, auf dessen Formschönheit er ja nicht wenig Bedacht legt, vulgäre Sprengsel einer fremden Propagandasprache eingeschlichen haben. Heute Nacht wird er Gogol lesen.

4

Ein kapitaler und beharrlicher Glücksstern in exakt der richtigen Himmelskonstellation fügt, dass der Tag der Eröffnung jener Ausstellung zum Frühwerk des Großen Vorsitzenden zu einem fulminanten Ereignis wird. Den wichtigsten Beitrag liefert eine Reihe von schweren Gewittern, die zuverlässig die nachrichtendienstliche Verbindung nicht nur zwischen der Stadt Xi'an und ihren Nachbarstädten, sondern auch zur Hauptstadt Peking unterbrechen. Ein verheißungsvolles Doppelglück der elektrischen Kraftentladung.

So erfährt vorerst nicht einmal der Museumsdirektor in der benachbarten Stadt Yan'an davon, dass an diesem Tag wertvollste Schätze aus allergeheimsten Archivbeständen des Revolutionsmuseums in Xi'an den werktätigen Massen präsentiert werden. Und das ohne jegliche interne Abstimmung, vertragliche Regelung, Auflagen der kunsthistorischen Sorgfaltspflicht.

Genauso wenig können die Kultusbehörden der chinesischen Hauptstadt darüber informiert werden, dass »in einer entfernten westlichen Provinzhauptstadt des Landes«, wie es später auch in internationalen Agenturberichten zu lesen ist, das zeichnerische Frühwerk des Großen Vorsitzenden erstmalig »den Völkern der ganzen Welt« gezeigt wird.

Einen dritten Beitrag zum Erfolg liefern die zwei mächtigen, einander heftig befehdenden Rebellengruppen der Stadt Xi'an: »Sind Ausstellungen individueller Künstler nicht ein Rückfall in bürgerliche Verhaltensweisen?«, fragen Wandzeitungen, die auf den Stadtmauern hinter dem Gemüsemarkt kleben. Noch wird der Anlass der Empörung nur angedeutet.

»Nur Anarchisten haben eine so schwarze Seele, dass sie es wagen, die unsterblichen Talente des Großen Vorsitzenden in Zweifel zu ziehen«, heißt es auf dem Banner, das vor dem Eingang des Museums hängt. Wer genau hinsieht, erkennt in der Form der Schriftzeichen eine, nein, nicht täuschend ähnliche, doch auch nicht gänzlich unterschiedliche Kunst der Kalligraphie, die auch die Gedichte von Mao auszeichnet.

Diese Schrift ist natürlich das Werk von Frau Wu, »des Merkers«. Im Archiv gehört es zur Pflicht, besonderes Augenmerk auf die Gestaltung von Handschriften und deren Variationen zu legen. Schriften sind in China mehr als anderswo die Partituren einer Person. Daher hat sich Frau Wu auch die größte Mühe gemacht, nur mit Andeutungen zu arbeiten.

Wird jemand diesen Versuch des halbdurchsichtigen Verschleierns durchschauen? Heute bestimmt nicht. Dies sind die Tage der revolutionären Hingabe. Für skeptisches Abwägen, für den kritischen zweiten Blick ist der Elan der Massen einfach zu heftig.

»Die Ankündigung unserer Eröffnung muss wie ein Blitz einschlagen«, hatte Kommissar Wu am Abend zuvor gefordert. Die Gewitter der letzten Tage brachten ihn auf einen Gedanken: »Wir fahren am Morgen mit Lautsprechern durch die Stadt und öffnen gleichzeitig mit einem Feuerwerk unser großes Portal. Im Gärtnerhaus liegt noch jede Menge an scharfen Heulern, donnernden Böllern und gebündelten Raketen vom letzten Frühlingsfest. Wir setzen die Zeichen auf massiven Überraschungsangriff. Ich will, dass dieser Tag nicht mehr aus der Geschichte unseres Museums gestrichen werden kann.«

»Wir müssen mutig sein«, ruft Zwirn. »Wo keine Gefahr ist, da ist auch keine Kunst!«

Schon nach weniger als einer halben Stunde, die Lautsprecherwagen sind kaum unterwegs, stellt sich heraus, dass mit diesem ersten Aufwand praktisch bereits ein Übersoll erfüllt wurde. Zunächst sind es nur die Straßen der Altstadt, die zum Museum führen, in denen die Demonstrationszüge unaufhaltsam wie Lindwürmer ihrem Ziel entgegenziehen. Niemand kann später herausfinden, wer dieses Gerücht verbreitet hat, doch in Windeseile gilt als ausgemacht, dass im Museum ein Schatz des Großen Vorsitzenden nicht nur zu besichtigen, nein gleichzeitig auch bedroht und daher von den Massen »wie das kostbarste Mündel« zu schützen sei.

Weniges, vielleicht nur die Lust auf Rache, befördert die Erregung einer Menge heftiger als die Aufforderung, einem »wehrlosen Mündel« in seiner Gefahr beizustehen. Umso mehr, naturgemäß, wenn es sich bei diesem Objekt um einen Schatz des Großen Vorsitzenden handelt, um »die originalsten Zeichnungen aus seiner eigenen Hand«, wie mehrere Transparente verkünden, um »Heiligtümer«, die bislang durch ein finsteres Komplott vor der Welt verborgen wurden und jetzt durch die »schwarze Hand der Reaktion« von Vernichtung bedroht sind.

Die Szenen auf den engen Straßen der Altstadt werden lauter, greller und merklich angriffslustiger durch die Marschmusik, die den kollektiven Herzschlag der Demonstranten befeuert. Mundorgeln stimmen gedehnte, heulende Trauerklänge an, Trompeten plärren Klagetöne, die sonst nur zur Begleitung von Begräbnissen vorgetragen werden, Schlägel prasseln mit dumpfer Wucht auf Kesselgongs, und schrille Sprechchöre skandieren die Forderung, diesen einzigartigen Schatz des Museums gegen alle Feinde »bis auf den letzten Blutstropfen« zu verteidigen.

»Ich glaube, wir haben die erste Etappe gewonnen«, sagt Leo Zwirn zu Kommissar Wu, als die Spitze des ersten Zuges der Demonstranten den Park vor dem Museum erreicht hat. »Wir sollten jetzt eine Phase der Beruhigung nach dem Sturm einleiten.«

Die beiden stehen am Fenster des Arbeitszimmers, von dem aus früher Professor Wen die Geschicke dieser Institution zu lenken versuchte. Zwirn fühlt, dass jetzt der Moment gekommen ist, den Pulsschlag der Empörung abzumildern.

»Ich will wenigstens noch, dass sie nach mir rufen«, sagt der Kommissar, »schließlich ist das hier alles nach meinem Plan entstanden. In bestimmten Führungskreisen gilt für die objektive Bewertung eines Kaders auch die mutige Initiative und Leistung eines einzelnen Genossen, der in einem entscheidenden Kampf Mut und strategisches Geschick gezeigt hat.«

Zwirn nimmt diese Sätze mit freundlichem Nicken hin, verlässt aber dann schnell den Raum, weil er beobachtet hat, wie sich eine kleine Gruppe von Rotgardisten der Bank genähert hat, auf der sich wie jeden Morgen die vier alten Frauen mit den Kinderwägen niedergelassen haben.

Die zwei jungen Anführerinnen dieser Gruppe schwingen mit den Gesten der traditionellen chinesischen Kampfkunst Speere, an deren Spitzen unheilvoll blutrote Quasten tanzen.

Zwirn hat den Hof noch nicht erreicht, da hat sich bereits Frau Wu, die Archivarin, schützend vor die alten Frauen gestellt.

»Hau ab, du alte Hexe«, ruft die jüngere der Anführerinnen und fuchtelt mit ihrer Waffe vor der Brust von Frau Wu, »die Weiber verstecken hier Schätze des Vorsitzenden.«

Frau Wu stellt ihre beiden Füße auseinander. »Hört sofort mit diesem Unsinn auf«, ruft sie im Tonfall einer strengen Lehrerin.

»Die Alte will uns drohen«, schreit jetzt die ältere der Rotgardistinnen und spuckt der Archivarin ins Gesicht.

Danach geht alles sehr schnell. Frau Wu »macht«, wie es in der Kampfsprache heißt, »den Drachen«, lässt den linken Ellbogen vorschnellen, tritt mit dem linken Fuß gegen die Nase der jüngeren, danach mit dem rechten in den Unterleib der älteren Anführerin, wendet sich blitzartig um die eigene Achse, tritt und stößt noch ein zweites Mal und steht dann wieder ruhig da. Die Finger der linken Hand sind zu einer drohenden Kralle aufgespannt, die rechte umklammert die beiden Speere.

»Hier greift niemand die heldenhaften Wächterinnen unseres Museums an«, sagt sie immer noch im Ton der strengen Lehrerin. »Es waren nämlich genau diese verdienten Genossinnen, die als Erste Alarm geschlagen haben.«

Wie zum Ende eines Märchens oder einer Oper werden darauf die vermeintlich Bösen wie auf einen Befehl des Himmels zu den wahrhaft Guten. Die beiden Anführerinnen schleichen gedemütigt aus der Mitte der Szene. An ihrer Platz treten vier stämmige Kerle, Arbeiter und Arbeiterkinder der reinsten Herkunft, greifen den vier alten Frauen unter die Achseln und setzen sie mit einem festen Griff auf ihre breiten Schultern.

Hilft den Frauen ihr verzweifelter Protest, was solle der Unfug, sie seien hier, um Kinder zu hüten, helfen ihnen die verzweifelt erbitterten Faustschläge gegen die Stirnbänder der Männer, auf denen nur die Zeichen »Schutz« und »Rache« stehen?

Natürlich nicht. Der johlende Lindwurm drängt zu den Stufen des Museums, angeführt von den vier Männern, von denen ein jeder eine ältere Frau auf den Schultern trägt.

»Gibt es noch ein Problem?«, fragt Frau Wu den sprachlosen Zwirn.

»Keines, das du nicht lösen könntest«, antwortet er, verbeugt sich tief und nimmt ihr die Speere aus der rechten Hand.

»Ich will hier nicht übertreiben«, schreibt der Russe am Abend in seiner Flaschenpost, »aber die ganze Szene mit den alten Frauen auf den Schultern erinnerte mich an ein Bild aus der Französischen Revolution. Naturgemäß ohne entblößten Busen. Das war doch Eugène Delacroix? Oder denke ich gerade an die Pariser Kommune von 1870? Aber wo wurden sonst je Frauen auf den Schultern getragen? Offenbar leidet mein Bildgedächtnis. Zum Glück waren da die Zeichnungen von Mao für mich ein sehr viel leichterer Fall.«

Zwirn blickt auf den letzten Absatz seines Briefes und beschließt, auf einer heiteren Note zu enden. Er füllt das Glas nach und legt die Platte mit dem Walzer von Schostakowitsch auf.

»Als die vier alten Frauen vor dem Portal des Museums abgesetzt wurden, brachten sie zunächst ihre Kleidung in Ordnung, erst danach gab eine jede von ihnen ihrem Träger eine schallende Backpfeife, dann fassten sie einander bei den Händen und liefen unter lautem Schimpfen zu ihren Kinderwägen, die – unbeachtet und ungerührt – neben dem Sockel des noch nicht errichteten Denkmals für den Großen Vorsitzenden aneinandergereiht standen.«

5

Vier Abende später hat Zwirn zu einer Arbeitskonferenz »mit kleinen Erfrischungen« eingeladen. Nichts Aufwendiges, schon gar kein Festmahl, nichts davon passt in den Geist der Zeit. Aber sein Studio im Tempel der Ausgedehnten Menschlichkeit verfügt mittlerweile über eine mehr als brauchbare Küche. Die alten Eisenherde aus der Zeit, als hier noch Mönche lebten, haben freundliche Helfer wieder angeschlossen. So kann

»wie früher« gekocht, gebraten, gedämpft, paniert oder frittiert und gebacken werden. Selbst alte Hackbretter aus wertvoller Eiche haben ihren Weg zurück in den Tempel gefunden. Am Morgen nach der Ausstellungseröffnung lagen sie in einem groben Sack auf den Stufen zum kleinen Pavillon vor der Eingangstür. In diesem Sack steckten übrigens auch noch drei handliche Dosen mit Sojaöl sowie einige Hack- und Schälmesser, allerdings war das Öl schon ranzig, hatte bereits der Rost die Messer angefressen.

»Diese Geschenke zeigen, dass die Massen dich hier heimlich als Helden verehren«, sagt Frau Wu, »der Merker«, bevor sie sich an das Ausrollen des Nudelteigs macht. »Dieser Russe hat uns Glück gebracht, habe ich gestern beim Mehleinkaufen gehört, er hat Kräfte, die andere nicht haben.« Frau Wu kichert hinter der hochgehaltenen Schürze. »Es heißt, man könne es an der wilden Nase sehen. ›Sieht er nicht einem magischen Einhorn ähnlich?‹, hat ein alter Mann gefragt, der hinter mir in der Schlange stand.«

Wie es sich gehört, wird während des Essens nur über Essen geredet. Über seltene Pilze, die sich aus geheimnisvollen Gründen bis in die Höhenlagen der Himmelsberge oder bereits in die ferne Provinz Yünan zurückgezogen haben. Über Muscheln, die früher in Shanghai auch als Kalbfleisch serviert werden konnten, und über Perlen, die im Reis versteckt wurden, damals, da noch die schändlichen »Vier Alten Sitten« des Feudalismus herrschten. Kurz, die Tafelrunde redet über alles, was nicht mit den Ereignissen der letzten Tage zusammenhängt. Und schon gar nicht mit der Zukunft.

Das ändert sich erst, als wieder Tee serviert wird und Leo Zwirn sagt: »Aus allen Dingen erwächst immer auch ihr Gegenteil. Das habe ich hier gelernt. Unsere Feinde werden nicht stillhalten, deswegen müssen auch wir sofort darangehen, meinen großen neuen Plan in die Tat umzusetzen.«

Diesen Satz von Zwirn über das Gegenteil, das ständig aus sich selber seinen Widerspruch bilde, kenne er aus den Parteischulungen, erklärt Kommissar Wu. Man nenne das »Dialektik«, und die Strategie könne sehr hilfreich sein. »Der Große Vorsitzende schwört darauf und ich auch und zwar in allen Lebenslagen«, fügt er hinzu, »das kann für uns alle nur ein Vorbild sein.«

Frau Wu, »der Merker«, unterdrückt einen kleinen Schluckauf. Dann greift sie nach Stift und Notizheft.

»Das bleibt hier zunächst einmal ganz unter uns«, ruft der Kommissar und bringt mit einem Schlag auf den Tisch die Teeschalen aus ihrem Gleichgewicht, »weg mit dem Schreibzeug!«

»Es wird nicht im Geheimen bleiben«, sagt Zwirn, »der große Plan besteht nämlich darin, ein weiteres Wunder zu vollbringen, ein noch viel größeres Wunder als unseren ersten Erfolg zur Rettung des Museums. Unser neues Wunder verlangt nach noch größerer Aufmerksamkeit durch die Massen. Es wird nicht nur die Stadt, es wird nicht nur das Land, es wird mit seinem Glanz die ganze Welt erschüttern.«

Kommissar Wu zieht eine Zigarette aus seinem Etui und klopft den Tabak auf dem Antlitz des Großen Vorsitzenden fest. »Wunder«, er spielt zögernd mit dem Rädchen seines Feuerzeugs, »also Wunder sind ja eher eine Sache des Aberglaubens aus der finsteren Feudalzeit. Eben Aberglauben. Was wir hier in den vergangenen Tagen geleistet haben, war die ganz konkrete Bergung eines geheim gehaltenen Schatzes. Von jenen frühen, meisterhaften Zeichnungen, gut, ihr wisst, wovon die Rede ist. Das hat aber überhaupt nichts mit Aberglauben zu tun. Eher mit ..., jedenfalls nicht mit Dialektik. Ich werde mich später dazu äußern, man muss das alles ...«

»Kommissar Wu, ich fürchte, du verstehst nicht die tiefere Bedeutung des Wortes ›Wunder‹, das unser russischer Freund gerade gebraucht hat«, unterbricht ihn »Merker«.

Dem Kommissar springt vor Überraschung die noch nicht entzündete Zigarette aus dem zugespitzten Mund. Schon wieder hat seine Namensvetterin gewagt, ihm zu widersprechen. Und noch nie hat er ein solches Wetterleuchten in den dunkelkastanienfarbenen Augen der Archivarin bemerkt.

Auch Zwirn ist überrascht. Aber er erinnert sich an die Szene im Hof des Museums, als Frau Wu die beiden Anführerinnen der Rotgardisten mit ihren überraschenden Fuß- und Ellbogenstößen bezwang und dabei einen zwar strengen, doch völlig unaufgeregten Ton bewahrte.

»Du kennst«, sagt Frau Wu jetzt in demselben ruhigen Ton und richtet dabei das stumpfe Ende ihres Bleistifts auf den Stuhl des Kommissars, »du kennst die Geschichte des legendären Yu Gong, der die Berge versetzte. Unser Vorsitzender hat sie uns im Kampf gegen die japanischen Eindringlinge und die Reaktionäre im eigenen Land immer wieder als ein Wunder der entschlossenen Kampfkraft zum Vorbild empfohlen. Die erste Rede hielt er vier Jahre vor der Befreiung des Landes. Daran solltest du dich erinnern. Ich hoffe, du hast die Rede nicht vergessen.«

»Schon recht, schon recht«, murmelt der Kommissar, die Zigarette klemmt immer noch nicht angezündet im linken Mundwinkel. »Ich weiß schon, dieser Genosse Yu Gong trägt ganz allein, Stein für Stein, den einen steilen Berg ab und baut dafür einen neuen steilen Berg. Man hielt das für ein Märchen, doch der Große Vorsitzende nannte es das vorbildliche Wunder für eine unbezwingbare revolutionäre Tat. Steht in den Textbüchern. Aber was hat das mit unserem Museum zu tun?«

Zwirn erhebt sich von seinem Stuhl, greift nach einem Essstäbchen und hält es in der Luft wie ein Dirigent den Taktstock – oder ein Magier seinen Zauberstab.

»Wir haben durch unsere Aktion bewiesen, dass es möglich ist, aus Altem, aus scheinbar Vergessenem eine neue Kraft zu entwickeln. Kunstwerke, die vor einem halben Jahrhundert entstanden sind, wirken durch unser Eingreifen wie mächtige Turbinen, die den Lauf der Gesellschaft vorantreiben.«

Er greift nach seinem Glas, hält dabei aber den Taktstock weiterhin in der Höhe. Das Bild von der Turbine ist ihm letzte Nacht im Schlaf gekommen, als in seinem Traum plötzlich die Fußballmannschaft Turbine Leningrad auftauchte. Die Männer standen in einem geschlossenen Kreis und riefen: »Wir sind Turbine, wir sind die Ingenieure der Seele.« Am Morgen hat Zwirn dann in seinem Wörterbuch die chinesische Übersetzung des russischen »turbina« gefunden und sie sich für seine Ansprache am Abend auf dem Tischtuch vor seinem Platz als Gastgeber notiert.

»Wir betrachten unser Museum als eine gewaltige Turbine«, fährt Zwirn fort. »Wir liefern Kraft, indem wir aus dem Strom der chinesischen Geschichte Energie für den Fortschritt dieser Gesellschaft erzeugen.«

»Und was heißt das ganz konkret?«, will der Kommissar wissen. »Ich meine, für unsere Arbeit im Haus?«

»Gebt mir noch ein paar Stunden Zeit.«

»Wasserarbeiten«, sagt Frau Wu, dem Sprachbild Zwirns nachsinnend, »die großen Leistungen der chinesischen Dynastien lagen immer in der Beherrschung des Wassers. Schutz vor dem Wasser, wenn Überschwemmungen drohten, und umgekehrt gerechte Verteilung des Wassers in Zeiten der Dürre. Dieser Gedanke reicht bis zu unserem Ersten Kaiser und noch viel weiter zurück.« Frau Wu legt ihre Schürze ab und sucht nach einem Sitz auf dem Sofa mit den zwei großen Kissen. Beim Zurücklehnen stößt sie jedoch auf Widerstand, genauer: auf eine offene Pappschachtel, die zwischen Kissen und Rückenwand platziert wurde und noch zwei Dutzend signierte Bilder aus dem Frühwerk des Großen Vorsitzenden bewahrt. Nach einem sehr kurzen Schluckauf wechselt sie ihre Position zu einem schlichten Stuhl.

»Von ihm rede ich«, sagt Zwirn, »also von dem Ersten Kaiser von China. Er ist hier in Xi'an begraben, von hier aus wird er mit unserer Hilfe einen neuen Triumphzug antreten. Ihn werden wir wiederauferstehen lassen.«

Kommissar Wu ist schon längst dazu übergegangen, sich selbst von dem weißrussischen Wodka nachzuschenken.

»Die Geisterschildkröte bewegt sich«, sagt Frau Wu, »und mit ihr der Grabhügel.«

»Jedenfalls werden wir einige Geister wieder ans Licht bringen. Ihre Körper, ihren Schmuck, ihre Waffen. Ich sagte doch, dieses Museum wird zu einer Turbine der Zeit. Und das Denken an einen Herrscher ist allgegenwärtig.«

»Und was brauchen wir dafür?«

»Zunächst wirst du, Genosse Wu, unseren Professor Wen aus seinem Lager in der Gobi befreien. Du hast ihn dorthin gebracht, du kannst ihn auch wieder zurückholen. Und zwar schnell. Genauso schnell brauchen wir hier die Genossin Wang, die du nach Yan'an hast versetzen lassen. Niemand kennt die Stärken und die Schwächen im Arsenal unseres Hauses besser. Und für mich wirst du eine Personalakte erstellen lassen, die mich wieder zu einem lebenden Menschen macht. Komplett mit Alter, Geschlecht, Staatsangehörigkeit und allem, was dazu gehört.«

»Darüber müssen wir reden.«

6

Es liegt in der Natur politischer Prozesse, dass Entscheidungen meist schneller gefällt als wieder zurückgenommen werden. Eine glückliche Ausnahme ist der Fall der Genossin Wang, deren bald bevorstehende Heimkehr nach Xi'an schon nach wenigen Monaten in den entsprechenden Unterlagen der für sie zuständigen Behörden und der Parteileitung eingetragen werden kann.

»Genossin Wang übernimmt ab 1. Oktober dieses Jahres eine neue Verantwortung im Provinzmuseum der Stadt Xi'an. Sie hat die Aufgaben, die ihr in ihrer Dienststelle gestellt wurden, ohne Beanstandungen gelöst«, lautet der knappe Vermerk vor dem roten Stempel, der den Vorgang besiegelt.

Was auf den ersten Blick wie ein schneidiger Triumph des Kommissars Wu erscheint und von diesem auch so vorgetragen wird, verdeckt allerdings einige Maschen im Gesamtgewebe des Geschehens. Kein Museum dieser Erde kann klaglos hinnehmen, dass seine Bedeutung von einem anderen Museum ausgestochen wird, weil dort plötzlich Objekte ausgestellt werden, bei denen es sich, schlicht gesagt, um Fälschungen der eigenen Bestände handelt. Um Exponate, die so schlicht gestaltet sind, dass Kinder sie nachzeichnen könnten.

Wenn diese eigenen Bestände aber nie gezeigt wurden, muss es dafür eine Begründung geben. Es geht ja nicht um obskure Handfeuerwaffen, zerfetzte Hemden, Strohsandalen, die der eine oder andere Held, vielleicht sogar Märtyrer, benutzt oder getragen haben mochte, es geht um Zeugnisse aus der Hand des Großen Vorsitzenden, vielleicht auch um geheimnisvolle Signale aus, genau, »Edelster Hand«. Unmöglich, an dieser Stelle zu sagen, die Werke aus »Edelster Hand« seien schlecht gesichert, gestohlen oder einfach von »kriminellen Elementen« »abgekupfert« worden.

Und viel schlimmer noch: Die Kunde vom Erfolg der Ausstellung ist trotz des Chaos in den Nachrichtenverbindungen bereits in die Hauptstadt gelangt. Sehr tief in die Hauptstadt, nämlich dorthin, wo gerade der Große Vorsitzende mit einem hohen amerikanischen Gast Pingpong spielt. »Einfach und sehr präzise« seien Maos Bewegungen gewesen, verbreitet ein paar Tage später der staatliche Rundfunksender. War das bereits eine kenntnisreiche Anspielung auf die schlichte Linienführung der revolutionären Exponate, die in Xi'an vorgestellt wurden? Zeichen wollen gedeutet sein. Gut, das gewaltige politische Unternehmen, das seit gut sechs Jahren die Volksrepublik bewegt, heißt immer noch »Große Proletarische Kulturrevolution«, und Zeichnungen fallen eindeutig in die Abteilung »Kultur«. Wie Opern, Wandzeitungen, Straßentheater, Aufmärsche, Tänze oder Arbeiterchöre. Weithin sichtbare und unzweideutige Zeichen von Macht und Entschlossenheit.

Dagegen sind Zeichnungen nun einmal, man kann es nicht anders sagen, eher kleinformatig. Und diese Objekte in Xi'an, einer verschlafenen Stadt in der Provinz, sollen dazu nur aus einer, allenfalls zwei Handvoll Bleistiftstrichen bestehen. Dennoch scheinen sie dort eine ganze Bevölkerung in Aufruhr versetzt zu haben. Wieder so ein kleiner Funke, der einen Steppenbrand auslösen kann? Ausgerechnet in Xi'an? Aber wer steckt hinter dieser Aktion, und in welche Richtung soll der Brand getrieben werden?

Das zuständige Organ der Führung im Regierungsgebäude westlich des alten Kaiserpalastes ist sich unschlüssig. Man tagt seit dem frühen Nachmittag. Wie stets, wenn sich niemand aus der Runde mit einem Vorschlag aus der Deckung traut, wird zunächst heftig geraucht und gehustet, der Spucknapf näher zum Sitz an der Tafel geschoben, der Rachenraum dann geräuschvoll entschleimt. Wenn es bislang ein gemeinsames Thema gab, dann ging es um den neuen Koch des Großen Vorsitzenden, der den Gerüchten zufolge Buddhist und damit auch Vegetarier sei. Oder um den Schuster von Mao. Den observieren seit drei Monaten zwei ältere KGB-Agenten, die der chinesische Geheimdienst schon aus den Fünfzigerjahren kennt, als in Korea ein Krieg ausgefochten wurde.

Von der Decke des Konferenzraums hängt aus ähnlich frühen Zeiten der sozialistischen Völkerfreundschaft ein aus mehreren milchglasigen Kugeln zusammengefügter Leuchtkörper. Um dieses Geschenk der bulgarischen Genossen formt sich jetzt der immer dichter aufsteigende Zigarettenrauch zu einer schützenden Wolkenwand.

»Wir haben heute nur einen einzigen Punkt auf der Tagungsordnung«, beginnt ein junger, kleingewachsener und kurzgeschorener Mann, der auf der nördlichen Stirnseite der zu einem Quadrat zusammengestellten Konferenztische seinen Platz eingenommen hat. Wie alle Teilnehmer trägt er um den linken Oberarm eine feuerrote Binde mit den gelben Schriftzeichen der Organisation, die ihn entsandt hat. »Wir müssen klären, was die Haltung der Massen zu den Vorfällen in Xi'an ist. Es stehen sich zwei Linien gegenüber: die Linie der Werktätigen des Museums in Yan'an und die Linie der Werktätigen des Museums in Xi'an. Zwischen ihnen ist ein Widerspruch entstanden, den wir für die Massen aufheben müssen. Zu entscheiden ist zwischen ›wahr‹ und ›unwahr‹. Ich fordere hiermit die Genossen auf, ihre Standpunkte zu äußern.«

»Setzen wir doch wieder eine Untersuchungsgruppe ein«, fordert der Genosse aus der Propagandaabteilung des Zentralkomitees. »Dasselbe Verfahren, das sich vor drei Jahren bei der Überprüfung der gefälschten Zitate des Großen Vorsitzenden bewährt hat. Ihr erinnert euch an den Kerl, der es gewagt hat, die Schrift und die Signatur des Großen Vorsitzenden zu kopieren um ein paar gefälschte Gedichte von Mao in Umlauf zu bringen.«

»Das war eine Frau«, sagt der Kollege aus dem Amt für Öffentliche Sicherheit, »also die Urheberin, das war eine junge weibliche Person. Wir haben schnell ermittelt, die Schuldige hat ein umfassendes Geständnis abgelegt und zusammen mit ihren verbrecherischen Komplizen die entsprechende Strafe bekommen, die sofort vollstreckt wurde.«

»Tot oder auf andere Art unbrauchbar sind allerdings auch die meisten Mitglieder der damaligen Untersuchungsgruppe«, gibt der Vertreter des Innenministeriums zu bedenken. »Das war notwendig, um nirgendwo Spuren zu hinterlassen.« Er bläst einen nachdenklichen Kringel zum Kronleuchter. »Übrig geblieben ist, soweit ich mich erinnere, ein hinkender Färber aus Shanghai, der aus unseren Akten verschwunden ist und nur mühsam ermittelt werden kann.«

»Warum? Es ist seine Pflicht, seine Erfahrungen zu teilen, und es ist unsere Pflicht, ihn baldmöglichst aufzustöbern«, ruft der junge Mann, der den Vorsitz führt. »Name? Frühere Diensteinheit? Lager?« Er schiebt den dicken Schreibblock, der vor allen Teilnehmern der Konferenz liegt, mit beiden Händen näher an seine Brust und zieht zackig einen Kugelschreiber aus der oberen linken Uniformtasche.

Naturgemäß liegt auch ein Schreibgerät nur einen Fingerbreit über dem Block. Doch die Bewegung zu dem eigenen Stift ist wichtig, denn sie zeigt, dass der junge Vorsitzende im Futteral seiner Jacke nicht nur einen, nein, gleich zwei Kugelschreiber stecken hat. Zwei. Nebeneinander. Und das ist ein wichtiges Zeichen, denn zu dieser Zeit sind alle äußerlichen Rangmerkmale abgeschafft. Es gibt weder goldene Sterne auf Epauletten noch silberne Streifen um die Unterärmel von Uniformen. Der ganze Firlefanz ist abgeschafft. Eingeführt wurde nur der kleine Unterschied zwischen Kadern, denen es zusteht, durch das offene Tragen von zwei Kugelschreibern auf ihre Bedeutung gegenüber anderen Kadern hinzuweisen, denen das nicht gestattet ist.

»Ich frage noch einmal nach dem Namen, der Dienststelle, dem Verbleib…«, wiederholt der junge Mann, der den Vorsitz führt, und tippt auf das weiße Blatt.

»Dem Sprecher dieser Gruppe haben sie damals seinen Bart angezündet, weil er gegen irgendeine Regel verstieß, dabei ist sein Kehlkopf in Mitleidenschaft geraten, jetzt kann er nicht mehr reden, jedenfalls nicht so, dass man ihn versteht. Seinem damaligen Stellvertreter wurden später die Hände platt geschlagen, um sie von ihrem bürgerlichen Makel zu befreien. Er war wohl früher Experte für Schriftzeichen an einer Kunstakademie im Süden. Für das Ausheben von Schützengräben waren diese Hände nicht förderlich.« Der Genosse aus dem Innenministerium überlegt einen Moment, drückt die Zigarette aus und fährt dann fort: »Dabei brauchen die da draußen gar keine Schützengräben, das Lager liegt ganz genau irgendwo in der Wüste.«

»Mit Einzelheiten können wir uns hier nicht aufhalten, weiter!«

»Dann gehörte zu der Gruppe noch dieser Kauz, der damals ein System entwickelte, um Schriftzeichen mit vielen Strichen in nur drei oder vier Elemente zu zerlegen.«

»Wozu soll das gut sein?« Die strenge Frage kommt von einem älteren Genossen, der auch ohne Abzeichen als Veteran der Befreiungsarmee zu erkennen ist. Eine heisere Stimme, dennoch schneidend wie Schilfgras.

»Der Große Vorsitzende hat uns in seiner Schrift ›Über den Widerspruch‹ gelehrt, dass Vielfalt immer aus einer Summe von Widersprüchen besteht.« Die junge Frau, die jetzt das Wort ergreift, trägt ihr Haar straff zurückgekämmt und im Nacken mit einem einfachen Gummiband zum kurzen Pferdeschwanz zusammengebunden. Ihre Armbinde weist sie als Mitglied einer Gruppe von Rotgardisten aus, die an der zentralen Peking-Universität die Macht übernommen hat. »Alles Einzelne ist bedingt, zeitweilig und daher relativ.«

Der Veteran blickt sie an wie einen jungen Rekruten und sagt: »Schon gut, schon gut, aber schrei hier nicht so herum. Wir sind nicht taub.«

»Die Erkenntnis des Allgemeinen beginnt mit der Erkenntnis des Besonderen«, fährt die Rotgardistin in derselben schrillen Tonlage fort, »›Besonderes ist Allgemeines und umgekehrt‹, heißt es in der Schrift des Großen Vorsitzenden. Die schwarzen Hände der Konterrevolution…«

»Ich danke für diesen sehr wichtigen Hinweis«, unterbricht sie der Verhandlungsleiter mit einem in die Luft gemalten Kringel des Kugelschreibers, »wir sollten ihn jetzt konkret auf unseren Fall anwenden.«

Die Runde hält die Köpfe gesenkt. Schließlich meldet sich nach kurzem Räuspern der Vertreter des Innenministeriums. »Wie immer sind uns die Lehren des Großen Vorsitzenden die entscheidende Richtschnur. Bezogen auf eine mögliche Fälschung von Bildern oder anderer Objekte bedeutet das für unser Vorgehen zweierlei: Aus der Vielfalt der möglichen Experten suchen wir uns jene aus, die bereits einschlägige Arbeit geleistet haben. Sie sind, um das Wort des Großen Vorsitzenden aufzugreifen, ›das Besondere im Allgemeinen‹. Wenn diese aber in Lagern sitzen und nur noch bedingt zu Aussagen fähig sind…«

»Wir bringen alle zum Reden, auch die, die nur noch schreiben oder mit dem Kopf schütteln können«, wirft der Verhandlungsleiter ein, »darüber muss man sich keine Sorge machen.«

»Wenn diese aber in Lagern sitzen, müssen wir ihnen die Möglichkeit geben, zu alten Arbeitsbedingungen zurückzukehren. Ein guter Vogel, sagt man bei uns, braucht einen großen Käfig.«

»Wer ist denn dieser Kerl, der – wie habt ihr gesagt? – die vielen Striche in einem Schriftzeichen auf wenige Elemente zurückführen wollte?«, will der Genosse aus dem Amt für Öffentliche Sicherheit wissen.

Der Vertreter des Innenministeriums blättert lange in seinem Aktenordner, findet schließlich den Eintrag und sagt: »Ein gewisser Professor Wen. Stammt auch aus Xi'an. Hat dort das Museum geleitet, was aber schon ein paar Jahre her ist. Steckt jetzt in einem Lager in der Wüste, wo sie Rohre bauen. Rohre für die Bewässerung. Es gibt dort allerdings wenig Wasser.«

»Dann holt ihn da sofort raus«, sagt der Veteran, dem bei der wiederholten Erwähnung des Wortes »Wüste« ein immer stärker stechender Durst in die Kehle gestiegen ist. »Aber was ich noch wissen will: Was hat das alles mit diesem ›Besonderen im Allgemeinen‹ zu tun?«

»Es geht, einfach gesagt, um das Erkennen des Gegners«, erklärt der Vertreter des Innenministeriums. »Es geht um die präzise Erkennung von einem Feindbild, und das muss, wie du weißt, möglichst einfach sein, damit man es früh bekämpfen kann.«

»Wenn das so ist, bin ich natürlich einverstanden«, sagt der Veteran, »Feindbilder sind übrigens meine Spezialität.«

Die Versammlung wird geschlossen, die junge Rotgardistin öffnet die Fenster. Mit dem Erlöschen des nur noch schwachen Lichts in den umnebelten Glaskugeln werden auch die Mikrophone ausgeschaltet, die das Anknipsen des Leuchters automatisch aktiviert.

7

Trotz der beherzten Beschlüsse, die auf der Konferenz in Peking gefasst wurden, hat sich das Schicksal von Professor Wen noch lange nicht zum

Guten gewendet. Die chinesische Hauptstadt liegt nun einmal sehr weit weg von vielen Lagern im Lande, die Einrichtungen in der Gobi sind nur über mehrere, zeitverschleppende Zwischenstationen zu erreichen.

Diese geographische Distanz schafft ein weiteres Problem: Schall, das lehrt uns ein Gesetz der Akustik, verringert sich im Quadrat der Entfernung von seinem Ausgangspunkt. In der Volksrepublik jener Jahre gilt dieses Gesetz auch für die Dringlichkeit politischer Botschaften, die von der Zentrale in entlegene Provinzen entsendet werden. Hinzu kommt eine gewisse Widerborstigkeit gegenüber Direktiven, die direkt aus Peking kommen. Der Himmel ist schließlich weit.

»Die da oben, von mir aus können die doch einmal ihre Mutter…«

Oder:

»Mandarine, dunkle Kröteneier, das kümmert uns hier doch keinen feuchten Furz…«

Selbstverständlich gibt es auch mildere, offizielle Töne, in denen Geschmeidigkeit und Verständnis schwingen:

»Der Auftrag ist den zuständigen Stellen umgehend weitergeleitet worden.«

Oder:

»Wir erwarten dringend genauere Instruktionen, um den genannten Personenkreis fristgerecht zu ermitteln…«

Natürliche und gesellschaftliche Netze, auch das lehrt uns die Wissenschaft, haben die Eigenschaft, sich blitzschnell zusammenzuziehen, wenn sie von einem fremden Eindringling berührt werden.

Professor Wen erfährt daher erst Monate später, dass in der großen Gravitation der Schicksalsmächte ein kleiner Magnet des Glücks im Himmel über ihm eine verheißungsvolle Stellung bezogen hat.

»Genosse Wen, möchtest du eine Zigarette rauchen?«, fragt an diesem sehr heißen Sommerabend die junge Leiterin des Lagers.

Wen hat diesen Tag, wie fast alle Tage der vergangenen drei Jahre, mit dem Formen von Rohren verbracht. Seine Hände sind darüber so breit geworden wie seine Schultern. An den früheren Akademiker erinnert vielleicht noch die hohe, von Falten zerfurchte Stirn. Alle Versuche, nachts diese Falten wegzumassieren, um wie das sorglose Exemplar eines erfolgreich umerzogenen Mitglieds der neuen Gesellschaft zu erscheinen, waren vergeblich. Häufig genug ist er denunziert und dafür bestraft worden, nächtlich im Traum sehnsuchtsvoll oder unglücklich gestöhnt zu haben. So als wünschte er sich frühere Zeiten herbei.

Deshalb bedeckt er jetzt die obere Gesichtshälfte mit der breiten linken Handfläche. Daumen und Zeigefinger der rechten Hand nähern sich vorsichtig der Schachtel, aus der eine Zigarette ragt. Irgendetwas Unheimliches muss geschehen sein. »Genosse« hat ihn hier im Lager schon seit Jahren niemand mehr genannt, schon gar nicht die Leiterin. Ist das jetzt eine Falle, in die er tappen soll? Doch tiefer kann Wen ja gar nicht mehr fallen.

Also nimmt er die Zigarette an. Steckt sie zwischen die trockenen Lippen und hebt bittend den Kopf zu dem Streichholz, das die Kommandantin für ihn entzündet hat.

»Was machen wir jetzt mit euren Rohren?«

Die Frage segelt leicht wie ein Rauchwölkchen, doch Wen spürt sofort das Aufziehen einer Gewitterwand. Seine Arbeitsgruppe hat vor Monaten ein einfaches Verfahren entwickelt, das alle bisherigen Produktionsziffern schlicht sprengt. Mehr Rohre in kürzerer Zeit, dünnwandig und fest, in den vielfältigsten Formen, mit unterschiedlichen Durchmessern. Eine beispiellose Übererfüllung des Plansolls.

Durch diese Zahlen herausgefordert, beschloss das Leitungskollektiv, schleunigst auch die Menge des zu verteilenden Wassers zu verdoppeln, wenn nicht zu verdreifachen. Die Quellen einer nahegelegenen Oase wurden umgeleitet, ein kleiner See, den sie speisten, abgepumpt, um neue Felder für die Landwirtschaft zu erschließen.

»Unter dem roten Banner des Sozialismus
wird die Wüste grün.«

So lautete der Zweizeiler auf den Fahnen, die um das Areal in der Wüste aufgepflanzt wurden. Ein Vorzeigeprojekt auch für den Erfolg des Programms »Umerziehung durch Arbeit«. Die Propagandaabteilung der Provinzverwaltung schickte Photographen und Reporter, die das Ereignis dokumentierten.

Es dauerte aber nicht einmal neun Monate, bis sich das Projekt als bitterer Fehlschlag erwies. Den Obstbäumen, den Getreideackern, den Gemüsefeldern, selbst den Weiden der Oase fehlte die Bewässerung, das Wasser im kleinen See schlug um in eine salzige Lake. Die Bevölkerung, gemeinhin der Obrigkeit klaglos, allenfalls still murrend ergeben, formierte sich zu Protestzügen. Auf den neu angelegten Feldern verdorrten indessen die Setzlinge.

»Was machen wir jetzt mit euren Rohren?«, wiederholt die Kommandantin, nachdem Wen scheinbar teilnahmslos an seiner Zigarette zieht. Seit dem missglückten Projekt zur Fruchtbarmachung der Wüste werden die Rohre am äußersten Rand des Lagers gestapelt, als wären sie die wahren Schuldigen, die weggesperrt und aus dem Blickfeld verbannt werden müssten.

»Man kann ja zur alten Produktionsweise zurückkehren«, sagt Wen schließlich, »dann liegen wir wieder im Plansoll.«

Seit zwei Monaten ist er als Wächter über die entsorgten Rohre eingeteilt worden. Dieses Los teilt er mit einem anderen, erst vor kurzem hier eingelieferten Insassen namens Yang. Auch Yang wurde schon vor Jahren als »Schlangengeist des Revisionismus« entlarvt und über mehrere Zwischenstationen zur Umerziehung in die Gobi geschickt. Davor hatte Yang sich an mehreren Hochschulen im Osten des Landes einen Namen als Anatom gemacht. Weniger bekannt sind seine kleineren Schriften zur klassischen Kunst des Gesichtslesens. Yang hat untersucht, was der Abstand von der Nasen- zur Kinnspitze über den Charakter eines Menschen aussagt und was der Abstand zwischen den Wangenknochen. Seine Aufsätze wiegen die Bedeutung einer hohen gegenüber der einer flachen Stirn ab und erläutern das Problem einer Nase, die eher wie eine Pyramide geformt ist, im Vergleich zu einer diamantförmigen. Und das sind nur ganz wenige Themen aus dem umfangreichen Lexikon dieser Wissenschaft.

Alle diese Deutungen haben dereinst ihren Platz in der traditionellen Medizin gefunden, nach den Regeln der modernen Wissenschaft und erst recht des historischen sowie des dialektischen Materialismus handelt es sich dabei aber schlicht um Aberglauben oder Mumpitz, in jedem Fall um ein übles und daher auszumerzendes Relikt aus der Feudalzeit.

Wenn Yang und Wen nicht an politischen Appellen teilnehmen, neue Losungen lernen oder Selbstkritik üben müssen, sind sie im »Friedhof der Rohre« zu finden. Es ist nicht mehr herauszufinden, welchem der beiden zuerst der Gedanke kam, aus den Rohren die Grundform eines menschlichen Skeletts zusammenzubauen. Der Einfall, ihnen Köpfe aufzusetzen, deren Gesichtsausdruck die Lehren der klassischen chinesischen Deutung illustriert, stammt naturgemäß von Yang. Da die Geschöpfe aus Lehm sind, können ihre Wangen, Nasen, Ohren jederzeit umgestaltet werden. Das ist auch deshalb von Vorteil, weil manche Köpfe nach ihrer Erschaffung eine verblüffende Ähnlichkeit mit lebenden Personen aufweisen. »Man braucht nur ganz wenige Merkmale miteinander in Beziehung zu setzen, um aus einem Gesicht dessen Vergangenheit, gegenwärtige Verfassung und Zukunft abzulesen«, behauptet Yang.

Dieser Gedanke überfällt »Genosse« Wen wie ein heftiger Windstoß. Sieht man seinen Zügen an, was er mit Yang auf dem »Friedhof der Röhren« für Experimente treibt? Unsinn. Wie sollte die Lagerleiterin an Lehren aus der klassischen Medizin gelangt sein? Andererseits ist man hier ja nie sicher. Vielleicht sind Yang und er einmal unvorsichtig gewesen, als sie plötzlich zu einer politischen Veranstaltung gerufen wurden. Und vielleicht diente diese Veranstaltung auch nur dem Zweck, ihre Arbeitsstätte in aller Ruhe ausspionieren zu können.

»Du machst dir Sorgen, statt das Sorgen dem Großen Vorsitzenden zu überlassen«, sagt die Leiterin. »Mein Vater hat mir erzählt, du hättest schon als Student immer die Stirn in Falten gelegt. Daran erkennt man einen Zauderer. Ich hatte immer eine glatte Stirn. Mein Vater hat mich daher ›Feuerstein‹ genannt. Er hat neulich gefragt, ob es dir gut geht und du Fortschritte machst. Du kannst mich übrigens auch Feuerstein nennen, denn …« – sie zieht erst eine Trillerpfeife, danach ein mehrfach gefaltetes Papier aus ihrer rechten Brusttasche – »denn du wirst hier nicht mehr lange bleiben. Ich habe vorgestern eine Nachricht von meiner Leitung erhalten, die besagt, dass der frühere Museumsdirektor, Genosse Wen, nach nochmaliger Prüfung seiner Akten und den darin gegen ihn erhobenen Beschuldigungen nicht länger als ›schwarze Hand des Revisionismus‹ einzustufen und baldmöglichst für eine neue Verantwortung an seine alte Arbeitsstelle zurückzuführen ist.«

Wen zieht die linke Hand von seiner Stirn und bedeckt jetzt seine Augen.

»Das Ganze wird noch ein paar Wochen dauern, weil die Personalkommission des Distriktes Einspruch eingelegt hat, doch das ist in solchen Fällen üblich und unerheblich.«

KORREKTURMASSNAHMEN

1

Da aus den »paar Wochen« nicht einmal ein ganzer Monat wurde, stehen der frühere Professor Wen und sein Freund aus dem Lager, der Anatom Yang, schon am Vorabend des Herbstfestes vor dem Schreibtisch des »Stählernen«, also des Kommissars Wu, und vollziehen jenes Ritual, das in der einschlägigen Dienstvorschrift der Volksbefreiungsarmee C/278 als »Berichterstattung durch faktische Nachrichten« vorgeschrieben ist. In Xi'an liegt die Temperatur an diesem Abend übrigens ungewöhnlich hoch. »Schafswarm«, wie es die Einheimischen nennen, die diese Wetterlage als das Vorzeichen eines Gewitters deuten.

Naturgemäß liegt eine hörbare Spannung über der Begegnung dieser drei Männer, die vom Rasseln der Zikaden im Park begleitet wird. Professor Wen hat früh geahnt, dann gewusst und jetzt selbstverständlich nicht vergessen, dass ausgerechnet Kommissar Wu es war, der ihn vor mehr als zwei Jahren zur »Umerziehung durch Arbeit« in jenes verwünschte Lager in der Wüste schickte. Dem Lager, aus dem er jetzt befreit wurde, um seinen Widersacher aus irgendeiner Schwierigkeit zu retten.

»Du hast also mit deinen Röhren das Wasser in der Gobi in die falsche Richtung fließen lassen und damit ein ganzes Projekt in den Sand gesetzt«, beginnt Wu. Auf der Parteischule hat er gelernt, dass, wie im Schachspiel, der schneidige Zug nicht vom vorsichtigen Bauern ausgehen darf.

»Wir haben aus Löß oder Lehm Röhren gebaut und Röhren entworfen«, antwortet Wen, »der Einsatz des Wassers unterlag der politischen Führung. Das alles steht in meinen Akten.«

»Ich habe nur gehört, dass ihr in kürzester Zeit aus einer Oase eine Wüste gemacht habt«, sagt der Kommissar, »eine ziemlich gigantische Leistung, aber das spielt für euch jetzt keine Rolle mehr.« Er zieht das Zigarettenetui mit dem Mao-Porträt aus der Tasche seiner Uniform und deutet auf das Feuerzeug.

»Rauchst du noch?«

Dieses Feuerzeug, bemerkt Wen wenige Momente später, ist neu. Früher hatte der Kopf von Maos Stellvertreter auf der Vorderseite geprangt, jetzt stehen dort nur noch rote Schriftzeichen, in denen die amerikanische Atombombe als Papiertiger verhöhnt wird. Offenbar sind dem Stählernen Wu Gerüchte zugetragen worden, die eine Verehrung des Stellvertreters von Mao als riskant erscheinen lassen. Nein, nichts Genaues, aber der Himmel, das weiß der Kommissar, spricht in Zeichen, die oft schon der Wind schreibt, bevor die Wolken davon erfahren. Da heißt es, die Seele sehr eng schnüren.

»Ihr beiden habt großes Glück, dass ihr heute vor mir steht«, ruft der Kommissar. »Die Revolution schreitet mit so schnellen Schritten voran, dass euer Schicksal eine blitzartige Wendung erfuhr. Die macht es möglich, dass ihr wieder eure Kräfte in den Dienst am Sozialismus stellen könnt. Aber kommt dabei nicht auf den Gedanken, dass durch eure Freilassung die strengen Regeln der Disziplin nicht mehr gelten. Die Partei bewahrt ihr unveränderbares Gesicht. Dafür trage ich hier persönlich die Verantwortung.«

»Auch dafür danken wir dem Sozialismus«, sagt der Anatom Yang, der bisher weder gesprochen, noch mit dem Verziehen einer Miene angedeutet hat, was er von dem Verlauf des Gesprächs hält. Auch Yangs Stimme klingt so unauffällig wie die eines alten buddhistischen Mönches, der schon seit ungezählten Jahren die Erhabenheit der Schöpfung und die Weisheit des Siddhartas preist. Er wiegt dabei sogar sachte den Kopf und die Schultern. Seine Augen bleiben halb geschlossen.

»Worin genau eure Aufgabe besteht, wird euch heute Abend der Russe erzählen. Genosse Wen, du kennst ihn ja noch von früher. Er wohnt jetzt im ›Tempel der Ausgedehnten Menschlichkeit‹ und arbeitet dort auch an seinem neuen Projekt. Ich kann nicht persönlich an der Konferenz teilnehmen, weil ich mit der Genossin Lili dringende Amtsgeschäfte in Außenbereichen zu erledigen habe.«

Wen und Yang greifen nach ihren Mützen.

»Und noch eins: Ihr werdet dort auch die Kuratorin Wang treffen, die gerade von der Leitung aus Yan'an zu uns zurückversetzt wurde. Sprecht ihr in meinem und im Namen der Partei einen Willkommensgruß aus. Die Archivarin Wu soll das unbedingt im Protokoll festhalten. Ich erwarte einen erfolgreichen Verlauf der Sitzung bei strikter Beibehaltung von Disziplin und Verschwiegenheit. Abmarsch!«

2

»Jetzt sind sie wieder alle beisammen«, sagt die jüngste der vier Frauen im Park. »Der alte Wen wirkt irgendwie jünger.«

»Habe ich euch schon erzählt, dass die Kuratorin Wang heute mit einer kleinen hellblauen Haarspange im Zopf aus dem Haus gegangen ist? Die traut sich was.«

»Irgendwas hat sie auch mit ihren Lippen gemacht. Sie glänzten so hell. Als leuchteten sie von innen. Ob die sich in Yan'an schon wieder schminken? Ausgerechnet in Yan'an, dem Herzen unserer Revolution!«

»Das macht man doch nicht nur, wenn man endlich seinen Sohn wiedersehen kann, nach all der Zeit. Vielleicht will sie den Bräutigam besuchen.«

»Der Russe hat im Laden gegenüber dem Bahnhof eine Kiste Wodka und drei große Büchsen Kaviar gekauft. Als später Kommissar Wu kam, waren die Regale leer. Er soll vor Wut gegen die Ladentheke getreten haben.«

»Hoffentlich tat das gehörig weh.«

Die vier alten Frauen lachen vergnügt, erheben sich und stopfen die Wolldecken wieder fest über ihre Schützlinge in den Kinderwägen. Es ist Anfang Januar und feuchtkalt in der Stadt.

3

»Im Traum war ich letzte Nacht im Club der Kunstschaffenden am Newski Prospekt«, schreibt Zwirn an seinen Vetter Sascha, nachdem die Gäste seinen Tempel verlassen haben. »Wir feierten dort Weihnachten, und die Heimat war mir plötzlich so nahe wie mein Schlafrock. Als ich aufstand, blätterte ich im Kalender und stellte dabei fest, dass heute tatsächlich in meiner früheren Welt der Geburt des Erlösers gedacht wird. Ich habe dann beschlossen, den Abend in das Zeichen der Erlösung durch das weihnachtliche Wunder zu stellen. Es ging ja darum, meinen neuen Plan zur Rettung unseres Museums vorzustellen. Dazu braucht man die Hoffnung auf das Numinose, auf die Ankunft des verzweifelt Erhofften.

Mein Schneider schaffte mir zwei gerupfte Gänse herbei und in einem Sack auch noch jede Menge Federn, die wir in einem großen Tuch unter der Zimmerdecke befestigten.

Vom Schneider habe ich auch erfahren, dass es im Chinesischen eine Redewendung gibt, wonach ein besonders verheißungsvolles Geschenk ›wie eine Gänsefeder aus weit entfernten Landen‹ kommt. Er fügte dann noch hinzu, dass die Gans ein Symbol für eheliche Treue sei und deutete dazu ein paar ungelenke Hüftbewegungen an, wie sie alte Männer machen, wenn sie die Erinnerung an frühere Tollheiten überfällt. Bevor er das Studio wieder verließ, zog er aus den Taschen seiner Joppe zwei mit gelben Seidentüchern umwickelte Gänseeier, die er mir ohne große Erklärung wie zwei kleine, possierliche Nester auf den Schreibtisch stellte.

Die Gäste müssen sich vorher an der Straßenecke verabredet haben, jedenfalls standen sie wie eine kleine Delegation pünktlich um 18 Uhr im kleinen Pavillon vor der Pforte. Professor Wen als der Älteste trat als erster ein. Der Zyniker in mir notierte sofort, dass ihm zumindest körperlich die Zeit im Lager nicht nur geschadet haben kann. Ich hatte ihn als verfrühten Greis mit einem erkennbaren Hang zum Buckel und einem unangenehmen Pfeifton beim Ausatmen in Erinnerung. Jetzt trat er mir mit festem Schritt entgegen und drückte mir die Hand, so als ob sie eine der Röhren wäre, die er Monat für Monat bearbeitet hatte. Auch die Jacke seiner grauen Uniform, vermutlich war es noch die alte, spannte sich straff wie eine Zwangsjacke um seine Schultern.

Er stellte mir seinen Kollegen, einen früheren Anatomieprofessor namens Yang vor, der über eine nicht weniger feste Pranke verfügt, sie aber freundlicherweise nicht krümmte, sondern nur höflich den Daumen bewegte. An diesem Herrn Yang gefiel mir auf Anhieb der Blick, mit dem er erst mich und dann die Gegenstände im Atelier registrierte. Nein, ›registrieren‹ ist hier der falsche Begriff, es lag überhaupt nichts Einordnendes in diesen dunkelbraunen Augen, vielmehr eine freundliche, wenn auch genaue Aufmerksamkeit, so als fühle er sich beschenkt wie ein milder

Naturforscher durch all diese neuen Wahrnehmungen, die ihm die noch fremde Umgebung unter meinem Dach bot.«

›So weit, so gut‹, denkt Zwirn, der den Stift beiseitegelegt hat. ›Gogol hätte noch ein paar schärfere Beobachtungen eingebaut, vielleicht irgendwo ein rätselhaftes Kästchen versteckt, doch deine Beschreibung des Blicks von Herrn Yang ist schon ziemlich originell, allerdings auch ein wenig kunstgewerblich.‹ Er greift nach dem Rotweinglas neben dem Tintenfass. ›Aber recht betrachtet drückst du dich damit nur um die Beschreibung deiner Gefühle, als du Frau Wang begrüßtest. Die Erinnerung an jene Nacht vor ..., wie lang ist das jetzt her? Und jetzt diese Anmut und Eleganz der Bewegungen, das Gesicht, wenn sie lächelt, ohne zu kokettieren.‹

Zwirn stellt sein Rotweinglas wieder neben das Tintenfässchen, greift zur Feder und beschließt, die Szene des Wiedersehens in einem späteren Brief festzuhalten. Die hellblaue Haarspange, die Frau Wang wohl im Bad vergessen hat, liegt jetzt in einem der kleinen Seidennester, die ihm der Schneider mit den Gänseeiern auf dem Schreibtisch hinterlassen hat.

»Für eine Konferenz, die sich zum Ziel gesetzt hat, unser Museum durch eine spektakuläre Aktion zu retten«, schreibt er auf eine neue Seite, »nahm die Stimmung überraschend schnell ausgelassene Formen an. Das kann nicht nur daran gelegen haben, dass die Haut der Gänse so knusprig geraten war, der Pfeffer aus Sichuan so würzig scharf und die Pflaumensoße gehörig mit weißrussischem Wodka durchmischt waren. Es muss auch daran gelegen haben, dass hier Seelen, die einander anfangs noch fremd waren, unter einem ganz anderen Himmel zueinander fanden.

Das begann schon, als ich von russischen Bräuchen zum Weihnachtsfest erzählte und in Schwierigkeiten geriet, das Wort ›Erlösung‹ auf Chinesisch zu erklären. Professor Wen wollte mir helfen, fand aber auch keinen passenden Ausdruck, nur einen Begriff aus dem ideologischen Umfeld von ›Lösung gesellschaftlicher Widersprüche in der Klassengesellschaft‹, hob sein Wodkaglas und rief: ›Trinken wir auf die Lösung, die Genosse Zwirn uns heute Abend vorschlagen wird, und trinken wir auf diese Gänse, die uns den Weg zur Lösung weisen.‹ Dann kamen wir, weiß der Teufel wie, über das Thema ›Gans‹ auf das Wort ›Röhrenknochen‹. Wobei ich es war, der auf die Röhrenknochen zusteuerte, dabei aber übersah, dass im Chinesischen nicht zwischen Knochen unterschieden wird. Menschenknochen, Dinosaurierknochen, Gänseknochen, das ist den Leuten hier egal, in den entsprechenden Redewendungen geht es allein darum, ob an den Knochen noch etwas Fleisch hängt oder nicht.

›Mit Röhren aus Lehm haben wir auf Grund besonderer Umstände unsere eigenen Erfahrungen machen dürfen‹, sagte an dieser Stelle der Anatom Yang in seinem eigentümlichen Singsang, der nie sofort erkennen lässt, ob er eine Bemerkung ironisch meint oder bitterernst. Und Schwupps war ich bei der christlichen Schöpfungsgeschichte, in der ja Gott den Menschen nach SEINEM Ebenbild aus Lehm formt. Ob Lehm oder Löß spielt hier keine Rolle.

Du kennst mich, Sascha, wenn ich erregt bin, ist mein Vortrag eher sprunghaft als streng analytisch. Das war schon damals so, als ich in der Akademie meine Version der Gemälde von Kasimir Malewitsch gegen den niederträchtigen Vorwurf der Fälschung verteidigte.

Heute Abend war ich in einem ähnlichen Gemütszustand. Also statt wie geplant meinen Plan zur Rettung des Museums mit nüchterner Sorgfalt, gleichsam mit der Herzenskälte des sowjetischen Ingenieurs vorzutragen, rief ich: ›Wir schaffen einen neuen Menschen aus dem Geist der Archäologie! Den Menschen mit unverkennbaren Zügen. Das kann nur ein Chinese sein, schließlich befinden wir uns hier in Xi'an. Am Anfang der Geschichte der menschlichen Zivilisation.‹

Meine Gäste sprangen spontan auf und applaudierten. Nein, erst tranken, dann klatschten sie. Professor Wen hob danach erneut sein Glas und hielt es wie einen Kelch der Runde entgegen. ›Ich bitte euch, mit mir auf die Auferstehung unseres Museums durch eine neue Erscheinung zu trinken. Auf unsere Kreativität und die Kunst des Ausdrucks. Ich sehe keine Schwierigkeiten, wenn wir morgen die kleineren Details der Schöpfung besprechen.‹

Nach altem russischen Brauch wollte ich darauf mein Glas über die Schulter in den offenen Kamin werfen. Aber der wohl schon leicht angetrunkene Anatom Yang kam mir zuvor. Er hatte eines der Gänseeier auf meinem Schreibtisch entdeckt und schleuderte es mit kräftigem

Schwung zur Decke. Dort löste es die Befestigung des Tuches mit den Gänsefedern, und es begann zu schneien. So kann man wohl, alles in allem, von einem geglückten Weihnachtsabend sprechen.«

4

»Sehr drollig, diese Geschichte von der Geburt eines neuen Menschen«, sagt die Archivarin Wu, die sich auf dem Heimweg bei ihrer Freundin Wang untergehakt hat. »In unseren sowjetischen Textbüchern wurde sie gar nicht erst erwähnt.«

»Wir haben noch gelernt, dass der Mensch vom Affen abstammt«, erinnert sich Frau Wang, »aber diese westlichen Märchen, jedenfalls die, die ich kenne, haben immer etwas Rührendes und gleichzeitig auch Kindliches, es ist ein Aberglaube, der immer in einer Familie spielt, meistens in einer sehr kleinen Familie.«

»Mich hat besonders die Szene bewegt, in der dieser Schöpfer den Geist in den Lehm haucht«, ruft der Anatom Yang, der den beiden Frauen hinterhertrottet. »Wir kennen ja in China seit den frühesten Dynastien die Lehre von den glücklichen und den unglücklichen, von den bösen und den guten Gesichtszügen. Wenn wir diesen Menschen schaffen, übernehme ich das Mienenspiel. Es wird überall zu erkennen sein.«

»Wir schaffen keinen wirklichen Menschen«, sagt die Restauratorin, »wir schaffen ein Exponat aus Terrakotta, vielleicht auch zwei oder drei Exponate, um unser Museum zu retten. Alles Große will zunächst einmal im Kleinen ausprobiert werden. Die kleine Katze spielt zunächst auch einmal mit ein paar Fäden, bevor das Jagen beginnt. Auch deshalb müssen wir vor allem nüchtern bleiben. Entschlossen, aber nüchtern und vorsichtig. Morgen solltest du schon einmal mit dem Zeichnen beginnen, am besten kommst du zu mir oder zu Frau Wu nach unten ins Archiv. Da gibt es viele verschiedene Vorlagen, und niemand stört uns bei der Arbeit. Ich hoffe für sie nur, du rauchst nicht.«

Es ist kurz nach Mitternacht, und das Wetter hat umgeschlagen. Die

Dunstglocke, die am Morgen noch fest über der Stadt lag, hat sich in kleine Schwaden aufgelöst, die ein kalter Wind mit festen Stößen durch die dunklen Straßen fegt.

»Ich hatte ganz vergessen, dass Xi'an so eindeutig, so rechtwinklig angelegt ist«, sagt Frau Wang, als sie sich von Anatom Yang verabschiedet haben und in die kleine Straße zu ihrem Wohnheim abbiegen.

»Wie kommst du ausgerechnet jetzt darauf?«

»Verzeih mir! Ich hatte für einen Moment über Gefühle nachgedacht. Über gerade und verschlungene Wege, über meinen Sohn, den ich morgen wiedersehen darf, wenn das zuständige Komitee es gestattet, und über vieles andere mehr.«

»Auch über den Russen, den Vater deines Kindes? Wie war denn das, als du ihn heute Abend nach all der Zeit gegenüberstandst? Du sahst aus wie die kühle Heldin in einem unserer Partisanenfilme.«

Frau Wang bleibt stehen und löst ihren Arm: »Schrecklich! Es war wie beim ersten Mal, nur hat er damals besser gerochen. Und er gab sich nicht so sicher. Beides war angenehmer.«

Sie sind noch nicht an der Eingangstür angelangt, da fährt in großer Geschwindigkeit der graue Dienstwagen des Kommissars Wu an ihnen vorbei. Auch dessen Amtsgeschäfte mit der Genossin Lili »im Außenbereich« sind zu einem Ende gekommen.

5

»Terrakotta«, wiederholt die Restauratorin Wang am nächsten Tag im Büro der Archivarin Wu, »soll ich es noch einmal erklären?«

»Ich habe es immer lieber sehr deutlich«, sagt die Archivarin, »wahrscheinlich bin ich ja auch so zu meinem Beruf gekommen. Obwohl, lieber wäre ich schon im Ballett gelandet. Was heißt überhaupt Terrakotta in diesem Zusammenhang?«

»Terrakotta ist das russische Wort für unglasierten Ton, wir nennen dasselbe Material bekanntlich ›roten Ton‹, das Zeug für Blumentöpfe,

Tierplastiken und was weiß ich«, antwortet die Archivarin mit mehr als nur einem Hauch von Ungeduld. »In unserem Fall handelt es sich eben um die Figuren von Helden.«

»Die werden also gebrannt, das habe ich schon verstanden. Aber wir haben dafür im Museum doch überhaupt keine Öfen. Oder nur sehr kleine, aber in die passen nur kleine Grabbeigaben, nie ein ganzer Held, nicht einmal ein größerer Teil von einem Helden.«

»Unser Russe, das hat er uns doch gestern erzählt, hat über seinen Schneider von einer praktisch noch unbenutzten Ziegelei im Westen, nahe dem Flughafen, gehört. Die haben die Sowjets damals hingestellt, und als es wenige Monate später zum Bruch zwischen unseren beiden Staaten kam, sind sie abgezogen, haben aber alle Hallen stehen lassen und nur die ganzen Betriebsanleitungen mitgenommen. Außer den russischen, aber die konnte ja damals hier kein Mensch lesen.«

»Und ist der Kommissar eingeweiht, ich meine meinen Namensvetter Wu?«

»Er weiß nur, dass er im städtischen Revolutionskomitee den Antrag durchsetzen muss, diese Ziegelei wieder ›auf Trab‹ zu bringen, weil es in einem der Lager in der Gobi zu Produktionsschwierigkeiten gekommen ist. Es geht dabei um Röhren von unterschiedlicher Länge oder Dichte oder Krümmung, sage ich jetzt einmal als Laiin, doch so lautet die offizielle Sprachregelung. Für uns heißt das: Es geht um alles, was man für den Körper eines Helden braucht.«

»Mal ehrlich, so soll ein Held aussehen? Gut, dass ich schließlich doch nicht beim Ballett gelandet bin. Bei meiner Figur.«

Frau Wu steigt auf eine Holzkiste und nimmt die Position einer Tänzerin ein, hebt mit der rechten Hand den Saum ihrer Uniformjacke und bildet mit dem linken Arm einen Halbmond um Kopf und Schulter. Die beiden Frauen lachen.

»Auch das wäre ganz schön auffällig«, sagt die Konservatorin, »aber vielleicht nicht ganz in unserem Sinne.«

»Vor dem Auffallen habe ich überhaupt die größte Angst.«

»Aber Auffallen ist doch unser großes Ziel. Es ist in dieser Situation auch unsere einzige Hoffnung. Wir schaffen einen neuen Traum. So wie

China ein Traum ist, der aus vielen Träumen besteht. Wir fügen diesen Träumen neue Helden hinzu.«

Frau Wu steigt herab von ihrer Holzkiste. »Den Traum von Helden aus einer sowjetischen Ziegelbrennerei. Aber mir wird bei dem Gedanken, so dumm das jetzt klingen mag, schon ein wenig wärmer.«

»Für den Rest ist unser Museum zuständig. Im hiesigen Fundus verfügen wir über Objekte, mit denen könnten wir Dinosaurier wieder zum Leben erwecken, kostbare Steine aus uralten Grabbeilagen, Stoffreste und Lackreste, Pinsel aus den Zeiten von Konfuzius, vermutlich auch Haare aus seinem Bart. Unser Museum – wer hat das erst unlängst gesagt? Ich glaube, es war unser Russe –, dieses Haus ist gleichzeitig eine Stätte der Bewahrung, aber eben auch eine, wie hieß es noch, eine Turbine der Neugestaltung. Das hat ja, wie ich in Yan'an hörte, bei euch schon einmal hervorragend funktioniert.«

Die Archivarin nickt begeistert. »Ich freue mich ganz besonders auf die Zusammenarbeit mit dem Anatomen Yang, er will mir zeigen, wie sich Gesichtsausdrücke ändern, wenn nur winzige Kleinigkeiten an anderer Stelle auftauchen.«

»Dann solltest du dir vor eurem Treffen noch die zwei Federn Gänseflaum aus deinem Haar entfernen. Oder ihn fragen, was diese Veränderungen für dein Schicksal bedeuten könnten.«

6

Nein, der Stählerne Wu hat sich seit jenem Tag, an dem er Frau Wang in knappen Worten ihre sofortige Versetzung nach Yan'an mitteilte, nicht geändert. »Ihr erkennt die Ziegelfabrik nicht sofort, weil das Gelände da inzwischen ziemlich zugewachsen ist«, erklärt er der Restauratorin Wang und Zwirn, denen er für die Erkundigung seinen Dienstwagen zur Verfügung gestellt hat, »aber zwei Kilometer hinter der Stadtgrenze gabelt sich die Straße, ihr haltet euch nach links und nach weiteren vier oder fünf Kilometern seht ihr dann in westlicher Richtung, über dem First eines langgestreckten Daches, zwei, was soll ich sagen«, der Kommissar hob zwei ausgestreckte Mittelfinger in die Höhe, » sagen wir ›Schlägel‹, das sind die Schornsteine der Anlage. Ihr werdet das schon erkennen, da bin ich mir sicher. Und jetzt: Abmarsch!«

»Er hat gekrächzt und gespuckt wie das Ferkel, an das ich mich erinnere«, sagt Frau Wang und zieht einen Fächer aus der Handtasche, um die Worte des Kommissars aus dem Wagen zu wedeln. »Ich wundere mich schon lange, warum du dir das gefallen lässt. Insgeheim habe ich immer gedacht, du findest früher einen Weg, der dich wieder nach Leningrad oder einen anderen Ort deiner Heimat zurückbringt. Ehrlich gesagt, habe ich mir das die ganze überflüssige Zeit, die ich in Yan'an verbrachte, gewünscht.« Sie lässt den Fächer wieder zusammenschnappen und tippt Zwirn mit dem Handgriff leicht an dessen rechte Schläfe.

»Heimat«, sagt Zwirn, »wo soll das heutzutage schon sein?«

»Du musst das besser wissen, soweit ich weiß, hast du darin ja auch mehr Erfahrung, sowohl mit Orten wie mit Personen. Bestimmt auch mit Gefühlen.«

»Lass uns lieber über unser Projekt reden«, sagt Zwirn, »im Augenblick muss ich mich auf das Naheliegende konzentrieren. Aber erinnere mich später daran, dich zu fragen, warum du dich damals nicht von mir verabschiedet hast. Und warum du nie eine meiner Karten beantwortet hast, die ich dir nach Yan'an schickte. Zu schweigen von den Briefen, die alle ungeöffnet zurückkamen.«

»Ich habe sie alle gelesen, dann wieder zugeklebt und an deine Adresse im Museum zurückgeschickt.«

In der nächsten halben Stunde fällt kein Wort zwischen den beiden, überhört man einmal verkehrstechnische Verständigungen wie: »Ich glaube, hier solltest du abbiegen!« oder: »Hier mündet die alte Karawanenstraße, gib acht, Kamele sind unberechenbar!« oder: »Ich denke, diese beiden Schornsteine hat der Kommissar gemeint«.

Dabei ist der eine Schornstein bereits zur Hälfte eingeknickt. Nein, nicht geknickt, nicht geborsten, er hat sich in der Mitte einfach so fallen lassen, als sei er seiner Zwecklosigkeit einfach überdrüssig geworden.

Den direkten Weg zum Gebäude finden Frau Wang und Zwirn über eine überwucherte Gleisstrecke, die wie ein Fingerzeig kurz vor der Straße endet. »Kohle«, sagt Zwirn, »hier sollten wohl die Brennstoffe angeliefert und die fertigen Röhren abgeholt werden. Aber warum so kurz? Sieht eher aus wie ein Symbol oder eine Chiffre. Ich kenne das aus der Philosophie und der Linguistik.«

»Ich hingegen kenne das aus der Planwirtschaft«, antwortet Frau Wang, als sei ihr eine konkrete Frage gestellt worden. »Bestellt wurde eine Fabrik, darauf gab es höheren Ortes Streit darüber, wo genau diese stehen sollte, näher an den Lößgruben oder näher an den Kohlerevieren. Schließlich wurde das Objekt von den sowjetischen Brüdern geliefert, ›schlüsselfertig‹, wie das in den Verträgen genannt wird. Weil sich kein staatliches oder Provinzkomitee vorher hat einigen können, landete die Fabrik dann irgendwo im Gebüsch. Also hier. Und irgendein sowjetischer Witzbold hat nach der Fertigstellung der Anlage noch hundert Meter Gleise legen lassen, um den chinesischen Genossen die Botschaft zu stecken: ›Hallo! Das schafft ihr einfach nicht ohne uns!‹ Und dann sind sie mit Sack und Pack abgezogen und haben gemeldet: ›Auftrag befehlsgemäß erfüllt!‹«

Zwirn bricht einen kleinen Zweig von der Tamariske, die sich ihm in den Weg gestellt hat.

»In der sowjetischen Planwirtschaft bin ich in meinem Leben noch keinem Witzbold begegnet. Jedenfalls keinem, der solche Witze schadlos überlebt hätte. Aber vielleicht habe ich das anarchistische Potenzial ja auch unterschätzt.« Er schnuppert an den rosafarbenen Blüten des Zweigs. »Könnte es sein, dass du auch mich für so einen sowjetischen Witzbold hältst, der, was weiß ich, irgendwo in der Tundra ein Projekt hinstellt und dann, wie du sagst, mit Sack und Pack davonzieht?«

»Völlig abwegig ist der Gedanke jedenfalls nicht, das musst du zugeben. Wirf doch einmal einen Blick in deine Personalakte! Aber vielleicht sollten wir uns jetzt tatsächlich erst einmal um unser großes Projekt kümmern. Um die Aktion, die zunächst wenigstens unser Museum rettet. Später bleibt genug Zeit für geöffnete und ungeöffnete Briefe. Oder das Geheimnis der Tamariske.«

Zwirn schweigt, notiert sich aber das Wort »Tamariske« auf der Skizze, die ihm Kommissar Wu in einem geschlossenen Briefumschlag zur Orientierung für das Innere der Ziegelei zugesteckt hat. Geheimhaltung ist stets ein wesentlicher Teil des Geschäftes. Vielleicht auch deshalb drückt Zwirn die Skizze seiner Begleiterin in die Hand, bevor sie dem kurzen Gleisstrang zum Hauptgebäude folgen.

Auf dessen Hauptfassade toben vom nördlichen bis zum südlichen Ende grelle Schriftzeichen gegeneinander. Das ursprüngliche Ziel der Attacken war offensichtlich eine in Metall über dem Portal eingelassene Losung, die in erhabenen kyrillischen Buchstaben das Gebäude zu einem »festen Unterpfand der unzerstörbaren Freundschaft zwischen der UdSSR und China« erklärte. Die meistern Lettern für »Unterpfand«, »unzerstörbar« und »Freundschaft« waren herausgemeißelt und zunächst mit schwarzen Zeichen überpinselt worden, die »Tod«, »Arschloch« oder »Mutterficker« bedeutet haben konnten, jetzt aber nicht mehr genau erkennbar waren, weil eine nachfolgende Gruppe diese Zeichen in die Familiennamen ihrer politischen Gegner oder deren vermeintliche Komplizen umgestaltet hatte. Worauf eine neue Generation von Rotgardisten mit neuen Farbtöpfen und vermutlich alten Pinseln den wiederum noch neueren Schuldigen ein Fanal bereitet hatte.

»Das Portal ist ein Pranger«, sagt Frau Wang, »ein Pranger von vielen schrecklichen, sich selbst wieder bekämpfenden Prangern.« Sie zieht eine Kamera aus ihrem Futteral und knipst vielleicht ein Dutzend Bilder aus dem Getümmel der sich im Kampf übereinander türmenden Zeichen. »Für eine Dokumentation würde ich mir besseres Licht wünschen, doch als Restauratorin habe ich gelernt, auch aus Schatten noch meine Schlüsse ziehen zu können.«

»Lass die Geschichten sich doch gegenseitig übertünchen, überpinseln, überlagern. Das haben sie immer gemacht. Wir werden hier auf eine vollkommen andere Weise restaurieren«, sagt Zwirn, der sich den Tamariskenzweig an seine Mütze geklemmt hat. »Vergiss nicht, es geht jetzt nur noch um Terrakotta und unsere neuen Helden, deren Geburtsstätte wir gleich betreten werden, wenn ich diese Tür eingetreten habe.«

7

Ein leichtes Drücken mit der Schulter hätte dieselbe Wirkung erzielt, so aber gerät Zwirn ins Stolpern und schlägt der Länge nach auf den Boden. Ein paar Tauben schrecken auf und flattern ungestüm durch ein großes Loch im Dach. Als Zwirn sich erhebt, ist seine linke Gesichtshälfte dunkelrot schraffiert.

»Eher ein Halbgott als ein Gott«, sagt Frau Wang und reicht ihrem Begleiter ein Taschentuch und ihren Handspiegel, »Verzeihung, das war jetzt sehr rüpelhaft von mir. Hoffentlich ist der Schaden nur oberflächlich.«

»Immerhin wissen wir jetzt, dass hier tatsächlich Verwandlungen stattfinden können«, sagt Zwirn, nachdem er kurz auf sein Bild im Spiegel geblickt hat. »Nehmen wir den Vorfall als glückliches Omen!«

Das große Loch im Dach ist die einzige Lichtquelle in der Halle, im Halbdunkel sind nur die Umrisse von zwei Öfen zu erkennen sowie eine Reihe von hohen Regalen, die bis an die Decke des Gebäudes reichen. »Dort sollten wohl die Ziegel getrocknet werden«, sagt Zwirn, »das kommt uns für die Rohlinge sehr entgegen. Also für das Grobe ist jedenfalls schon einmal gesorgt.«

»Und die Feinarbeit werden wir ja ohnehin im Museum erledigen. Da fällt niemandem auf, an was für Objekten wir gerade arbeiten. Jedenfalls keinem Außenstehenden.«

»Trotzdem sollten wir uns noch einmal umsehen, ob wir nicht auch hier den einen oder anderen Winkel finden, der nur für uns und die, sagen wir, delikateren Teile unseres Projektes zugänglich ist. Vielleicht dort hinten, neben der Mauer zum Kohlebunker.« Er reicht Frau Wang seine rechte Hand und tastet mit der linken nach dem Sturmfeuerzeug in seiner Jackentasche. Kommissar Wu hat es ihm geschenkt, vor zwei Jahren, als das erste Gerücht aufkam, persönliche, ja selbst dienstliche Objekte könnten ihren Besitzer politisch gefährden, wenn sie ein Porträt von Maos Stellvertreter trügen.

Zwirn entzündet ein halbes Dutzend kleiner Holzscheite, die er in einem Schubkarren gefunden hat, der sich sogar noch bewegen lässt. Mit diesem Karren vorweg ziehen sie wie eine kleine Prozession bis in den hintersten Teil des Gebäudes. Alle Geräte, die hohen Trockner, die kleinen und die großen Öfen, Prüfstände, Filter und was noch zur Ausstattung der Anlage gehört, stehen, zwar mit einem dichten Staubpelz überzogen, doch makellos ausgerichtet, so, als erwarte ein verwunschenes Märchenreich die Ankunft eines Zauberspruchs, der die Dinge wieder zum Leben erweckt.

Einen abgeschiedenen Raum allerdings finden die beiden nicht. Die Fabrikhalle ist zwar verwinkelt, doch schlicht geheimnislos. »Erst habe ich an eine Kathedrale gedacht«, sagt Zwirn, »vielleicht wegen der Ausmaße und der zwei traurigen Türme. Eine Kirche nach dem Sturm der Revolution. Aber ich schwöre dir, noch jede abgedeckte Kirche bei uns enthält tausend Mal mehr Geheimnisse als diese Fabrik.«

»Wunder können überall entstehen, habe ich einmal gelesen«, sagt Frau Wang. »Ich glaube sogar, das war bei einem von euren Dichtern. Und schau, es ist hier doch nicht alles Metall und Stein. Dort drüben steht eine alte Holzbank. Die stammt aus einer anderen Zeit, das erkenne ich als Restauratorin auf den ersten Blick. Jemand muss sie hier vergessen haben. Vielleicht ist sie nicht ganz so morsch wie das Dach, bestimmt können wir beide sogar noch darauf sitzen.«

Sie rollen die Schubkarre zur Bank, die zwar ein wenig wackelt und seufzt, sonst aber die Ruhe bewahrt. Zwirn wirft noch etwas Reisig ins Feuer und schraubt den Verschluss der kleinen Flasche auf, die er am Morgen im kleinen Laden hinter dem Bahnhof besorgt hat. Die Tauben sind wieder zurückgekehrt, erst stritten sie erbittert um ihre angestammten Plätze, jetzt gurren sie nur noch friedlich und zupfen oder rupfen einander an den Federn.

»Ich sollte dich daran erinnern, mich zu fragen, warum ich nie auf deine Korrespondenz geantwortet habe«, sagt Frau Wang, nachdem sie das ihr angebotene Glas geleert hat. Lass uns das jetzt hinter uns bringen, es wird nicht lange dauern.« Sie zündet am Feuer im Schubkarren zwei Zigaretten an, steckt Zwirn eine davon zwischen die Lippen und legt den Kopf in den Nacken.

»Du weißt ganz wenig über mich, und als wir einander kennenlernten, wusstest du natürlich noch viel weniger. Es gibt von mir auch nicht viel zu erzählen, das Wichtigste ist für mich, dass ich sehr früh alle meine Verwandten verlor, damals, im Krieg gegen die Japaner, und dass ich seither nach nichts eine so große Sehnsucht hatte wie nach einer Familie. Gleichzeitig aber«, sie wirft die nur kurz angerauchte Zigarette zurück in die Glut, »gleichzeitig hatte ich aber auch stets eine schreckliche Angst vor dem Gedanken einer Familie, weil ich ja erfahren musste, was es bedeutet, eine Familie zu verlieren. Wenn ich auf der Straße einem kleinen Kind mit seinen Eltern begegnete, sah ich sofort dieses Kind ohne seine Eltern. Ich weiß, wie verrückt das klingt, ich habe einmal mit einer Ärztin darüber gesprochen, übrigens einer Schwägerin von unserem Professor Wen. Eine knochenharte Materialistin, ihren Namen habe ich vergessen. Sie nannte mein Problem eine ›Störung zwischen der Funktion der Sinne und der Funktion des Gehirns‹, aber das hat mir auch nicht geholfen.«

»Was hat sie dir geraten?«

Frau Wang lacht. »In ihrem medizinischen Lehrbuch fand sie eine Stelle, in der es hieß, für eine Mutterschaft sollte eine Frau warten, bis sich alle vier Weisheitszähne ausgebildet hätten. Das sei das entscheidende Zeichen für weibliche Reife. Sie schaute mir dann in den Mund und meinte, vorerst müsse ich mir keine Sorgen machen.«

Die aufsteigende Wärme hat zwei Tauben auf einen Balken über dem kleinen Feuer im Schubkarren gelockt. »Gleich werden sie auf uns herabscheißen«, sagt Zwirn, »ich hasse Tauben und alles, wofür sie in der Literatur, der Kunst oder sonst wo stehen. Hast du einmal von dem spanischen Künstler Picasso gehört? Der verabscheut Tauben genauso wie ich.«

»Darf ich jetzt kurz auf unsere Geschichte zurückkommen?«

Zwirn nimmt den Tamariskenzweig vom Hut. »Verzeih'«, sagt er, »ich wollte nur ablenken, weil ich so nervös bin. Wir waren beim Thema der Familienplanung. Ich spüre, dass deine Geschichte jetzt sehr nahe an mich heranrückt.« Er legt den Zweig auf den Rand des Schubkarrens.

»Ich habe damals mit dir geschlafen, weil du mir vorgekommen bist wie der Held aus einem Märchen. So eine wilde, ganz und gar fremde Erscheinung, vielleicht ein wenig verloren, doch in all seiner Verlorenheit ein Wesen, das bald einfach weiterzieht, weil es seinen Platz noch nicht gefunden hat. Das aber genau weiß, dass dieser Platz nicht an der Seite einer fast gleichaltrigen Restauratorin in einem Provinzmuseum am östlichen Rande der Gobi liegen kann.«

»Also war ich nur Teil eines Plans?«

»Nein, viel, viel mehr! Du warst die Erfüllung eines Traums. Nie im Leben war ich glücklicher als in jenem Moment, als deine Hand am Bund meiner Uniformhose zog. Das kann ja sinnlich keine größere Erregung bei dir ausgelöst haben. Jedenfalls fürchtete ich das, unsere Uniformen sind schließlich aus Kunststoff und nicht aus Seide. Und es war mir auch klar, dass du schon ganz andere Erfahrungen im Entkleiden gemacht haben musst. Für mich war das ein kleiner Triumph. Genauso wie deine Zärtlichkeit, die so, wie soll ich sagen, die so entspannend ›unsachgemäß‹ war. Nein, es war überhaupt kein Plan, es war schieres Begehren, unbeschwert wie in einem Traum, den man, wer weiß, an einem Frühlingsmorgen oder in einer Sommernacht vielleicht selbst in Gang gesetzt hat.«

Diesmal zündet Zwirn die Zigaretten für Frau Wang und ihn an. Er hat dazu das Rädchen seines Sturmfeuerzeugs rotieren lassen. Nachdem er den ersten Zug genommen hat, bemerkt er, dass sich eine vorwitzige Taube mit dem Tamariskenzweig davongemacht hat, in dem jetzt kleine Flammen züngeln.

»Also war es in dieser Nacht, dass…«

»Du musst jetzt nicht sagen, dass du dich daran erinnerst, als wäre es erst gestern gewesen. Und ob man dabei ein Kind zeugt oder empfängt, merkt man, soviel ich dazu sagen kann, dem Vorgang auch nicht an.«

»Aber warum…?«

»Lass mich bitte einfach ausreden, glaub mir, das fällt mir alles nicht leicht. Und ich versuche ja auch zu verstehen, wie du dich jetzt fühlen musst, jetzt, wo du die Wahrheit hörst. Seit Jahren denke ich immer wieder darüber nach. Aber ich wusste keinen Ausweg. Natürlich habe ich alle deine Karten und Briefe gelesen, bevor ich sie wieder zurückschickte. Die ersten waren so steif, dass mir ganz kalt ums Herz wurde und ich dachte, du hast einen Verdacht geschöpft, willst es dir aber nicht anmerken lassen. Bis mir dann klar wurde, dass du deine Sätze sorgfältig aus einem Lehrbuch abgeschrieben hattest. Dein Chinesisch war ja noch sehr einfach.«

»Es war ein Lehrbuch für angehende Diplomaten, die schreiben offenbar alle so.«

»Du bist wieder in eine Rolle geschlüpft oder in einen der Romane, aus denen du uns vorgetragen hast. Mal freiwillig, mal unfreiwillig. Das habe ich dann begriffen. Bei uns im chinesischen Theater kann man sich auf die Schauspieler und ihre Rollen verlassen, die bleiben immer gleich, der Böse bleibt der Böse, die Prinzessin bleibt die Prinzessin. Als ich darüber nachdachte, wurde mir wieder klar, dass wir einfach in verschiedene Welten hineingeboren wurden.«

Für wenige Minuten rauchen die beiden schweigend vor sich hin, dann reißt sie der Dachbalken, den die Taube mit ihrem Zweig in Brand gesetzt hat, aus ihrem Nachdenken.

8

»Die Geschichte mit der Taube habe ich mir natürlich ausgedacht«, schreibt Zwirn in seinem nächsten Brief an Vetter Sascha. »Also dieses Schlussstück, wo das Tier mit der Tamariske im Schnabel den Brand auslöst. Ich glaube, so etwas machen Tauben nicht einmal in einem chinesischen Staatszirkus. Aber in meinem Hirn schlugen, um einmal annähernd im Bild zu bleiben, gleichzeitig so viele Blitze ein, dass es einfach zu einer absurden Entladung kommen musste. Da kam mir die Taube gerade recht. In meinem Zustand hätte ich eine ganze Arche Noah erfinden können. Extremfälle wirken auf meine Phantasie eben wie damals diese Brandbeschleuniger, mit denen wir als Kinder so gern gespielt haben. Aber alles andere, der Besuch in der Ziegelei, der Balkensturz und ganz besonders das Gespräch haben sich ohne die geringste Retuschierung so zugetragen.

Es ist ja nicht so, als hätte ich zum ersten Mal in meinem Leben davon erfahren, Vater eines Kindes geworden zu sein. Wir erinnern uns an Olgetschka, die Tochter des stellvertretenden Kultursekretärs von Leningrad, und auch an deren freche Halbschwester Larissa. Doch das waren, kunsthistorisch betrachtet und sehr höflich formuliert, allenfalls zweifelhafte Zuschreibungen.

Hier aber fühlte ich gleich bei den ersten Worten der Mutter, dass sie schlicht die Wahrheit sprach, mehr noch, dass mir die Frau einen Wunsch erfüllt hatte, über den ich, wäre er mir denn deutlich geworden, nur gespottet hätte.

Vaterschaft hat ja, dir muss ich das nicht erklären, bewusst oder unbewusst, sehr direkt mit Verlust und Altern zu tun. Das Kind, die Mutter, beide spannen dein Lebensbild in einen neuen Rahmen, der das Vorher deutlich vom Nachher trennt und deinem Leben eine Reihe von Farben aus der Palette kratzt. Trotzdem fühlte ich mich, nun ja, vielleicht übertreibe ich hier, nicht betrogen oder ausgenutzt, nein, auf eine kitzelnde Weise herausgefordert.

Ich werde diese Frau übrigens in meinen künftigen Briefen Anna nennen. Das mache ich auch im privaten Umgang so. Ihr chinesischer Vorname ist schön, aber für meine Zunge sehr schwer auszusprechen und erst recht zu schreiben. Und ich kann mich auch nur schwer daran gewöhnen, ein geliebtes Wesen ständig mit ›Frühlingskirsche‹ anzureden.«

Zwirn legt seinen Federhalter für einen Moment beiseite und spricht leise das chinesische Wort »Frühlingskirsche« aus. Die Silbe für »Kirsche« macht keine große Schwierigkeit, doch beim Wort »Frühling« verzweifelt er bereits am Anlaut.

»Auch an den Namen ›Panda‹ muss ich mich erst gewöhnen. Erst dachte ich an literarische Entsprechungen. Klingt ›Onkel Panda‹ so gut wie ›Onkel Wanja‹? Kann man sich den Titel ›Panda, der Schreckliche‹ vorstellen? Auf Chinesisch klingt das Wort irgendwie unauffälliger. Irgendetwas mit Katze, wenn ich Anna richtig verstanden habe. Und recht besehen ist der Name sogar eher ein Glücksfall. All die anderen Kinder hier in Pandas Alter, Jungen wie Mädchen, tragen revolutionär-energische Vornamen wie bei uns Fußballmannschaften, also ›Roter Stern‹ oder ›Dynamo‹, wenn nicht sogar noch schrecklichere wie ›Stahlnagel‹

oder ›Kugelhagel‹. Das gehört hier als fester Bestandteil zu der grässlichen Veranstaltung ›Kulturrevolution‹. Kannst du dir vorstellen, lieber Sascha, du liegst mit einem Mädchen im Bett, ziehst an deiner Zigarette und seufzt: ›Ach Kugelhagel, mein Liebling, mach bitte weiter, lass uns jetzt nicht aufhören, ich flehe dich an!‹

Kommissar Wu, um hier gleich auf die Geschichte mit der Ziegelei zurückzukommen, war selbstverständlich nicht gerade begeistert, als er von dem Vorfall erfuhr. Es musste ja die Feuerwehr anrücken, um ein weiteres Zusammenbrechen des Gebäudes zu verhindern. Damit erweiterte sich notwendigerweise der Kreis derer, die von unserem geheimen Ort wussten und vielleicht Fragen stellen könnten, warum ihre Kräfte denn ausgerechnet zu einem Einsatz in einer längst stillgelegten Fabrik kommandiert worden seien? Glücklicherweise hat der Kommissar aber für solche Problemfälle stets eine Lösung parat, ich möchte nur nicht im Detail erfahren, wie diese ausgefallen ist.

Zur Besichtigung des Schadens brachte er dann einen Experten mit, einen älteren Mann, den er gleichfalls im Lager von Professor Wen und Anatom Yang aufgetrieben hat. Es sind diese Lager ja überaus reich an fachlichen Kompetenzen. Oft reichte schon das Tragen einer Brille oder eines Hörgeräts, um dort zu landen.

Dieser neue Experte, dem ich für dich noch einen Namen geben muss, er heißt nämlich auch Wang oder Yang oder Zhang – dieses Land ist an allem reich, nur nicht an Namen, bedenkt man die Einwohnerzahl –, dieser neue Experte also zeigte sich sehr erfreut über den Einsturz, weil genau an dieser Stelle noch Platz zu schaffen ist für besondere Techniken zur Erschaffung unseres Modellkriegers. Er hat übrigens einen ganz merkwürdigen Kopf. Tatarisch, wenn du verstehst, was ich meine, fast selbst etwas von einem Krieger.«

Zwirn legt die Feder beiseite und greift nach einem Bleistift, um unter seine letzte Zeile eine Skizze zu platzieren. Dann befeuchtet er seinen rechten Zeigefinger und wischt über die Konturen, um ihnen etwas von ihrer Schärfe zu nehmen.

»Ich werde ihn für dich einfach den Herrn ›A-Hu‹ nennen, er sagt nämlich stets, wenn ihm eine Frage gestellt wird, als erstes den Räusperlaut ›A-Hu‹. Was das bedeuten soll, weiß ich nicht, vielleicht ist es ja nur ein therapeutischer Vorgang. Aber niemand sonst beginnt seine Sätze mit diesem Auftakt.

A-Hu glaubt jedenfalls an unser Projekt. Oder er ist über seine Freilassung zu glücklich, um den Plan für unrealistisch zu erklären. Direkt angesprochen, sagte er in seiner vorsichtig umständlichen Art: ›A-Hu, zwei oder drei Exemplare, das könnte uns bald, wenn nicht in nicht allzu langer Zeit, gelingen.‹ Der Vorteil von Terrakotta liege ja auch darin, dass das Alter dieses Stoffes nicht zu bestimmen sei. Lehm ist ebenso zeitlos wie unsere Vorstellungskraft. Und das Formen von Personen sei ja von jeher die höchste Form der Kunst. Jedenfalls in der Weltgeschichte der Kunst. Und es sei höchste Zeit, dass China zum Beginn dieser Weltgeschichte einen historischen Beitrag leiste.«

INDUSTRIE OHNE RAUCH

1

Die alten Frauen im Park des Museums bewegt am Morgen übrigens ein Thema, das die jüngste der vier zum heutigen Treffen mitgebracht hat. Der Onkel ihres kleinen Schützlings ist vorgestern zu Besuch bei seinem Bruder in Xi'an eingetroffen und hat während des Nachtessens von neuen, noch nie an die Öffentlichkeit gedrungenen Plänen aus der Provinz Kanton erzählt.

»Sie redeten etwas von einer ›Industrie ohne Rauch‹.«

»Wer erzählte das, und was soll das bedeuten?«

»Der junge Wu, der Neffe von der Frau des Kommissars. Also des Stählernen Wu.«

»Den jungen Mann kenne ich«, sagt die Älteste. »Das ist noch gar nicht so lange her. Zehn Jahre oder so. Ich sollte ihm einen Fleischknödel in die Schule bringen, weil er vergessen hatte, sein Frühstück einzupacken. Die waren damals zu vierzig in der Klasse, ihr wisst schon, in dem alten Konfuzius-Tempel in der Weststadt. An der Längswand hingen da neben dem Bambusstock große Schiefertafeln, die über jeden der Schüler Auskunft gaben. Also: ›Leistung‹, ›soziales Verhalten‹, ›ideologische Einstellung‹, ›körperliche Verfassung‹, ›Hygiene‹, ›Liebe zum Vaterland‹, ›Höflichkeit‹ und was sonst noch. Mehr als dreißig Einträge für jedes Kind. Und die entsprechenden Punktzahlen, mal mit Plus, mal mit Minus. Mir tränten die Augen, als ich alles gelesen hatte.«

»Was diese Kinder alles zu Essen vorgesetzt bekamen, daran möchte ich mich gar nicht erinnern«, sagt die Nachbarin und rüttelt an einer kleinen Rassel, die den Vorsitzenden Mao mit rot aufgeblasenen Backen als Rotgardisten darstellt.

»Aber was hat das jetzt mit dieser ›Industrie ohne Rauch‹ zu tun?«

»Wenn ich es richtig verstanden habe, geht es darum, Ausländer nach China reisen zu lassen, damit sie hier von unseren Erfolgen lernen und unsere Naturschönheiten kennenlernen können. Natürlich dürfen sie auch den Reichtum unserer viele tausend Jahre alten Kultur genießen. Dafür müssen sie bezahlen, so wird das zu einer Industrie.«

»Ich habe auch schon davon gehört«, sagt die Älteste, »die einen nennen das ›Tourismus‹, ihre Gegner schimpfen es ›Export der Landschaft‹. Der Schwager von diesem Onkel, der gestern bei uns gegessen hat, ist erst vor ein paar Wochen wegen dieser Anschuldigung aufs Land zur Umerziehung geschickt worden. Aber der Schwager meinte, in dieser Industrie läge eine beachtliche Zukunft. Die Ausländer lieben das Alte und zahlen dafür viel Geld. Ihr könnt euch gar nicht vorstellen, wieviel Geld die zahlen.«

»Manche Besucher aus dem Westen wollen aber auch nur das Neue erleben«, sagt die Jüngste, »jedenfalls dort unten, in Kanton. Dieser Neffe Wu hat von Ausländern erzählt, die Busse ablehnten und mit ihren Koffern zu Fuß vom Bahnhof in die Stadt und ins Hotel laufen wollten. Ihre Anführer nannten das ›die revolutionäre Linie im Fremdenverkehr‹. Manche wollten auch gar nicht in ein Hotel, sondern in einer Schule oder in einer Fabrik übernachten. Am liebsten in einer Fabrik. Aber da waren auch viele ältere Besucher, die mussten dann in doppelstöckigen Betten schlafen. Als älterer Mensch hat man aber doch Schwierigkeiten mit doppelstöckigen Betten, gerade in der Nacht. Eine Frau aus Frankreich ist heimlich aus der Fabrik in die Stadt geflohen und hat dort ein Hotel gesucht. Gut, dass die Führung wachsam war.«

»Industrie ohne Rauch«, lacht die Älteste der vier Frauen, »ob wir das hier in Xi'an noch mitkriegen? Aus dem Kinderwagen ihres Schützlings zieht sie eine Schachtel Zigaretten ihrer Lieblingsmarke ›Langes Leben‹ und lässt die Packung von Freundin zu Freundin wandern.

2

Kommissar Wu steht vor dem kleinen Waschbecken seiner Dienstwohnung und seift sich die Wangen mit einem Pinsel ein. Im Spiegel sieht er hinter seinem rechten Ohr die noch schlummernde Genossin Lili. Genauer gesagt, sieht er ihr nacktes, lockend elfenbeinfarbenes Bein, dessen anmutig gewinkelte Form die Bettdecke freigegeben hat, und den Ansatz ihrer neuen Unterhose, deren feuerfarbene Seide ihn gestern so verhängnisvoll erregte.

Wie immer nach dem frühen Aufstehen genießt Wu beides: seinen täglichen Bartwuchs und die Rasur. Beide Prozesse bringen ihn, wie er der langsam erwachenden Lili zu erklären versucht, in eine ›aktiv dialektische Stimmung‹. Die Genossin quittiert seine Bemerkung mit einem freundlich entschuldigenden Gähnen und der spitzmäulig vorgetragenen Forderung nach einem Glas Tee. Darauf gibt der Kommissar das Thema vorerst auf.

Als Wu vor zwanzig Jahren in die Parteischule aufgenommen wurde, wäre er bei der Prüfung fast an einem Aufsatz zum Thema »Widersprüche zwischen Natur und Kultur im sozialistischen Aufbau« gescheitert. ›Dabei hätte ich es mir soviel leichter gemacht‹, denkt Wu jetzt, ohne auf Lilis Bitte nach einem Glas Tee einzugehen, ›wenn ich mir damals das Rasieren zum Beispiel genommen hätte: Am Morgen blickt der Rasierende in den Spiegel und erschrickt. Vielleicht ist er auch nur besorgt. Das Gesicht ist nämlich in diesem Moment ganz und gar wilde Natur. Dann seift er zur guten Tarnung – wie ich jetzt – seine untere Gesichtshälfte bis zur Unkenntlichkeit mit Schaum ein. Die Tarnung ist entscheidend, um sich auf die nächste Aktion vorzubereiten, nämlich mit einem scharfen Messer die Auswüchse der Natur zu beseitigen. Klar, das ist jetzt nur ein einfaches Beispiel, aber wichtig für meine Arbeit, ganz besonders an unserem Projekt. Irgendwo muss ein Messer angesetzt werden, damit Kräfte sprießen können. So, und nur so, löst man den Widerspruch zwischen Natur und Kultur. Erst die Tarnung, dann das Messer.‹

»Tee«, sagt Lili noch einmal, jetzt mit einem deutlichen Seufzen, das in ein vorwurfsvolles Hüsteln abzweigt, »nach so einer Nacht brauche ich das ganz dringend.«

Wu wendet ihr lächelnd das erst zur Hälfte vom Schaum freigelegte Gesicht zu. »War die Turbine deines Lenzwunders etwas wild, mein kleiner Schatz?«

»Viel Wirbel, doch leider kein Strom«, sagt Lili so nüchtern, als referiere sie über Schadensfälle in einem Wasserkraftwerk, »sehr bedauerlich.« Sie zieht ihr nacktes Bein unter die Decke. »Weißt du, das geht auch anders. Irgendwie mit mehr, wie soll ich das sagen, jedenfalls mit mehr Kunst oder Kultur, wenn du verstehst, was ich meine. Vom Resultat einmal ganz abgesehen.«

Das selbstbewusste Lächeln, genauer gesagt, die sichtbare Hälfte jenes Lächelns, das Wu seiner Frage zur Verstärkung mit auf den Weg gegeben hat, verschwindet aus dem Gesicht des Kommissars, als hätte er es mit einem raschen Hieb wegrasiert. Für einen Mann seines Rufs und seiner Stellung beginnt ein erfolgreicher Tag nicht mit dem Vorwurf, als Liebhaber versagt zu haben. Was oder wen Lili mit diesen beiden Wörtern ›Kunst‹ und ›Kultur‹ gemeint hat, glaubt er sehr genau verstanden zu haben. Der Professor Wen ist es jedenfalls nicht, der Anatom Yang kommt auch nicht in Frage, obwohl der dauernd von irgendwelchen Kulturen redet, in denen es wild zugehen oder zugegangen sein soll. Aber das bezieht er immer nur auf Gesichtsausdrücke.

Warum klingt jetzt das Rauschen aus der Toilette so vorwurfsvoll?

Außerdem ist dieser Anatom Yang sowieso zu alt, um als Konkurrent in Lenzgeschichten ernstgenommen zu werden. Trotzdem wird er heute Yang schleifen, weil der noch immer nicht die erste Probe für die triumphierende Miene eines Kriegers aus der frühen Geschichte Chinas vorgelegt hat. Das wird heute seine erste Handlung der Amtsgeschäfte sein. Aber beileibe nur die erste.

»Ich gehe jetzt zum Bus«, sagt Lili. Sie hat den obersten Knopf ihrer Uniform zugeknöpft und den weißen Mundschutz über Nase und Kinn gezogen. Es soll den ganzen Tag wieder Sand aus der Gobi oder Ruß aus dem neuen Kohlewerk wehen. »Den Tee nehme ich im Büro. Hoffentlich bist du bald wieder bei Kräften.« Die Tür fällt mit einem Schlucklaut ins Sicherheitsschloss.

»Es bleibt mithin nur ein Rivale: Zwirn, natürlich, der Russe, der da in seinem Tempel mit langen Jacken aus Seide durch die Gegend zieht und seine ausländischen Schallplatten abspielt. Wenn das nicht ein Zeichen für »Kultur« und »Kunst« ist. Und da war doch noch diese alte Geschichte mit den diversen Mittelchen, die man damals, gleich bei der Ankunft des Russen in Xi'an, in dessen Gepäck gefunden hat. Die Pinienpollen aus der Provinz Yünnan, weiß der Teufel, wie er an die herangekommen ist. Zu schweigen von dem Geraspelten aus allerlei Hornzeug und den Pillen in der Form kleiner Schildkrötenschwänze. Das habe ich alles im Protokoll.

Aber ohne Zwirn wird das Projekt keine Zukunft haben. Jedenfalls nicht jetzt, wo wir den Erfolg brauchen. Später kann ich ihm immer noch die Knochen einzeln brechen. Mit Lili muss ich vorsichtig sein, ihre Frechheiten kann sie sich nur leisten, weil sie heimlich auch für die Innenrevision arbeitet. Als hätte ich das nicht schon längst herausgefunden. Doch jetzt geht es um eine andere Schlacht. In drei Wochen ist die nächste Parteikonferenz, dort erwartet man von mir einen Bericht. Kurz darauf tagt, das ist viel schlimmer, der Ständige Ausschuss. Nichts ist so gefährlich wie ein Ständiger Ausschuss der Partei. Konferenzen kommen und gehen, aber der Ständige Ausschuss ist wie eine Krake, die ständig auf Beute lauert. Diese Krake will gefüttert werden. Dazu muss ich Druck machen. Sehr lauten Druck. Ohrenbetäubend. Mit allen Trompeten. Lili wird schon sehen: Der Stählerne Wu ist noch bei besten Kräften.«

Das Gesicht des Kommissars ist jetzt zur Gänze rasiert und glänzt in Vorfreude auf den kommenden Tag.

3

Die Archivarin Wu ist bereits vor einer Woche mit dem Bus zu entfernteren Verwandten in das Dorf Drei-Brunnen-Glück, gut dreißig Kilometer außerhalb der Stadt, gefahren. Offiziell ist es jetzt kein Dorf mehr, weil es heutzutage ja nur noch Arbeitsbrigaden und deren Unterabteilungen gibt, doch dem Auge von Frau Wu bietet sich kein anderer Anblick als bei ihrem letzten Besuch, der zehn Jahre zurückliegt. Die wenigen Straßen sind noch immer voller Schlaglöcher, die Pappeln, die die Wege säumen, zeigen rostige Blätter, schwer mit gelbem Staub bedeckt. Die Dorfbewohner, ihre Katzen und auch ihre mageren Hühner verbergen sich wie früher, wenn der Bus hier hielt.

Neu an den Wänden der Häuser sind dagegen die bunten Parolen, die dazu aufrufen, tiefe Tunnel zu graben, Getreide zu horten, immer an den

Sozialismus zu denken und nie den Klassenkampf zu vergessen. Auf dem mit grünen Glasscherben bewehrten Tor zur alten Schnapsfabrik des Dorfes, neben dem kleinen Revolutionsmuseum, stehen dagegen nur die drei Schriftzeichen für »Grenzenlose Treue« und zwei abrupt in einem Punkt endende, kleine, rote Pinselstriche, die nicht erkennen lassen, wem diese Treue geschworen wird.

Frau Wu trägt in ihrer linken Hand das Netz mit den Geschenken, in der rechten einen faustgroßen Stein, den sie jetzt gegen das Tor wirft. »Ich bin da«, ruft sie. »Ich bin Genossin Wu, die Schwägerin des stellvertretenden Brigadeleiters, macht das Tor auf. Ich habe euch ein Fernschreiben geschickt.«

Sie muss noch zweimal den Stein gegen das Tor prallen lassen, dann knirscht es, öffnet sich einen Spaltbreit und ein breitschultriger Mann mit buschigem, weißen Backenbart steht vor ihr.

»Was suchst du hier?«

»Ich bin Genossin Wu aus Xi'an, aus dem Museum.«

»Wir haben hier keinen Schnaps mehr. Das haben wir schon gemeldet.«

»Ich komme nicht wegen eures Fusels, ich will zum stellvertretenden Brigadeleiter.«

»In welcher Angelegenheit?«

Die Archivarin Wu hebt die linke Hand mit dem Einkaufsnetz. »Das werde ich mit dem stellvertretenden Brigadeleiter besprechen.«

Der Mann mit dem weißen Backenbart blickt prüfend auf das Einkaufsnetz. Die Honigmelone ist trotz des roten Geschenkpapiers deutlich zu erkennen, die drei Schachteln der Zigarettenmarke ›Langes Leben‹ verbreiten ihren eigenen Glanz, fast aufreizend ragt die lange Flasche mit dem weißrussischen Wodka aus dem Netz, die Leo Zwirn der Archivarin vor zwei Tagen aus dem kleinen Laden am Bahnhof besorgt hat.

»Kannst du mich jetzt zum stellvertretenden Brigadeleiter führen?«

»Erst nach der Konferenz. Bis um vier Uhr nachmittags haben wir hier jeden Tag politische Schulung. Die darf von niemanden gestört werden. Außerdem haben wir insgesamt drei Stellvertreter.«

»Dann weck die jetzt aus dem Schlaf. Ich muss am Abend zurück mit dem Bus nach Xi'an.«

Der Weißbärtige schüttelt den Kopf, holt durch die Nase kurz Luft, spuckt dann knapp neben seine rechte Sandale und öffnet das Tor um einen weiteren Spalt. »Komm rein, du findest die drei Genossen im Büro. Aber erschreck sie nicht!« Er führt die Archivarin über den Hof zu einer Nebentür und weist auf den Gang, in dessen Mitte wie an einer Haltestelle das Schild »Büro für Angelegenheiten des Volkes« angebracht ist.

Frau Wu drückt leise die Klinke nieder und blickt auf ein Dreieck von zusammengestellten Schreibtischen, auf deren Mitte jeweils ein kahlgeschorener Kopf, umgeben von einem Ellbogen, ruht. ›Man könnte‹, überlegt die Archivarin, ›an eine kollektive Hinrichtung denken, wäre da nicht dieser Wechselgesang aus Schnarchtönen, die aus überraschend weit auseinanderliegenden Lagen vorgetragen werden.‹ In einem Wandschrank findet sie Wassergläser, kleine Schalen und Teller, die sie geräuschlos auf einen niedrigen Aktenschrank vor dem Bild des Großen Vorsitzenden Mao stellt. Das Messer zum Zerteilen der Melone hat sie mitgebracht. Sie legt es zwischen die Frucht und die Schälchen, die sie aus einer Tüte mit Sonnenblumenkernen gefüllt hat. Die Zigarettenschachteln hat sie zu einer kleinen Mauer zusammengestellt, an der eine mittelgroße Packung mit feinstem Tee aus der Provinz Yünan lehnt.

Frau Wu tritt zwei Schritte zurück und betrachtet ihr Arrangement. ›So sehen festliche Opfergaben vor einem Hausaltar aus‹, erinnert sie sich, ›die drei schnarchenden Mönche gehören unbedingt ins Bild.‹ Dann ballt sie die Hand zur Faust und schlägt zweimal heftig auf die Anrichte. »Genossen, das Essen ist fertig«, ruft sie nach dem zweiten Schlag.

Die Reaktion der Männer fällt weniger heftig aus, als sie erwartet hat. Das Schnarchen gleitet in ein Husten und von dort in klärende Kehllaute über. Fast im Gleichtakt kratzen drei linke Hände über Wange und Kinn, während die rechte nach der Zigarettenschachtel in der unteren Uniformtasche tastet. Schließlich setzt der Genosse, der am weitesten entfernt von Frau Wu sitzt, erst die Brille, dann die blaue Ballonmütze auf und mustert den Eindringling. Seine Stimme ist noch belegt.

»Ich habe dich schon einmal gesehen. Wer bist du, und wer hat dich hier hereingelassen?«

»Mein Name ist Wu. Ich komme aus der Leitung des Provinzmuseums in Xi'an. Dein Neffe hat die Tochter einer Kusine von mir geheiratet.«

»Die kleine Han. Das ist Jahre her. Sie haben jetzt zwei Söhne. Mein Neffe ist zufrieden. Und was willst du hier von uns?«

»Ich habe einen Auftrag für euch, wenn ihr den annehmt, könnt ihr Helden der Geschichte werden.«

Die Männer lachen. »Wir sind schon Helden der Arbeit. Viel mehr brauchen wir nicht zu unserem Glück«, ruft der Onkel der kleinen Han.

»Auch Glück braucht Nachwuchs«, sagt Frau Wu und zeigt auf die Geschenke unter dem Bild des Großen Vorsitzenden.

»Und was sollen wir dazu beitragen?«

Frau Wu setzt die kleinen Schalen mit den Sonnenblumenkernen und die Wodkaflasche vor die Männer.

»Unser Museum hat einen bedeutenden Fund gemacht. Einen Fund, der zeigt, wie die chinesische Kultur seit Jahrtausenden allen anderen Kulturen dieser Welt überlegen ist.«

»Ich verstehe, aber was ist ein Fund?«

»Ein Fund ist ein wissenschaftlicher Beweis. Historischer Materialismus, davon habt ihr in den Schulungen gehört. Ich rede von einem Ding aus der Vergangenheit, wir nennen das ein ›Objekt‹, das beweist, wie weit überlegen das Niveau unserer Kultur seit jeher und schon vor Tausenden von Jahren gewesen ist.«

»In der Zeit der Sklavenhalter oder des Feudalismus?«, fragt der Onkel der kleinen Han und schraubt am Verschluss der Wodkaflasche. »Also schon lange vor dem Sozialismus?«

»Wir diskutieren hier nicht eine Frage der Ideologie, es geht um die Praxis. Unser Museum hat ein solches Objekt gefunden, einen Körper und einen Kopf aus Lehm, um es genau zu sagen, und dieses Objekt muss ganz dringend der Welt gezeigt werden. Es ist ein Geschenk für alle Völker dieser Welt.«

»Aber was haben wir hier in unserem Dorf damit zu tun?«

Die Archivarin faltet die Hände vor dem Gesicht. »Ich bitte euch einfach nur um eure Solidarität«, sagt sie schlicht. »Wir, die Betreiber des Museums, gehören zur Klasse der Intellektuellen. Das ist bekanntlich die neunte, die ›stinkende‹ Klasse in unserer Gesellschaft. Uns stünde es nicht zu, einen Triumph zu melden, der einzig und allein der glorreichen Klasse der Arbeiter und Bauern zusteht.«

»Da hat sie recht«, sagt der Mann am Schreibtisch neben dem Onkel der kleinen Han. »Und was heißt das jetzt ganz konkret?«

»Es müssen Vertreter der Arbeiter- und der Bauernklasse, in diesem Fall eher der Bauernklasse sein, die dieses Objekt bei ihrer Arbeit auf dem Felde zwar durch Zufall finden, gleichzeitig jedoch sofort die Bedeutung erahnen und den Fund an das Museum in Xi'an melden. Alles Weitere übernehmen wir dann. Selbstverständlich unter einer ganz besonderen Hervorhebung des Beitrags der Arbeiter- und Bauernklasse.«

»Also einer von uns hier.«

»Das macht ihr unter euch aus. Aber es müssen mindestens zwei sein.«

»Und wo finden wir diesen Fund? Und wie erkennen wir ihn?«

»Den genauen Ort gebe ich euch noch bekannt. Ihr braucht einen Spaten, aber geht vorsichtig damit um, sehr vorsichtig, das Ding, das ihr findet, ist Tausende von Jahren alt. Und ihr dürft auf keinen Fall erschrecken, wenn euch ein Gesicht anschaut.«

»Wir haben hier schon vieles gesehen. Wir haben auch schon viel merkwürdigere Aufträge erledigt. Du musst dir keine Sorgen machen. Aber was haben wir davon?«

»Fundstücke können wertvoll sein, sehr, sehr wertvoll. Und die Arbeit ist auch nicht anstrengend. Man muss nur ein wenig graben. Allerdings sehr vorsichtig graben, denn es geht ja um Schätze aus der Vergangenheit.«

Im Nachtbus zurück nach Xi'an sitzt Frau Wu allein hinter der Fahrerin. »Man muss auf die Zukunft setzen«, sagt die Fahrerin, als sie über Kinder und die schweren Zeiten der letzten Jahre sprechen, »Vergangenheit brauche ich nicht mehr. Meine Kinder übrigens auch nicht.«

4

Auf Chinesisch bedeutet das Wort »Trompete« auch »Lautsprecher«. In Xi'an, wie in anderen Städten der Volksrepublik, sind diese Geräte allgegenwärtig wie die Tauben: am Bahnhof, an fast allen Straßenkreuzungen, auf den Dächern der Gemüsemärkte, überall dort also, wo Menschen zusammenkommen, die der Anleitung oder der Korrektur bedürfen.

Seit einigen Monaten haben die Trompeten geschwiegen. Nicht, weil ihre Botschaften überflüssig geworden wären, es ist lediglich zu einem heftigen Streit zwischen zwei verfeindeten Fraktionen von Revolutionären gekommen, der damit endete, dass die unterlegene Gruppe jenen kleinen schwarzen Kasten mit den elektrischen Schaltungen durch einen schweren Hammerschlag zertrümmerte und die Anlage damit unbrauchbar machte. Erst vor drei Tagen haben Funker der Armee den Elektrikern der Stadtverwaltung einen neuen schwarzen Kasten geliefert. Etwas größer als das Original, dafür mit zwei grell leuchtenden, roten Sternen auf das Bakelit gepresst. Die zwei städtischen Ingenieure sind allerdings auf Schwierigkeiten gestoßen, dieses Modell mit den alten Anschlüssen zu verbinden. Es sind inzwischen neue Normen für Steckergrößen eingeführt worden.

»Ich gebe euch zwei Stunden, dann habt ihr die Sache geregelt«, ruft Wu, »wenn euch das nicht reicht, landet ihr wegen Sabotage im Lager. Dort könnt ihr dann Staub aus der Gobi fressen und in Ruhe weiter fummeln.«

Und wie zum Beweis, dass politische Macht jederzeit die Regeln der Technik außer Kraft setzen kann, vernehmen die Bürger von Xi'an am späten Morgen dieses Tages von den Dächern ihrer Häuser, den Masten der Stromleitungen und auch den Eingangstoren ihrer Parks die heiser eindringliche Stimme ihres Parteikommissars, des Stählernen Wu. Gut, zunächst hören sie nur grelle Pfeiftöne in unterschiedlicher Höhe, dann ein dumpfes unrhythmisches Klopfen und die Worte: »Achtung!« und »Ankündigung!«, beide nicht sehr deutlich verständlich. Schließlich, nur zwei oder drei Räusperlaute später, ein weiteres Klopfen auf das Mikrophon, schließlich die sonor dröhnende Stimme des Kommissars:

»Genossen, hier spricht Kommissar Wu. Ihr alle kennt mich: Der Stählerne Wu. Hört aufmerksam und diszipliniert zu! Vernachlässigt dabei aber auf keinen Fall eure Arbeit! Ihr könnt mich jetzt alle hören, und ich kann euch alle sehen. Das dürft ihr nie vergessen! Genossen! Ihr seid die Massen und ihr seid gleichzeitig die Helden der Geschichte. Und das seit Anfang aller Geschichte. Das ist die Wahrheit!

Ich rede heute zu euch, weil es, wie unser großer Vorsitzender vorausgesagt hat, immer noch Widersprüche in unserer Gesellschaft gibt. Es werden Lügen über die Arbeiterklasse und ihre Geschichte verbreitet, der Klassenfeind schießt mal mit vergifteten Pfeilen, mal mit Kugeln, die er vorher mit Zucker überzogen hat. Der Klassenfeind schläft nicht, und wenn er schläft, tut er das in weichen Betten und lässt dabei andere die schmutzige Arbeit verrichten. Das werden wir nicht zulassen.«

Auf dem Gemüsemarkt der Altstadt hat sich ein halbes Dutzend Zuhörer um den Lautsprecher geschart.

»Hat die Geschichte Klassenfeinde? Ich versteh das nicht. Aber ich bin ja auch nur ein einfacher Bauer.«

»Klassenfeinde gibt es überall, pass auf, was du da sagst.«

»Hoffentlich geht das gut aus für die nächste Ernte.«

»Das wird die Führung schon richten.«

»Geschichte interessiert mich einen kalten Furz, aber wenn es um Klassenfeinde geht, bin ich auch dagegen. Da können die da oben sich voll und ganz auf mich verlassen.«

Kommissar Wu steht natürlich allein vor seinem Mikrophon in dem kleinen Studio neben dem Büro des Revolutionskomitees, sieht man einmal von den zwei Technikern ab, die ängstlich auf die heftig zuckenden Ausschläge der Zeiger der Kontrollgeräte starren. Die Kommentare seiner Zuhörer auf dem Gemüsemarkt der Altstadt, hätte er sie denn gehört, wären ihm egal, mit denen würde er leicht fertig. Was er vermisst, ist die spontane Begeisterung einer Masse, die ihn bei seiner Rede in einem warmen Aufwind emporsteigen lässt wie einen mächtigen Raubvogel.

»Ich habe gerade ›Helden der Geschichte‹ gesagt«, fährt Wu dennoch entschlossen fort und hebt die Stimme: »Helden! Damit sage ich euch, niemand wird euch diesen Ehrentitel je absprechen können. Ihr seid Helden, und ihr tragt das Antlitz von Helden. Unser Sozialismus ist ein wissenschaftlicher Sozialismus. Das bedeutet, wir können jederzeit beweisen, was eine Wahrheit ist und was eine lügnerische Fälschung.« Er setzt kurz ab, um seinen unsichtbaren Zuhörern hier Zeit für ihren Beifall einzuräumen. »Naturgemäß haben wir unwiderlegbare Beweise. Unser Provinzmuseum hat unter Befolgung der korrekten Linie der Partei und auf wichtige Hinweise der Massen hin historische Beweise gefunden, die keinerlei Zweifel an der Form der heldenhaften Gestalt und des heldenhaften Antlitzes unserer Vorfahren zulassen. Sie haben damit hier, in der Geburtsstätte der Zivilisation, unseren Gegnern, der schwarzen Hand der Reaktion, einen tödlichen Schlag versetzt, von dem sich der Feind nie wieder erholen wird.«

»Er will uns unter Druck setzen«, sagt Professor Wen, der durch das geöffnete Fenster des Museums die Stimme aus dem Lautsprecher verfolgt hat. »Dabei haben wir noch nicht einmal den ersten Kopf im Ofen gebrannt. Vielleicht hat die Archivarin Wu doch etwas vorschnell gehandelt, als sie zu ihren Verwandten fuhr, um die Entdeckung vorzubereiten.«

»Heldenköpfe sind meine Spezialität«, sagt der Anatom Yang. »Gerade wenn sie aus dem Volk kommen. Das liegt mir in den Fingern. Ihr müsst euch keine Sorgen machen, solange ihr mir Jadesteine und ein paar ertaubte, also glanzlose Perlen besorgt.«

5

Der magische Ort, an dem die ersten Helden erschaffen werden, liegt im hinteren Teil der Ziegelfabrik, sorgfältig abgeschirmt durch zwei in aller Eile hochgezogene Wände, zu deren schwerer Eingangstür nur Kommissar Wu und Leo Zwirn die Schlüssel besitzen. Geheimhaltung ist das strenge Gebot der Stunde. Seit Wochen sind die geographische Position der Ziegelei und die Wege, die zu ihr führen, aus allen Straßenkarten getilgt worden. Um die Bezeichnung dieses Ortes vor weiterer Verbreitung zu schützen, wird sie nach einer strikten Anordnung von Wu im Wort- und im Schriftverkehr nur noch unter den beiden Tarnnamen »Backladen« oder »Kreißsaal« geführt. Der Kommissar hat sogar der ihm unterstellten Zensurbehörde die Order gegeben, sämtliche von Amts wegen geöffneten Briefe, in denen diese Worte auftauchen, unverzüglich an ihn weiterzuleiten. Der Befehl hat bereits zu einer Reihe von Missverständnissen und einem erheblichen Arbeitsaufwand geführt, schließlich sind bei den Bürgern von Xi'an die Nachfrage nach und das Klagen über Teigwaren in diesen Tagen mindestens so häufig wie die Anmeldungen einer unmittelbar bevorstehenden Geburt.

»Du machst dir zu viele unbegründete und zu wenig begründete Sorgen«, sagt Genossin Lili, nach einem Blick auf den hohen Stapel der mit rotem »Streng geheim« gestempelten Akten auf dem Schreibtisch des Kommissars. Lili trägt heute einen hochgetürmten Haarzopf, in dessen Ende das rotgoldene Abzeichen der Gruppe von Rotgardisten geknüpft ist, die sie gegründet hat.

»Und worüber mache ich mir zu wenig begründete Sorgen?«

»Um deine Frau, zum Beispiel. Wer sich als Drache ausgibt, sollte nicht als falscher Molch auftreten.«

»Ich verstehe kein Wort.«

»Deine Frau behauptet das von dir. ›Wie ein falscher Molch‹, das sollen ihre Worte sein. Sie sagt, du wedelst überall mit dem Schwanz, hinterlässt aber keine Samenspur.«

»Von wem hast du das?«

»Erzählt man sich im Museum.«

»Im Museum ist überhaupt nur noch die Archivarin, die Genossin Wu. Die hat da niemanden, mit dem sie Gerüchte verbreiten kann. Die anderen arbeiten alle in ausgelagerten Dienststellen.« Der Kommissar greift nach seinen Zigaretten. »Die haben bestimmt nicht ›Molch‹ gesagt, das ist ganz unmöglich. Wahrscheinlich ›Feuersalamander‹ oder so etwas in der Art. Die Leute hier haben Angst und Respekt vor mir.«

»Deine Frau offenbar nicht. Wo liegen eigentlich diese ausgelagerten Dienststellen? Redest du vielleicht von dem alten buddhistischen Tempel in der Altstadt, den der Russe in Beschlag genommen hat?«

Wu deutet mit seiner Zigarette auf eines der roten Siegel, das die Akte vor ihm als »Streng geheim« ausweist. »Wer will denn das wissen?«

»Ich könnte dir ein paar gehörnte Ehemänner nennen, die wissen wollen, wo denn dieser Stählerne Wu mit seinem Schwanz wedelt, aber es gibt auch ein paar Genossen aus umliegenden Provinzen, denen nicht gefällt, dass in Xi'an offenbar etwas geplant ist, was nur Licht auf Xi'an und kein Licht auf ihre eigene Provinz werfen soll.«

»Das sind doch nur Gerüchte. Völlig aus der Luft gegriffen. Aus Rache, weil wir denen damals mit unserer Ausstellung der ersten Kunstwerke des Großen Vorsitzenden gezeigt haben, was fortschrittliche Kultur ist und was nicht. Die Massen sind auf unserer Seite, das werden wir auch diesmal zeigen.«

»Und was genau wollt ihr denen zeigen?«

»Geheimhaltung ist eine meiner besonderen Stärken. Deswegen muss ich jetzt auch wieder an die Arbeit.«

»Geschwindigkeit und Bewegung wären auch keine schlechten Ziele«, sagt Lili. »Nimm dir wenigstens da ein Beispiel am Molch.«

Vor den Stufen zum Museum wartet ein Lastwagen der Armee auf sie. Ein junger Mann öffnet ihr die Tür und winkelt höflich den rechten Arm, um Lili das Einsteigen zu erleichtern. Er schließt vorsichtig die Tür hinter ihr und überprüft dann mit mehreren festen Tritten die Reifen des Fahrzeugs. Bevor er auf seinen Sitz klettert, wirft der Fahrer noch einen Blick auf die Besucher im Park. Das Gesicht einer Frau, die ihn kurz fixiert, kommt ihm bekannt vor, er kann es aber nicht sofort einordnen. Dieses Gesicht gehört in eine andere, eine frühere Bilderfolge. Der Name Wang, der ihm kurz ins Gedächtnis kommt, gibt der Erinnerung ein kurzes Zeichen, aber keine Nachricht aus. Wang gehört wirklich zu den häufigeren Namen in China.

6

»Ich traf Kommissar Wu heute Morgen im Museum«, erzählt Anna Wang am Nachmittag in der alten Ziegelei. »Er hatte Augen so rot wie ein Kaninchen, weil er die ganze Nacht Akten und Protokolle durchsucht hat, um herauszufinden, ob uns jemand nachspioniert. Offenbar hat er sich ein Schema ausgedacht, das ihm verlässliche Anhaltspunkte liefert, wenn er diese Punkte nur richtig miteinander kombiniert. Aber gefunden hat er wohl noch nichts. Auf jeden Fall drängt Wu gewaltig auf Eile und ist entsprechend unausstehlich.«

Professor Wen und der Anatom Yang blicken von ihrem langen Arbeitstisch hoch, auf dem sie eine Reihe von Bewässerungsrohren zu einem menschlichen Skelett geformt haben, dem allerdings noch der Kopf und die Füße fehlen. Die Brust wird von einem besonders dicken Rohr geformt, das noch vor kurzem im Lager der Fabrik für Bewässerungstechnik lagerte. Neben dem Tisch steht ein schweres Gerüst aus Bambus, das der Figur einen ersten Halt verleihen soll.

Leo Zwirn legt einen Katalog über die Grabbeigaben früherer Dynastien beiseite und wendet seinen Blick Anna Wang zu. Nur die Archivarin Wu legt scheinbar ungerührt wie eine Krankenschwester neue Lagen feuchter Tücher über die Gebeine des Exponats. »Ich warte darauf, dass der Corpus lederhart wird. Die ganze Kunst liegt darin, den Kerl nacheinander feucht und trocken zu halten. Die Füße sehen schon ganz respektabel aus.«

»Und was ist mit den Rüstungen? Kann man das nicht etwas beschleunigen?«

»Schneller geht es nicht«, sagt Frau Wu, »die Krieger müssen erst antrocknen, bevor sie in den Ofen kommen. Sonst bröseln sie und verlieren ihre athletische Gestalt. Und die Waffen können wir erst anlegen, wenn die Krieger gebrannt sind. Sie verlieren ja an Umfang, wenn sie aus dem Ofen kommen. Ich werde den Leuten im Dorf Drei-Brunnen-Glück ausrichten lassen, dass der historische Fund noch um mindestens eine Woche verschoben werden muss.«

»Besser wären sogar zwei Wochen«, sagt Leo Zwirn. »Obwohl unser Freund Yang schon überzeugende Köpfe für mindestens ein halb Dutzend Helden entwickelt hat. Gesichter voller aristokratischer Anmut, aber auch Visagen, wie ich sie nur nach üblen Schlägereien in den Werften von Leningrad gesehen habe.«

»Es sind die Helden des Volkes«, sagt Yang, wie stets ist sein Ton tief und bescheiden gelagert. »Im Lager habe ich erfahren dürfen, was es heißt, von den Massen zu lernen. Aber ich habe mir auch ein paar Freiheiten gestattet.«

Zwirn lässt den Korken aus einer dunkelgrünen Flasche gegen die Wand des Brennofens knallen. Der kleine Laden am Bahnhof von Xi'an führt mittlerweile auch Krimsekt aus der Massandra, der für diese Erzeugnisse berühmten Region der ukrainischen Halbinsel. Die Wege des zwischenstaatlichen Handels behaupten einen rätselhaften Eigensinn.

»Wie die Kunst«, sagt in diesem Moment die Archivarin Wu, die jetzt kurz ihre Arbeit unterbrochen hat, um Zwirn ihr Glas entgegen zu halten.

»Wir trinken jetzt zur Sicherheit auf einen ersten Erfolg in der Etappe«, ruft der Russe, »aber kannst du uns vielleicht erklären, was der Kommissar gemeint hat, als er von der ›Kombination verlässlicher Anhaltspunkte‹ redete?«

»Es klang wie höhere Mathematik«, sagt Anna Wang, »deswegen hätte ich auch gern mehr erfahren.«

»Ich glaube, ich weiß, wovon er redet, wenn er selber verstanden hat, wovon er redet«, sagt Zwirn. »Eine Cousine von mir studiert in Minsk Mathematik und hat mir einmal vom Vortrag eines berühmten Professors erzählt, in dem es darum ging, wie man aus vielen Nachrichten das Entscheidende herausfiltern kann, ohne alle diese Nachrichten von Anfang bis Ende lesen zu müssen. Es geht dabei nur um bestimmte Schlüsselworte und eine mathematische Formel, die das Wichtige vom Unwichtigen trennt. Wenn ich mich richtig erinnere, wurde dafür sogar schon eine Maschine entwickelt, irgendetwas mit ›Algo‹ oder so ähnlich. Die haben das Verfahren, genau deswegen habe ich damals so genau zugehört, auch schon an Zeichnungen ausprobiert. Man soll dann an Details erkennen können, ob irgendetwas schon einmal so oder so ähnlich gemacht wurde.«

»Und wer will das erkennen?«, fragt Professor Wen. »Ich meine: Wem gehört das Auge? Das ist doch das entscheidende Problem.«

»Wenn es sich um eine Maschine handelt, dann kann es nur die Linse einer Kamera sein.«

»Kommissar Wu könnte bestimmt eine Maschine gebrauchen«, sagt

Anna Wang. »Fast hätte ich Mitleid mit ihm gehabt, wie er da vor den Aktenhaufen und den gefüllten Aschenbechern saß. Gerochen hat er übrigens auch sehr streng. Eher nach Essig als nach Stahl.«

»Es geht letztendlich um den Unterschied zwischen Schauen und Erfassen«, sagt Professor Wen, nachdem sich das Gelächter gelegt hat und die Gläser nachgefüllt wurden. »Deswegen habe ich gerade nach dem Auge des Betrachters gefragt. Wie oft hat man mich früher im Museum gefragt, ob ein bestimmtes Gemälde echt ist oder ob es sich um eine Fälschung handelt. Das Wenigste kann man beweisen. Bei uns wird noch Papier gehandelt, das aus ganz frühen Dynastien stammt, Pinsel, Tusche und Farbpigmente genauso. Gar nicht zu reden von den Seidenstoffen. Nein, das einzig Verlässliche ist das Auge eines Betrachters, der über Jahre oder Jahrzehnte die verschiedensten Objekte betrachtet hat und in dem langsam dieses Betrachten zu Wissen gereift ist. Wie soll dieses Erkennen der künstlich geschliffenen Linse einer Kamera gelingen? Nein, das kann nur ein Sachverständiger, was nicht ausschließt, dass der auch ein Fälscher ist.« Wen setzt sein leeres Glas vorsichtig auf die hölzerne Kiste mit den tauben Perlen für ein militärisches Abzeichen. »Wahrscheinlich«, fügt er hinzu, »nein, ganz sicher, ist das Auge des Fälschers noch schärfer, denn im Herzen des Fälschers liegt auch die Furcht vor dem Entdecktwerden und vor peinlichen Strafen.«

»Alter Wen, du machst uns Mut«, ruft Zwirn, füllt dessen Glas nach und nimmt den Professor in den Arm. »Heute Nacht wollen wir den Mond betrachten. Der Himmel ist sternenklar wie selten. Mein Schneider hat mir erzählt, bei einem aufgehenden Halbmond muss man die Fuchsgeister mit Wein willkommen heißen, dann helfen sie bei allen Verrichtungen. Aber gewaltig beeilen müssen wir uns trotzdem.«

7

»Ihr müsst euch gewaltig beeilen«, sagt auch der junge Mann, der gestern die Genossin Lili mit dem Lastwagen vom Museum abgeholt hat.

Jetzt steht er hinter Leo Zwirn in der Schlange, die sich im kleinen Laden am Bahnhof gebildet hat. Zwirn dreht sich um und denkt zunächst, der Fremde wolle ihn auffordern, sich nach Landesart dichter an die Kasse zu drängeln. Doch dann erkennt er plötzlich eine Gestalt wieder, die ihm vor wenigen Jahren in Yan'an aufgefallen ist. Genau, in Yan'an, in einem Postladen. Der Kerl, der keine Uniform trug, sondern gepunktete Hosen, der nicht nach Knoblauch roch und so ungewöhnlich gute Manieren an den Tag legte, als er ihm die gefälschten Briefmarken mit dem Porträt des Parteivorsitzenden verkaufte.

»Wir haben uns sehr lange nicht mehr gesehen«, sagt Zwirn, der seinen Gefallen an altmodischen Formeln der chinesischen Begrüßung gefunden hat und sich daher jetzt auch leicht verbeugt. »Haben sie schon gegessen?«

Diese Frage ist zwar auch nur eine Floskel, doch kaum eine Stunde später sitzen die beiden in der Eingangshalle von Zwirns Tempel vor zwei Schalen scharfer Rindfleischsuppe.

»Die Situation hat sich bedrohlich entwickelt«, sagt der Gast, der seinen Namen mit Ding angegeben hat, »daher nahm ich mir die Freiheit, den Kontakt zu knüpfen. Von einer Genossin habe ich in Umrissen von eurem Projekt erfahren. Nur in Umrissen, aber doch so genau, dass sich mir bestimmte Vorfälle in einer Gegend unweit der Stadt zu einem Bild formten.«

»Was für ein Projekt? Ich weiß jetzt nicht, wovon die Rede ist. Und was sind diese Vorfälle in einer Gegend unweit der Stadt?«

Der junge Herr Ding legt die Stäbchen neben seine Schale. »Ich will ganz offen reden. Jeder hier weiß, dass wir uns in einer sehr alten Kulturlandschaft befinden, ganz sicher der ältesten Kulturlandschaft unseres Vaterlandes. Hier sind die bedeutendsten Kunstwerke der Geschichte entstanden...«

»Und offenbar auch wieder zerstört oder verscharrt worden«, pflichtet Zwirn ihm mit einem ermunternden Lächeln bei. »Darauf sollten wir jetzt trinken!«

»Oder vergraben«, korrigiert ihn der junge Herr Ding, »genau davon reden wir, und das ist unser dringliches Problem.«

»Wenn es heißt ›unser Problem‹, wer genau ist mit ›unser‹ gemeint?«

»Vor ein paar Wochen ist eine Mitarbeiterin eures Museums mit dem Bus in ein Dorf namens ›Drei-Brunnen-Glück‹ gereist. Sie hat dort Vertreter der Bauernschaft angeheuert, an einem noch bekannt zu gebenden Termin den Fund von wertvollen Stücken unserer Vergangenheit zu bewerkstelligen.«

Zwirn braucht ein paar Momente, um den höflich kompliziert gestalteten Satz zu entschlüsseln. »Es sollen dort, wenn ich richtig verstehe, archäologische Grabungen durchgeführt werden? Von Mitarbeitern unseres Museums? Zur Rettung des kulturellen Schatzes der chinesischen Geschichte?«

Der junge Herr Ding setzt die Schale mit der Rindfleischsuppe, die er gerade an seine Lippen geführt hat, wieder ab und wirft einen ernsten Blick auf Zwirn. »Wir sollten hier mit offenem Herzen reden«, sagt er. »Diese Mitarbeiterin, soweit ich informiert wurde, reden wir über eine Genossin Wu, hat gewiss einen Auftrag erfüllt, der ihr von der zuständigen Leitung erteilt wurde. Sie hat diesen Auftrag auch korrekt ausgeführt. Allerdings hat sie dabei nicht die möglichen Folgen bedacht.«

Zwirn erhebt sich, schreitet langsam zum Grammophon unter dem Porträt des Großen Vorsitzenden und legt die Schallplatte mit seinem Lieblingswalzer von Dimitri Schostakowitsch auf. Walzer haben ihn schon immer inspiriert, solange sie nicht von der Familie Strauß komponiert wurden. Irgendein Akkord ruft ihm jetzt zu, dass er diesen Fremden als Freund betrachten soll.

»Ich habe lange auf Verbündete gewartet. Auch darauf müssen wir trinken. Aber welche Folgen hätten wir bedenken sollen? Welcher Fehler soll denn begangen worden sein?«

Der junge Herr Ding wartet kurz, bis die letzten Takte des Walzers verklungen sind und Zwirn wieder am Tisch Platz genommen hat.

»Diese Genossin hat verbreitet«, sagt Ding in einem heiser strengen Ton, »dass Fundstücke aus der Vergangenheit auch einen erheblichen materiellen Wert darstellen. Ich wiederhole: einen materiellen Wert!« Er beugt den Oberkörper vor wie ein Redner, der seinen Zuhörern einen Schlüsselsatz vorträgt. »Ist niemandem von euch klar, was diese Aussage, dieses Versprechen, für Folgen haben könnte? Nachdem die Partei vor Jahren die Losung ausgegeben hat: ›Zerstört alles Alte! Das Alte ist der

Klassenfeind! Wer das Alte bewahrt, ist ein Götzendiener der Reaktion und gehört mit allen Schlangengeistern und deren Helfershelfern auf den Kehrichthaufen der Geschichte?‹«

»Ich habe nicht immer alle Parolen der letzten fünf, sechs Jahre ernst nehmen können«, sagt Zwirn, »das muss man verstehen, schließlich bin ich ein Ausländer, der sich um Verstehen erst bemühen muss. Aber niemand kann mir vorwerfen, mich nicht für die Würdigung der Großtaten der chinesischen Kultur eingesetzt zu haben: Die Ausstellung des frühen künstlerischen Schaffens des Großen Vorsitzenden als bildendem Künstler darf ich hier erwähnen, die unserem Museum zu nicht geringer Aufmerksamkeit unter den Massen und auch in Kunstkreisen verholfen hat. Und wenn der Zufall uns jetzt noch ein paar historische Funde liefert, deren Authentizität nur unser Haus unter Beweis stellen kann, verstehe ich nicht, was man uns vorwerfen könnte.«

Der junge Herr Ding zieht aus seiner Hosentasche ein kleines Bündel, das er sehr vorsichtig entknotet. »Ich darf euch ein Objekt zeigen, das mir gestern im Dorf Drei-Brunnen-Glück angeboten wurde. Der Preis war für den richtigen Wert viel zu niedrig, doch die Leute auf dem Lande haben während der Sozialistischen Erziehungskampagne verlernt, wie man zielgerichtet verhandelt.«

Das Objekt ist die Plastik einer aus weißer Jade geschnitzten, etwa handtellergroßen Schildkröte, deren Gesicht dem Auge des Betrachters auszuweichen scheint. Den hochgewölbten Panzer schmückt ein graviertes Ornament, das die Zeichen für Himmel und Erde ineinander verwebt. Um Kopf und Hals, die zögerlich aus dem mächtigen Panzer hervorzutreten scheinen wie ein allzu lange vernachlässigter Penis, windet sich ein goldener Faden, der möglicherweise eine Schlange darstellt.

»Sehr eindrucksvoll«, sagt Zwirn. »Persönlich finde ich Schildkröten überschätzt wie alles, was nur mit einer hohen Alterserwartung auftrumpfen kann. Meine Familie, zum Beispiel. Oder Edelsteine. Aber künstlerisch hat dieses Teil gewiss eine berechtigte Anwartschaft auf Unsterblichkeit. Ich bin mir nicht ganz sicher, doch ich glaube, auch unser Museum verfügt über ein ähnliches Exemplar, wenn auch in eher gewöhnlicher, also grüner Jade.«

Ding klopft mit dem Mittelfinger seiner linken Hand auf den Panzer der Schildkröte. »Ich sagte ja, wir haben hier ein Problem!«

»Aber wo genau liegt das?«

»In der Bedeutung des Einzigartigen. Das immerhin kennen dort alle noch aus dem Gemüsemarkt, wenn es ganz frische Zwiebeln gibt. Jene Frau aus dem Dorf Drei-Brunnen-Glück, die mir dieses Stück verkaufte, versprach mir, gleich noch ein halbes Dutzend weiterer Schildkröten zu beschaffen, wenn ich bereit wäre, ein paar Scheine mehr auf den Tisch zu legen. Schildkröten, Drachen oder Grillen oder was auch immer früher an Tieren in kostbare Jade geschnitten wurde.«

»Und der Besuch der Genossin Wu?«

»Der Große Vorsitzende hat einmal gesagt: ›Ein kleiner Funke kann einen ganzen Steppenbrand entfachen.‹ Das ist jetzt eingetreten. Die Genossin hat wohl nur ganz allgemein über die Ähnlichkeit von Grabhügeln und Schildkrötenpanzern geredet, dabei wird ihr niemand besonders aufmerksam zugehört haben. Aber dann kam diese kurze Bemerkung über den materiellen Wert von Objekten aus der Vergangenheit. Seither ist die gesamte Gegend wie von einem fiebrigen Rausch befallen. Statt ihre Felder zu bestellen, Straßen instand zu halten, politische Schulungen abzuhalten, ziehen die Massen mit Hacken, Spaten und angespitzten Stangen zu den Hügeln der Umgebung und graben, kratzen oder bohren dort nach Gegenständen aus der Vergangenheit. Im Dorf haben sie sogar zwei alte Volksschullehrer und andere klassenfeindliche Intellektuelle, ja sogar deren Kinder wieder mit staatlichen Bezugsscheinen für Speiseöl und Baumwollstoff überhäuft, um von ihnen die Namen der Dynastien zu lernen und die alten Schriftzeichen zu entziffern.«

»Das ist aber doch ungesetzlich!«

»Den Menschen dort draußen ist das egal!«

Zwirn tritt wieder zu seinem Grammophon und lässt den Walzer erklingen. »Gesetzlich oder ungesetzlich. Der Boden für unser Projekt scheint gut vorbereitet.«

»Ich wiederhole mich: Es ist dringende Eile geboten. Mir wurden neben diesen Geschöpfen aus Jade bereits jede Menge alter Schwerter, Helme, Kettenhemden, tönerne Pferdeköpfe und Wagenräder angeboten.

Euer Fund muss da schon etwas ganz Besonderes darstellen und das so schnell wie möglich, sonst erregt das für euer Museum nicht mehr Aufmerksamkeit als, wie der Dichter sagt, das Gurren einer Taube auf dem Dach des Nachbarn.«

»Ich danke für den Hinweis«, sagt Zwirn. »Jetzt würde ich, wenn gestattet, nur noch gerne wissen, warum und von wem uns diese wichtige Nachricht so eindringlich übermittelt wurde.«

Statt einer Antwort erhebt sich der junge Herr Ding mit einer höflichen Verbeugung. Er lässt das Bündel mit der weißen Schildkröte so elegant wie ein Zauberer wieder in seine Hosentasche gleiten und bewegt sich mit ruhigen Schritten zum Ausgang des Tempels. Bevor er auf die Straße tritt, ruft er dem ihm nacheilenden Zwirn noch die Worte zu: »Meine Verantwortung, das sollten sie wissen, gilt der Fälschung.«

Zwirn macht sich eilends auf den Weg zur Ziegelei.

8

Auch in der abgeschlossenen Werkstatt der Ziegelei kann am späten Abend niemand jene Folge gedämpfter Hupsignale überhören, die von der Fahrerin eines Lastwagens abgegeben werden. Leo Zwirn hat ihr aufgetragen, noch am frühen Morgen in der Nähe des Dorfes Drei-Brunnen-Glück eine wichtige Ladung abzuliefern. Diese Signale bleiben nicht ohne Wirkung auf eine Kette von Reaktionen.

»Die Nase ist schon wieder abgefallen.«

»Dann setz eine Maske drauf, wir haben keine Zeit mehr für eine neue Nase. Nimm einfach eine Kriegermaske, die nur den Mund freigibt und die Augen.«

»Hat damals aber niemand getragen, jedenfalls nicht bei uns.«

»Im Magazin des Museums gibt es aber keine Masken mehr aus dieser Periode.«

»Das muss uns jetzt gleichgültig sein. Hauptsache, der Kopf klebt weiter an dem Körper.«

»Das hängt doch nicht von der Nase ab. Die Nase war irgendwie zu trocken. Da hat wieder jemand nicht auf die Feuchtigkeit geachtet. Dabei habe ich immer gesagt, die ganze Kunst des Gesichtsausdrucks liegt in der Ausführung der Nase. Außerdem hat der Nasenflügel Blasen geworfen. Der Nasenflügel eines chinesischen Kriegers hat nie Blasen gehabt. Er entfaltete sich wie eine kurze, doch straffe Zeltbahn. Nach links wie nach rechts!«

»Wann müssen wir denn liefern?«

»Wir sind jetzt schon zu spät. Der Lastwagen steht schon seit zwei Stunden vor dem Eingangstor. Die Genossin wirft immer wieder den Motor an.«

»Dann kann sie auch noch ein paar Minuten auf eine Nase warten, die nicht an ihren Kopf will. Wofür haben wir schließlich Gips.«

»Gips von vor mehr als zweitausend Jahren?«

»Gips gab es schon immer. Als Kind musste ich ihn sogar essen. Im Quark.«

Ein erneutes, ungeduldiges Hupen.

»Nur gut, dass wir die andere Figur schon fertig für den Transport haben.«

»Ich habe den Gips im Quark mit Sojabohnen immer gehasst. Meine Mutter hat mich damit gefüttert. Sie glaubte, er sei wichtig für die Härte meiner Knochen.«

»Ich gebe dir noch fünf Minuten für die Nase.«

»Man kann ja später immer noch sagen, der Krieger habe als Kind...«

»Halt jetzt den Mund. Die Nase ist kein Knochen. Nur ein wenig. Aber nie eine Röhre. Mach endlich fertig, die Genossin im Lastwagen wartet nicht mehr lange auf unsere beiden Objekte.«

»Nasen können im Lauf der Geschichte genauso abfallen oder verloren gehen wie alles andere, Füße oder Finger. Nasen ganz besonders.«

»Mach sie wenigstens für den Transport stabil.«

9

»Das ganze Unternehmen«, schreibt Zwirn zwei Wochen später an seinen Vetter Sascha, »war zunächst ein, man darf sagen, opernhafter Erfolg.«

Er greift nach der kleinen Schachtel mit den Photos, die ihm die Archivarin Wu noch kurz vor Abfahrt des Zuges durch das geöffnete Fenster gereicht hat, und legt ein schwarz-weißes Bild neben seinen Papierstoß auf dem aufgeklappten Tischchen.

»Schon die Ouvertüre hat blendend funktioniert: Dank der vielen Beziehungen unserer Frau Wu blieben die beiden Vertreter der Bauernschaft nicht unbeobachtet, als sie, wie verabredet, an unserer Fundstelle vorbeiradelten und sehr ausdrucksvoll bremsten. Unser Glück hatte gefügt, dass es ein wolkenfreier Tag war und ein erster Sonnenstrahl auf die hell glänzende Spange der Brustrüstung des einen unserer Krieger traf.

Die beiden Bauern, also die Finder, stiegen überrascht von ihren Rädern, griffen nach ihren Spaten und einem Stein, der schwer genug war, um damit ein Lot zu fällen. Große Oper, ganz recht. Unsere Geschichte sollte ja heißen: ›Zwei einfache Bauern auf der Suche nach einer geeigneten Brunnenstelle stoßen zu ihrer Überraschung auf einen wertvollen Schatz aus der chinesischen Vergangenheit.‹ Nur keine Rede von Schatzsuchern oder gar Grabräubern.

Gut eine halbe Stunde später kam dann aber ein Trupp der schon länger in dieser Region operierenden Abenteurer vorbei. Glückssucher, die von Frau Wu dazu bestellt worden waren, die Kunde vom Fund in der Bevölkerung zu verbreiten.

Auch dieser Teil der Inszenierung funktionierte über alle Erwartung bruchlos, bald hatte sich ein solcher Massenauflauf gebildet, dass wir ganz legitim unseren Kommissar Wu ins Spiel bringen konnten, der sofort ein paar Photos über die bedrohliche Lage, dann vom Fund und den Findern machen ließ. Nach kurzer Zeit hatte er das Feld erfolgreich geräumt und die örtliche Miliz als Wachtruppe organisiert. Die Photos waren inzwischen längst auf dem Weg zu unseren drei Zeitungen und der nationalen Nachrichtenagentur.«

Eine Schaffnerin betritt das Abteil und füllt die Teebecher von Zwirn und dessen zwei Begleitern mit heißem Wasser.

»Es waren also gleich zwei Funken, die den oft beschworenen Steppenbrand entzündeten. Da ist einmal die Bevölkerung. Die glaubt natürlich nicht den Zeitungen, die sie ohnehin nicht liest, aber sie vertraut den Gerüchten, die sich schneller und weiter als die Kinder von Pusteblumen ausbreiten. Dafür sorgten wohl die Abenteurer, die Frau Wu als Zeugen angeheuert hatte. Selbst mich hat überrascht, wie schnell der bislang in dieser Gesellschaft totgeglaubte Geschäftssinn in der Gestalt einer wahren Feuerwalze wiederauferstand. Schon nach Tagen blühte oder, um im Bild zu bleiben, glühte ein Schwarzmarkt für alle Gerätschaften, die auch nur ganz entfernt für Ausgrabungen genutzt werden können. Fischreusen, Haarkämme und Strohrechen sind dafür nicht einmal die ausgefallensten Beispiele.«

Die beiden Begleiter von Zwirn, die eine Zeitlang wortlos in ein kleines Brettspiel vertieft waren, sind jetzt eingeschlafen. Ihre Köpfe wiegen ruhig im langsamen Takt der Eisenbahnschwellen. Der Ältere hat die Uniformkappe auf die Koppel über seinem Schoß gelegt, der Jüngere den Schirm der Mütze bis auf das Nasenende gezogen. Selbst ihr leises Schnarchen verrät aufmerksame Disziplin.

»Die Meldungen in den Zeitungen und in der Nachrichtenagentur, lieber Sascha, haben dagegen in den Zentralen der Partei den zweiten und nicht weniger heftig glühenden Funken ausgelöst. Im Einzelnen konnte ich die interne Zündkette naturgemäß nicht nachverfolgen, doch es wird geschehen sein, was in unserer Form von Systemen immer der Fall ist: Zahlen schwellen bei ihrem hierarchischen Marsch von unten nach oben an. So wurden wohl aus zwei gefundenen Kriegern aus der Vergangenheit zunächst zwanzig, auf der nächsten Sprosse der Stufenleiter dann zweihundert, und in Peking waren es schließlich wer weiß wie viele Tausend, wenn nicht gar eine ganze Armee von geschichtsträchtigen Kriegern. Eine weitere Feuerwalze.«

Zwirn denkt kurz über seine Sprachbilder nach, zündet sich darauf eine Zigarette an und nimmt einen Schluck aus der kleinen Flasche weißrussischen Wodkas, die ihm der Schneider beim Abschied in die Tasche geschoben hat.

»Die Partei oder wer jetzt immer in deren Namen spricht, hat unser Projekt darauf zu einer ›Angelegenheit von höchster Bedeutung‹ erklärt. Für mich und unser Museum kann das, muss das aber nicht die Rettung bedeuten. Es hätte uns ja auch ein geringeres Maß von öffentlicher Aufmerksamkeit gereicht, um weitere Möglichkeiten in Betracht ziehen zu können.«

Der Lautsprecher im Abteil kündigt die nächste Station an und ermahnt Passagiere, die jetzt aussteigen, sich um ihr Gepäck zu kümmern, Passagiere, die nicht aussteigen, hingegen, die Ruhe zu bewahren. Die beiden Begleiter von Zwirn rücken ihre Kopfbedeckungen in die vorgeschriebene Ordnung.

»Ich soll heute noch vor einem Ausschuss Bericht erstatten, vielmehr ›mit zuständigen Kadern eine Schale Tee trinken‹, wie man das hier nennt«, schließt Zwirn seinen Brief ab. Er wirft einen Blick auf seine beiden Begleiter, die ihn nicht aus den Augen lassen, erhebt sich und wirft die Papiere aus dem Fenster. Draußen regnet es.

BESUCHER AUS DER FREMDE

1

»Das war damals das schönste Feuerwerk, an das ich mich in meinem ganzen Leben erinnern kann«, sagt die älteste der vier Frauen und rüttelt leicht am Bambusgriff des Kinderwagens. »Himmelsdrachen und bunte Wasserfälle, silberne Schneeschauer und immer neue Sonnen. Dazu dieses herrliche Krachen und Böllern. Man hat die eigenen Gedanken nicht verstehen können. Wie lange ist das jetzt her?«

»Fast genau auf den Tag zwei Jahre«, sagt die Jüngste. »Und wie großartig sie auf der Treppe standen, die Helden unseres Museums, als ihnen der Jubel entgegenschallte. Der Russe mit Anna Wang und mit Panda zwischen ihnen. Die Archivarin Wu und der Anatom Yang, einander zulächelnd wie ein glückliches Paar. Und zwei Treppenstufen darüber unser Kommissar Wu, der den Hochrufen so machtvoll bescheiden die Stirn wies, als müsse er einem Sturm aus der Gobi trotzen. Wu das Lenzwunder.«

Die vier Frauen kichern und bedienen sich aus der weitergereichten Zigarettenschachtel. Mittlerweile husten sie nach dem ersten Zug fast im Takt und müssen auch darüber lachen.

»Es stimmt schon, was das alte Sprichwort sagt«, ruft die Kusine der Ältesten, nachdem sich Husten und Gelächter gelegt haben, »›der Mensch soll den Ruhm so fürchten wie ein Schwein das Fettwerden.‹« Die Kusine streckt die Hand mit der Zigarette weit von sich und kneift mit Daumen und Zeigefinger liebevoll in die speckige Wange ihres Schutzbefohlenen.

»Den Russen haben wir hier schon über ein Jahr nicht mehr gesehen, seit er dauernd in Peking Bericht erstatten muss.«

»Auch nicht in dem kleinen Laden am Bahnhof. Dabei gibt es dort immer noch die alten Sachen. Alles zum selben Preis. Nur die verbotene Literatur gibt es nicht mehr. Will angeblich niemand mehr lesen. Selbst Kommissar Wu meint, das sei ein sehr bedenkliches Zeichen.«

»Er soll nächste Woche zurückkommen, also der Russe«, sagt die Kusine und wischt dem Baby mit dem Zipfel eines bunten Handtuchs über den kleinen Mund. »Das hat mir ihr Großvater erzählt. Der Russe wird hier gebraucht, wegen der, ihr wisst schon, wegen der Touristen, dieser sogenannten ›Industrie ohne Rauch‹.«

»Und die anderen? Die Archivarin, der Anatom?«

»Da hat die Führung noch keine Entscheidung getroffen. Also, soweit das bei uns beim Essen besprochen wird. Bei uns ist gerade wichtiger, ob der Neffe übermorgen den Posten in der Stadtverwaltung übernehmen soll. Er ist erst vor zwei Wochen von einer Dienstreise aus Peking zurückgekommen.«

»Welchen Posten?«

»Eine neue Behörde. Er soll da zuständig sein für den Kontakt mit allen Ausländern.«

»Das klingt doch gut. Es gibt ja kaum Ausländer in der Stadt.«

»Das wird sich aber bald ändern. Nächste Woche soll eine Delegation von Studenten aus Frankreich kommen. Der Neffe sagt: ›Die ganze Welt wird bald Kontakt mit Xi'an aufnehmen, und Xi'an wird bald in der ganzen Welt sein.‹«

»Ich will aber nicht in die ganze Welt. Ich habe andere Sorgen.«

»Um dich geht es ja auch nicht. Darüber kannst du übrigens froh sein.«

2

Angeführt wird die Delegation französischer Studenten von einer jungen Frau, deren Name in ihrem Pass mit Louise d'Arcy vermerkt ist, die es hier aber vorzieht, »Genossin Lu« genannt zu werden. So jedenfalls vertraut sie es heute dem neuen Leiter der Städtischen Auslandsbehörde an.

Die junge Französin ist die Schülerin eines Professors an der sehr renommierten École Pratique des Hautes Études in Paris, der erst vor zwei oder drei Jahren auf einer Chinareise auch Xi'an besucht hat. Der Professor hatte sich hoffnungsvoll und mit vielen komplizierten Fragen auf den Weg gemacht. Auf die meisten fand er nur flüchtige Antworten, die zu neuen Rätseln führten. Diese bekräftigten aber seinen Entschluss, künftige Reisen lieber den Studenten seines Seminars zu überlassen. »Ja, China steckt voller Rätsel«, vertraute der Professor schon nach der zweiten Woche seinem Reisetagebuch an, »doch für mich sind sie aus mehreren Gründen geheimnislos.«

Obwohl Louise d'Arcy mehrere Kurse in der chinesischen Umgangssprache absolviert hat, ist sie erleichtert, dass bei ihrer Begegnung mit dem Leiter der Behörde auch ein Dolmetscher anwesend ist. Für den Gastgeber übersetzt ein Graukopf, den sich Kommissar Wu erst vor einer Woche aus einem Umerziehungslager der Nachbarprovinz hat überstellen lassen. »Unsere Lager«, vertraute er bei dieser Gelegenheit der Genossin Lili an, »das stellt sich immer wieder heraus, sind eine wahre Fundgrube für brauchbare Einsatzkräfte: kenntnisreich und mittlerweile sehr, sehr diszipliniert. Praktisch unersetzlich für den Aufbruch zu neuen Zielen.«

»Madame d'Arcy, ich bin sehr entzückt, ihre Bekanntschaft zu machen«, sagt der Graukopf in einem Französisch, das in dieser Vollendung zum letzten Mal vielleicht auf der Internationalen Pferderennbahn in Shanghai an ein chinesisches Ohr drang. Auch sein Lächeln, die Verbeugung und der angedeutete Handkuss winken die Erinnerung an eine Epoche herbei, die mittlerweile ein gutes halbes Jahrhundert zurückliegt.

»Nennen sie mich doch bitte ganz einfach Genossin Lu«, sagt die Französin, streicht dabei die kastanienbraune Locke von ihrer rechten Stirn und schiebt sie unter die Haarspange. »Ich danke ihnen auch im Namen meiner Delegation aus tiefstem Herzen für den freundlichen Empfang. Wir fühlen uns sehr geehrt, von den Vertretern der Werktätigen dieser Stadt empfangen zu werden, um aus ihren Erfahrungen zu lernen.«

Der Graukopf übersetzt. Noch immer spielt ein Lächeln um seine Mundwinkel, doch bei genauerem Hinsehen erkennt Louise erste Züge der Versteifung.

»Unsere Stadt Xi'an«, sagt jetzt der Leiter der Auslandsbehörde und blickt kurz auf einen Zettel, »heißt auch Sie und Ihre Delegation sehr herzlich willkommen. Frankreich ist ein wichtiges Land für die Kultur. Für die Kultur aller Werktätigen. Ihre Landsleute Marx und Engels stehen hier in großem Ansehen. Wir sind zuversichtlich, dass sich diese Beziehungen zwischen unseren beiden Ländern nicht nur auf dem Gebiet der Kultur in Zukunft immer enger gestalten werden.«

Er gibt dem Graukopf das Zeichen zur Übersetzung. Der schüttelt kurz den Kopf und überträgt die Passage des Leiters, ersetzt dabei jedoch die genauere nationale Herkunft der Ahnenväter des proletarischen Gedankens durch das Wort »Europa«. Seine Mundwinkel haben wieder zu ihrem gewinnenden Lächeln zurückgefunden.

Louise d'Arcy hat die kleine Korrektur bemerkt, beschließt aber, erst später darüber nachzudenken. Ihr Professor hat ihr eingeschärft, Erscheinungen – und dazu gehören ja auch Gesprächsverläufe – zunächst einmal wie »Kunstwerke als Ausdrücke« wahrzunehmen und sie erst später einer analytischen Betrachtung zu unterziehen. »Betrachten sie die offizielle Sprache, dieses Idiom der Partei, als Ziegelsteine, in kürzeren Aussagen als harte Kekse«, lautet einer der Ratschläge, die er seinen Schülern mitgegeben hat. »Die Strukturen, die diesen Worten in der landeseigenen Backform zugrunde liegen, können sie später noch entschlüsseln. Wichtig ist nur die Architektur des linguistischen Gebäcks oder dieses Mauerwerks in der Gesamtansicht, besser gesagt: im Gesamtaufbau. Denken sie an eine Kathedrale! Oder die Befehle in einer Armee.«

Das waren aufregend aufschlussreiche Worte allerdings nur für diejenigen gewesen, die sich bereits in den sprachlichen Kunstwerken und den historischen Erfahrungen des Professors auskannten. Louise d'Arcy bereitet daher deren Entschlüsselung hier in Xi'an keine Schwierigkeit. Sie fasst die Begriffe »Backen« und »Armee« zusammen und sagt: »Ganz besonders interessieren wir uns für die Nachrichten, die unsere Archäologen über jene sagenhafte Terrakotta-Armee erhalten haben, deren Überreste hier von den Vertretern der Bauernschaft zutage gefördert wurden.«

»Bitte trinken Sie einen Schluck Tee«, sagt der Leiter der Auslandsabteilung und bläst sorgfältig über seinen Becher.

3

Da die Getränke noch sehr heiß sind, entsteht im Gespräch eine kleinere Pause. Louise nutzt sie, um sich die nicht-sprachlichen Merkmale der

Unterhaltung einzuprägen: Dem seriösen Dunkelgrau in der Uniform ihres Gegenübers, das sie zwischen den Farbtönen eines Klerikers und denen eines Versicherungsvertreters ansiedelt, gilt ihre erste Aufmerksamkeit. Dann wandert der Blick der Französin über den nassgekämmten Seitenscheitel des Gastgebers auf die frisch getünchte Wand des Empfangsraums, dorthin, wo das große Porträt des Vorsitzenden hängt. Offenbar ist auch dieses Bild erst vor kurzem hier angebracht worden, auffällig ist jedenfalls, dass hier zuvor längere Parolen gestanden haben müssen, die mit frischer Farbe zum Verstummen gebracht werden sollten. Weil die Parolen ursprünglich aber umfangreicher waren als das Bild, sind rechts und links vom Rahmen noch zwei waagrecht sich zu den Fenstern ausbreitende, besonders stark getünchte Partien sichtbar, unter denen dennoch sehr schwach die Konturen von Schriftzeichen zu erkennen sind.

›Als breite das Porträt schützend darüber seine Arme aus‹, überlegt Louise und versucht sich daran zu erinnern, was ihr Professor in Paris zu dem gewichtigen Begriff »Palimpsest« zu Papier gebracht hat. Seit einem halben Jahr soll sie darüber eine Examensarbeit schreiben, von der sie bislang noch nicht viel mehr als den Titel entworfen hat: »Das Zeichen und seine Auflösung« wird diese Arbeit heißen, soviel steht bereits fest.

Auch der Leiter der Auslandsabteilung nutzt die Gesprächspause, um über Sinneseindrücke und deren Bedeutung nachzudenken. Er beginnt sehr vorsichtig mit den kastanienbraunen Augenbrauen der jungen Französin, deren Schwung er als »fragende Wogen« einstuft. In der Bibliothek seines Großvaters ist er vor mehr als zwanzig Jahren, er war damals gerade in die Mittelschule gewechselt, auf ein Buch gestoßen, das von der klassischen Schule über die Bedeutung des menschlichen Antlitzes handelte: die Form des Kinns, spitz, kantig oder oval, die Wölbung der Lippen, der Glanz der Augen, die Bogenformen der Ohren, die Entsprechung der Flächen von Stirn zu Hals. Es waren fast hundert Merkmale aufgeführt, aus denen sich der Charakter »auf den ersten Blick« ablesen ließ.

Das Werk hatte den Schüler auf eine ihm unerklärlich verlockende Weise fasziniert, zunächst, weil es Einsichten in eine ganz neue Welt der Erwachsenen vermittelte, zum Zweiten, weil der Großvater mit einem feinen Pinsel am Rande Anmerkungen hinzugefügt hatte, die eine rätselhaft erregende Beziehung zu der dem Enkel noch verschlossenen Welt der Sexualität herstellten: »Schwung der Augenbrauen verrät Bewegung der Oberschenkel« oder »Wie die Wangen, so der Hintern« oder »Schau auf die Stirn und erkenne das Becken!« Es gab noch mehr Hinweise auf anatomische Entsprechungen und deren Bedeutung für den Kosmos der menschlichen Fortpflanzung, doch die ließen sich damals trotz eifrigstem Bemühen nicht entschlüsseln. Das Buch selbst wurde übrigens eines der ersten Opfer einer Attacke der Roten Garden auf das Haus des Großvaters. Der Enkel warf es selber in das Feuer, das die Revolutionäre im Hof entzündet hatten.

»Wenn Sie für uns eine Besichtigung der Ausgrabungen Ihrer revolutionären Krieger ermöglichen könnten, wären wir Ihnen auch im Namen der Werktätigen unseres Landes äußerst dankbar«, sagt jetzt Louise. Der Tee ist inzwischen nicht gehaltvoller, doch merklich kühler geworden. »Revolutionen, soviel haben wir von den chinesischen Genossen und von deren Großem Vorsitzenden gelernt, sind kein Festmahl, es muss gekämpft werden.«

Sie blickt erwartungsvoll auf den Leiter der Auslandsabteilung, der allerdings noch nicht ganz mit der Bestandsaufnahme des Erscheinungsbildes seines Gastes fertig ist. In seiner Erinnerung an das Buch aus der Bibliothek des Großvaters haben sich neue Bilder gedrängt, die ihm seit seinem Besuch der Hauptstadt, Anfang des Monats, nicht mehr aus dem Kopf gehen. Mit ein paar Genossen war er abends vom Platz des Himmlischen Friedens zur nahe gelegenen Einkaufsstraße Wangfujing geschlendert und fand sich dort unvermittelt vor einem Schaufenster, dessen wechselhaft beleuchtete Auslage ihm für mehrere Momente den Atem raubte. Der Laden trug den Namen »Waren für den Lenz« oder »Waren für den Frühling« und war spezialisiert auf den Verkauf von »hochklassiger« Damenunterwäsche aus verschiedenen sozialistischen Bruderstaaten weltweit.

Das Lichtspiel im Schaufenster fesselte die Aufmerksamkeit der Passanten wie eine Laterna magica. Manche Männer hockten über eine halbe Stunde vor der Auslage, rauchten dabei und schüttelten den Kopf.

Dann hoben sie immer wieder Blicke des sehnsüchtigen Verlangens zu den Textilien, als lieferten diese endlich den Beweis, dass Erlösung auf Erden auch jenseits der Politik der Partei kein leeres Versprechen sei.

Der neue Leiter der Auslandsabteilung hatte sein Interesse an dem Laden nur kurz mit der ihm gerade übertragenen Verantwortung begründet, die eine Bestandsaufnahme »des Internationalen« ja praktisch zur Voraussetzung habe. Er hatte auch nicht lange vor dem Schaufenster verharrt, nicht länger jedenfalls als nötig, um den Scheinwerfern zu gestatten, einmal alle Modelle an- und auszuleuchten. Aber diese Einblicke, das fühlte er sofort, würden ihn künftig begleiten wie eine heftige Erkenntnis oder ein bohrender Schmerz.

Der Leiter, auf dessen Antwort Louise d'Arcy jetzt wartet, ist also nicht über die möglichen Ausdrucksformen revolutionärer Antlitze ins Nachsinnen geraten. Er ist schlicht noch damit beschäftigt, den Körper der jungen Französin mit jenen Dessous zu bekleiden, deren Erscheinungsformen in seiner Phantasie seit kurzem einen erregenden Platz eingenommen haben.

So reagiert er fast unwirsch, als der Graukopf die Bitte und die Begründung der Bitte des Gastes wiederholt: »Für Genehmigungen bin ich nicht zuständig. Das muss erst gründlich untersucht werden, sehr gründlich. Für Genehmigungen ist Kommissar Wu zuständig.«

Louise d'Arcy hat noch nicht gelernt, dass die Wendung »das muss erst gründlich untersucht werden« in der Sprache ihrer Gastgeber ein schallendes »Nein« bedeutet. Louise ist Akademikerin, in ihren Ohren klingt das Wort »Untersuchung« noch nach »Experiment«, vielleicht sogar nach »Mut zu Neuem«, auf keinen Fall negativ. Deshalb lächelt sie, streicht ihren Pullover glatt und sagt: »Vielleicht können wir heute oder morgen auch einmal mit Kommissar Wu über die revolutionären Ausgrabungen reden.«

»Kommissar Wu hat dafür keine Zeit«, sagt der Leiter mit einem Lächeln.

»Das untersuchen wir«, übersetzt der Graukopf, »wir untersuchen so etwas immer sehr genau.«

»Wir wollen ja nur die konkrete Wahrheit in den neuen historischen

Tatsachen erkennen«, sagt die Französin und erhebt sich, weil sie weiß, dass in China immer der Gast ein Gespräch beenden muss. Dazu hat ihr der Graukopf ein Zeichen gegeben, das eindeutig, doch auf vorläufig noch nicht zu entschlüsselnde Weise auch ermutigend ist.

4

»Natürlich ist es immer ekelhaft, wenn ein Mann dich mit seinen Blicken auszieht«, sagt Louise zu ihrer Freundin Chantal, die für die Delegation das Protokoll führt. »Ich konnte ihm Griff um Griff, Zug um Zug folgen, am Ende fühlte ich fast den Wind vom Fenster zwischen meinen Schenkeln. Andererseits müssen wir die Angelegenheit auch dialektisch betrachten: Die Genossen hier müssen sich ein genaues Bild von den Nachfahren des weltweiten Imperialismus machen, um eine Erscheinung von allen Seiten her genau analysieren zu können. Dafür reicht vielleicht kein abstraktes Anatomiebuch. Nichts darf man dem Zufall überlassen.«

»Ich halte mich da lieber an den Graukopf, der für uns übersetzt hat«, sagt Chantal, »der hat mir immer nur in die Augen geschaut.«

»Aber der ist auch kein erfahrener Kader mit langer Ausbildung im Klassenkampf und entsprechender Schulung. Der Kerl ist ein Opfer zur Wiederverwendung.«

Die beiden sitzen jetzt in dem kleinen Bus, der die Delegation vom Sitz der Stadtverwaltung zum Provinzmuseum bringen wird. Draußen fällt ein leichter Nieselregen, und das Fahrzeug wird immer wieder von Straßenpolizisten aufgehalten, die Platz für eine lange Kolonne grüner Lastwagen schaffen, auf deren Ladeflächen schwer bewaffnete Soldaten stehen. Ungerührt von Regen, Hupen und Trillerpfeifen lässt ein kleines Mädchen am Straßenrand eine nussgroße Kugel aus Silberpapier, in der eine graue Feder steckt, mit kleinen Tanzschritten in die Luft steigen. Die Französinnen winken ihr mit Fähnchen zu, finden aber keine Beachtung.

»Hast du dir übrigens für unser Protokoll seinen Namen gemerkt? Also den Namen des Leiters?«

»Jetzt, wo du es sagst, fällt mir auch auf, dass der Name nie gefallen ist. Aber warte, vorher, also bevor wir in den Empfangsraum geführt wurden, hat der Graukopf kurz zu einem anderen Kader gesagt: ›Er ist schließlich der Neffe eines berühmten Helden des Langen Marsches‹, das habe ich genau verstanden. Wir bewegen uns demnach im allerhöchsten Frequenzbereich, praktisch zwischen Siebentausendern.«

»Von denen solltest du dir allerdings gewisse Aufmerksamkeiten gefallen lassen. Schon in Hinblick auf unser Projekt.«

»Es geht immer nur um die Sache. Ich bin schon sehr gespannt auf das Museum und die Exponate. Hoffentlich zeigen sie uns dort das, wie soll ich sagen? Das erhofft Unerwartete!«

Chantal nickt und fängt dann plötzlich an, hilflos zu kichern. Als der Bus sich mit einem energischen Ruck wieder in Bewegung setzt und das Kichern nicht aufhört, wendet ihr Louise ein fragendes Gesicht zu. »Stimmt noch alles bei dir?«

»Bei deinem Ausdruck ›das erhofft Unerwartete‹ musste ich sofort an einen Abend vor drei Jahren im Seminar an der École Pratique denken. Wir hatten uns noch zu einem Wein im Bistro neben der Metrostation Glacière zusammengehockt, und der Professor erzählte uns von China und seiner Frustration, dort nie einen jungen Mann kennengelernt zu haben, den er hätte verführen können.«

»Und weiter?«

»Erst umschrieb er sein Verlangen mit deinem Begriff ›das erhofft Unerwartete‹, worauf wir alle verständnisvoll nickten, manche aber den Ausdruck eher metaphysisch einordneten, bis der Professor dann, zwei, drei Runden später, noch einmal auf das Thema zurückkam, sich verzweifelt mit beiden Händen die Haare raufte und rief: ›Wie soll ich durch die Kunst der analytischen Phänomenologie die Formen einer Gesellschaft auf ihre wahren Begriffe bringen können, wenn ich in zwei Wochen nur Hosen, Hosen und noch mehr Hosen, dabei aber keinen einzigen Schwanz zu Gesicht bekommen habe?«

»Chantal, du solltest dich jetzt wirklich auf die Exponate im Museum konzentrieren.«

»Ich freue mich auf eine sehr genaue Untersuchung.«

5

Museumsdirektor Wen steht an der Spitze des Empfangskomitees und heißt die französische Delegation willkommen. Der Professor hat nach langem Abwägen des Für und Wider zu diesem Anlass die Knöpfe seiner Uniformjacke erneuern lassen. Gewiss ist das nur eine kleine Geste, doch sie zeigt dem aufmerksamen Beobachter, wie sehr er sich über Gäste aus jenem Land freut, dem die Kunstwelt einen Rodin, einen Delacroix und einen Renoir verdankt. Zu schweigen von der Bürgerlichen Revolution, der Liebe zu Anisschnaps, filterlosen Zigaretten und den Gedichten von Charles Baudelaire, deren Wirkung er als junger Student in Shanghai erstmals empfand. In einem kleinen Straßencafé an der Rue Joffe, wie er sich am Morgen erinnert. Und so beginnt er seine Ansprache nach den obligatorischen »rhetorischen Keksen« mit den Worten: »Die Phantasie, schreibt ihr großer Landsmann Baudelaire, ist die Herrscherin über das Wahre, verehrte französische Freunde und Genossen, aber die Möglichkeit ist nur eine der vielen Provinzen des Wahren.«

Der Graukopf übersetzt das mit dem Zusatz: »Der berühmte französische Dichter Charles Baudelaire, Vorkämpfer gegen den Geist des weltweiten Imperialismus, hat einmal gesagt: Die Phantasie ist die Herrscherin…«

»Aber Baudelaire war später ein gefürchteter Waffenhändler für unsere Kolonialisten, das steht in jeder Biographie«, flüstert Chantal ihrer Freundin Louise zu, »dazu musst du unbedingt etwas sagen.« Doch Louise scheint im Augenblick nur mit der kastanienbraunen Locke beschäftigt, die immer wieder über ihr rechtes Auge fällt.

Die chinesischen Zuhörer registrieren teilnahmslos die Zitate aus der französischen Literatur, klatschen aber höflich, als die Rede noch einmal auf den »weltweiten Imperialismus« kommt.

»Wir freuen uns daher sehr«, fährt Professor Wen fort, »Ihnen heute in unserem Museum die seit Jahren von den Massen der Werktätigen mit großer Begeisterung begrüßte Ausstellung über die Druckgraphik revolutionärer Kunst zeigen zu können.«

»Die hat doch schon der Professor gesehen«, sagt Chantal. »Und auch deutlich kommentiert. Jedenfalls in unserem Seminar.«

»Ich darf vorausgehen«, ruft Wen schließlich mit einer schwungvollen Geste seines linken Arms, die sich bis in die gespreizten Finger fortsetzt.

Die Exponate sind in der Tat dieselben, die bereits viele vorausgegangene Delegationen zu Einträgen in das rotgoldene Besucherbuch geführt haben, wie: »Der Künstlerbund der Mongolischen Volksrepublik, vertreten durch die Sektion Kunstkritik, dankt den chinesischen Genossen für wertvolle Anregungen in der Darstellung heroischer Kämpfe« oder: »Die Delegation japanischer Graphiker gegen den Atomkrieg hat hier wesentliche...«

»Kannst du ihn nicht fragen, wann wir endlich die berühmten Krieger aus der Terrakotta-Armee sehen können, ich langweile mich hier zu Tode«, fragt Chantal. »Für diesen gedruckten Kitsch muss ich nicht Tausende von Kilometern um die Welt fliegen. Das kann ich auch bei uns im Quartier Latin bei jeder zweitklassigen Ausstellung von Pop Art finden. Oder wenn es um Arbeiter geht, dann sehr viel vorbildlicher in den Glasmalereien unserer gotischen Kathedralen. Denk mal an Amiens oder an Chartres. Wir sind doch hier, um Originale zu sehen.«

»Sie haben recht«, sagt der Graukopf, der neben ihnen steht, »verzeihen Sie mir, dass ich zugehört habe.« Er wendet sich ab, um diskret in ein blasses Taschentuch zu schnäuzen. »Ich bin hier nur der Übersetzer, aber ich werde später mit meinem alten Studienkollegen Professor Wen ein paar Worte wechseln. Schließlich verbindet uns beide seit der Studentenzeit eine Reihe gemeinsamer Erfahrungen. Ich hoffe, ich muss Sie nicht enttäuschen. Aber Ihre Bitte wurde mir in den letzten Monaten von ausländischen Gästen schon häufiger vorgetragen. Die Nachrichten aus unserem Museum haben sich ja in sehr kurzer Zeit sehr weit verbreitet. Und sind auch auf großes Staunen gestoßen. Wie es in Ihrer Bibel so treffend heißt: ›Der Ungläubige möchte gern seine Hand in die Wunde legen.‹«

Darüber müssen die beiden Frauen lachen. »Wunde ist vielleicht gar kein so schlechter Ausdruck für Ausgrabung«, sagt Chantal, »und wir wollen ja auch nur zuschauen. Ein kurzer Eindruck genügt vollkommen. Am wenigsten wollen wir die Werktätigen bei ihrer Arbeit stören. Das wäre nicht solidarisch und überhaupt völlig unverantwortlich. Aber in der ganzen Kunstwelt und auch bei der UNESCO in Paris wünscht man sich mehr Zeugnisse, man redet dort sogar über eine Aufnahme in die Liste des Weltkulturerbes.«

»Die Werktätigen wären selbstverständlich entzückt, Sie zu empfangen«, antwortet der Graukopf und macht eine kleine Verbeugung, »allerdings liegt die Entscheidung bei der politischen Führung, die eine noch größere Verantwortung trägt. Zu meinem Bedauern kam es in letzter Zeit zu ein paar Vorfällen, die nicht anders als Versuche der Spionage klassifiziert werden konnten. Spionage übrigens auch aus Misstrauen gegenüber der bedeutenden Arbeit unserer proletarischen Archäologen. Wachsamkeit ist hier ein vordringliches Gebot.«

»Wie weit sind denn die Grabungsstellen von der Stadt entfernt?«

»Auch diese Angaben sind streng vertraulich. Ganz allgemein gesagt handelt es sich ungefähr um eine Distanz von 22,3 Kilometern. Eine beachtliche Strecke, dazu auch noch viel genutzt. Vielleicht ein wenig zu weit für die kurze Frist, die für Ihren Aufenthalt hier in Xi'an angesetzt wurde. À propos kurze Frist: Ich bitte die Damen um Entschuldigung, aber ich muss mich jetzt dringend einer anderen Verpflichtung zuwenden.« Der Graukopf verbeugt sich noch einmal und ruft ein paar Worte zum Abschied, doch die gehen unter in dem Getöse eines Lastwagens, der gerade vor dem Portal des Museums zum Stehen gekommen ist und dem ein junger Mann in auffällig gemusterten Hosen entsteigt. Louise und Chantal winken dem Übersetzer einen Abschiedsgruß zu und greifen nach ihren Zigaretten.

»Wieso hat er uns so genau die Entfernung zu der Grabungsstelle mitgeteilt?«

»Mir geht diese Bemerkung über das ›Misstrauen gegen proletarische Archäologen‹ nicht aus dem Kopf.«

»Die Straße soll stark befahren sein, hat er gesagt«

»Wir könnten den Lastwagenfahrer fragen.«

6

Seit den frühen Morgenstunden des nächsten Tages regnet es hellen, rostfarbenen Sand aus der Wüste über die Dächer der Stadt. Feiner Staub weht auch über die vom Verkehr verstopften Straßen und die nur kärglich geschützten Stände des Gemüsemarktes in der Altstadt. Seinen Betreibern hat eine gestrige Bestimmung der zuständigen Planungsbehörde auferlegt, heute vor allem weißen Rettich zum Verkauf anzubieten. Rettich und Lauch, doch vor allem Rettich.

Die Verkäuferinnen tragen die vorgeschriebenen weißen Hauben und Schürzen, dazu eine Gesichtsmaske, um Mund, Nase und Ohren vor den Sturmattacken zu schützen. Naturgemäß schimmern die Textilien wie auch der Rettich seit der Öffnung der beiden Märkte in einem rötlichen Ton, der immer stärker ins Bräunliche übergeht.

Zwischen den Ständen bewegen sich die Soldaten, denen ihre Vorgesetzten befohlen haben, Grünzeug für das bevorstehende Manöver zu beschaffen. Wie für alle Armeen dieser Welt gilt auch für die chinesische Volksbefreiungsarmee, dass der Soldat im Feld seinen Helm begrünen muss, damit sich sein Äußeres nicht von der ihn umgebenden Natur unterscheiden lässt.

»Wieviel Rettich willst du?«

»Ich brauche nur das Grünzeug.«

»Keinen Rettich?«

»Deinen Rettich kannst du dir sonstwohin stecken.«

»Und wofür das Grünzeug?«

»Wir sind im Manöver.«

Louise und Chantal warten vor dem kleinen Brunnen am Ausgang des westlichen Gemüsemarkts auf den Fahrer des Lastwagens. Sie haben ihre Köpfe mit Handtüchern umwickelt, die aus dem Badezimmer ihrer Unterkunft stammen.

»Hoffentlich erkennt uns der Fahrer. Hier sehen alle irgendwie sehr gleich aus. Alle und Alles. Wir vermutlich auch.«

»Das ist ja unsere einzige Chance. Wir können ihn jedenfalls an seiner Hose erkennen. Die ist auffällig.«

»Wenn er sie nicht gewechselt hat. Aber ich glaube nicht, dass er der Typ ist, der häufig die Hosen wechselt.«

»Hauptsache, er kommt. Wie spät ist es jetzt?«

Chantal nestelt noch am Ärmel ihres Pullovers, da pfeift über ihnen ein schriller Ton aus den Lautsprechern, gefolgt von mehreren harten Knacklauten und der heiseren Ankündigung: »Meldung! Meldung! Genossen! Dieser Markt wird in dreißig Minuten geschlossen und geräumt. Das große Manöver zur Verteidigung des Vaterlandes gegen einen verbrecherischen Angriff des Polarbären hat begonnen. Alle Bewohner der Stadt begeben sich unverzüglich zurück in ihre Unterkünfte oder die vorgeschriebenen Schutzräume. Dies ist ein Befehl!«

»Es ist genau zwanzig Minuten nach acht. Um acht waren wir verabredet. Das wird knapp. Um zwölf sollen wir bei diesem Russen essen, und um zwei werden wir in der Kinderkrippe erwartet, da dürfen wir nicht fehlen. Und wer genau ist mit diesem ›verbrecherischen Polarbären‹ gemeint?«

»Das kann uns jetzt egal sein, aber ich vermute einmal, es handelt sich um eine verschlüsselte Bezeichnung für die Sowjetunion. Vorsicht, dein Kopftuch ist verrutscht. Und hinter dir will ein Lastenträger seinen Rettich abtransportieren.« Louise deutet auf einen jungen Mann mit in die Stirn gezogener Kapuze, der einen prall gefüllten Sack geschultert hat.

»Folgen Sie mir bitte, aber halten Sie dabei ein wenig Abstand«, sagt der junge Mann. Sie laufen ein paar hundert Meter nach Osten, bis sie vor das Portal einer Lagerhalle gelangen, der junge Mann gibt ein Klopfzeichen, und zehn Minuten später rollt der Lastwagen in Richtung Stadtgrenze. Louise bietet dem Fahrer eine Zigarette an, doch der zeigt nur auf seinen Mundschutz und schüttelt den Kopf.

»Kannst du ihn nicht noch einmal nach seinem Namen fragen«, bittet Chantal, »es muss ja nicht der echte sein, aber für ein Gespräch ist das irgendwie praktischer.« Louise, die neben dem Fahrer sitzt, erfüllt die Bitte, doch wieder schüttelt der junge Mann den Kopf. Dann deutet er auf die Schlaglöcher und die Kolonnen von Soldaten, die an beiden Straßenrändern ihren Zielen entgegenmarschieren. Regen und Sandstaub haben mittlerweile die Bauten, die Fahrzeuge und die Menschen mit einem nur noch an wenigen Stellen rötlich schimmernden, sonst sehr hellem Schlammgrau überzogen. Deutlich erkennbar sind aber auch aus größerer Entfernung die grünen Gemüsebüschel, die sich die Soldaten zur Tarnung auf ihre Helme gebunden haben.

»Ich habe plötzlich eine unerklärliche Sehnsucht nach Mondschein«, sagt Chantal unvermittelt.

»Geht es dir nicht gut?«

»Ich sehe alles, uns beide eingeschlossen, in einem surrealen Bild, mit lebenden und mit toten Soldaten, die durch eine Schlammlandschaft ziehen. Fehlt nur noch der Mondschein, und vielleicht fehlt auch ein Löwe, damit ich glaube, mich tatsächlich in einem Gemälde zu bewegen. Lämmer habe ich heute Morgen ja schon auf dem Markt getroffen. Irgendwie würde ich mich jetzt in einem Museum sicherer fühlen.«

»Wir können nicht mehr weit von unserem Ziel sein.«

»Sag das mal dem Fahrer.«

Der Fahrer schüttelt ein weiteres Mal den Kopf, blickt dabei in den Rückspiegel, zeigt wieder nach vorn auf die Kolonnen und murmelt Unverständliches.

In diesem Moment wird der Lastwagen von einem Motorradgespann überholt, über dessen Gepäckträger auf einer Stange eine grelle rot-weiße Signallampe rotiert. Der Beifahrer des Gespanns schwenkt energisch eine lehmüberzogene Kelle und bringt den Wagen zum Stehen.

»Das könnte jetzt dein Löwe sein«, sagt Louise und zündet sich eine Zigarette an. Chantal schließt kurz die Augen. Der Fahrer öffnet die Tür und steigt gelassen herab.

»Kannst du verstehen, worüber die Uniformierten da draußen verhandeln?«

»Ich habe nur die Wörter ›Dokument‹ und ›Manöver‹ gehört, sie reden in einem Dialekt, den ich kaum verstehe. Aber der Lange aus dem Beiwagen zeigt immer wieder mit seiner schmutzigen Kelle zu uns hoch.«

»Aber was macht unser Fahrer?«

»Der pocht ständig mit dem Zeigefinger auf eine Plastikkarte, wahrscheinlich seinen Führerschein.«

»Dazu hätten wir ihn auch einmal auffordern sollen, dann wüssten wir wenigstens seinen Namen.«

»Jetzt stapfen sie durch den Lehm nach hinten, vermutlich wollen sie das Nummernschild überprüfen. Hast du auch etwas Angst, also wenigstens so einen Anflug?«

»Sagen wir Unbehagen. Aber wir sind doch unter Genossen. Und Gäste der Chinesischen Freundschaftsgesellschaft.«

»Hoffentlich ist das hier auch allen Beteiligten bekannt.«

Ein dumpfer Stoß lässt den Wagen leicht erzittern.

»Das war wohl die hintere Wand der Ladefläche, die sie aufgemacht haben.«

»Ob die den Rettich kontrollieren wollen? Vielleicht auf im Rettich versteckte Handgranaten?«

»Jetzt kommen sie mit einer Frau. Meinst du, die hat sich da die ganze Zeit versteckt?«

»Vielleicht fahnden sie nach der und nicht nach uns.«

Ein paar Minuten vergehen, dann öffnet der Fahrer die rechte Tür und winkt die beiden Französinnen auf den schmalen Seitenstreifen. »Ich befolge hier einen Befehl von Kommissar Wu aus Xi'an«, ruft der Fahrer in den Lärm des vorbeiziehenden Verkehrs und hält den Uniformierten ein mit mehreren roten Siegeln bedrucktes Blatt wie eine Trumpfkarte entgegen. »Schau dir das nur genau an, Genosse, wenn du überhaupt lesen kannst. Schau genau auf die Siegel. Ich habe den Befehl, diese Frauen zu befördern. Sie sind Ehrengäste der Volksrepublik.«

Er wendet sich trotzig ab und spuckt dreimal auf die Felge des rechten Vorderrads.

»Siegel können echt sein«, sagt der Lange, der seine Kelle auf der Kühlerhaube abgelegt hat, »sie können aber auch gefälscht, und sie können genauso gut gestohlen und dann wiederverwendet sein. Kann alles passieren. Ist auch alles schon passiert.«

»Du willst Kommissar Wu bezichtigen, dass er…«

»Ich will nur sagen, hier kommt ihr nicht weiter. Alles Weitere werden die zuständigen Stellen klären. Bis dahin bleibt ihr alle hier. Der Wagen ist beschlagnahmt.«

»Auf wessen Anordnung, wenn ich die Genossen fragen darf?«, meldet sich jetzt die Frau zu Wort, die offenbar im Rückraum des Lastwagens gesessen hat. »Ich habe unseren ausländischen Gästen die bequemeren Plätze überlassen, weil das ein Gebot der Höflichkeit und der Solidarität gegenüber ausländischen Genossen ist. Nennt mir auf der Stelle den Namen eurer Führung!« Die Stimme der Sprecherin ist klar, dabei aber auch so rau wie der Wind, der gerade aufgefrischt hat.

Der Lange greift unschlüssig nach seiner Kelle. »Von welcher Einheit bist du denn?«

»Du kannst mich Genossin Lili nennen. Ich arbeite im Amt für Öffentliche Sicherheit, Kommissar Wu gehört zu meinem Stab. Ihr macht jetzt sofort den Weg frei für unsere Delegation.«

Der Lange zögert kurz, legt dann die Kelle zurück auf die Kühlerhaube und kratzt ein Lehmsprengsel von seiner Wange. »Also wenn die Lage so ist…«

»Wenn das nicht auf der Stelle geschieht, melde ich den ganzen Vorgang noch heute Abend und sorge dafür, dass entsprechende Konsequenzen gezogen werden. Macht jetzt endlich den Weg für uns frei!«

»Schon gut, schon gut. Aber es gibt da ein Problem.«

»Das interessiert uns nicht. Vorwärts!«

»Das Problem ist, wir haben weiter vorn keine Straße mehr. Die wurde für das Manöver gesprengt. Aus Versehen und weil es nach einem Atomschlag aussehen sollte.«

»Es führt kein Weg mehr zu den Ausgrabungsstätten?«

»Dorthin schon gar nicht.«

»Dann müssen wir zurück nach Xi'an. Ihr macht uns den Weg frei.«

»Wohin nach Xi'an?«

»In den Lama-Tempel an der alten Stadtmauer, den ›Tempel der Ausgedehnten Menschlichkeit‹, wie er früher hieß.«

»Sie werden dort«, sagt der Fahrer, nachdem er das Gefährt gewendet und es im Schutz der heulenden Motorradeskorte wieder in den Verkehr eingefädelt hat, »Sie werden dort die Bekanntschaft von einigen Personen machen, die für unser gemeinsames Vorgehen wichtig sind. Ich bedauere zutiefst die unvorhersehbare Störung des bisherigen Ablaufs des Unternehmens.«

»Jetzt kommt wohl der Mondschein ins Spiel«, sagt Chantal, ohne aus ihrer Überraschung zu erwachen. »Dabei kennen wir noch immer nicht den Namen unseres Fahrers.«

7

Leo Zwirn steht gerade in der Küche des Tempels und blanchiert Knoblauch, als der Lastwagen mit einem verhaltenen Hupen vor dem Eingangstor hält. Es wird heute Mittag Nudeln mit Lamm geben. Zwirn hätte den Französinnen zwar lieber etwas Ausgefalleneres serviert, vielleicht sogar nach einem Rezept von Großvater Igor, der für die Familie in Leningrad gekocht hat. Doch während seiner Abwesenheit sind alle Räume des Tempels und damit selbstverständlich auch die Küche mehrfach durchsucht worden. Das ging leider auf Kosten bestimmter Gewürze und des trockenen Weins, den er für Marinaden bevorzugt. In zwei Tagen lässt sich da wenig beheben. ›Vielleicht Lammspieße‹, denkt der Russe, ›doch diese Spieße schmecken eigentlich nur, wenn das Fleisch an einem Straßenstand gebraten wird, wo zu dem Kreuzkümmel noch ein Hauch Wüstensand auf die Zunge kommt. Klar, *Lamm mit Nudeln* klingt und schmeckt wie ein Gericht aus dem Zugrestaurant, aber die Lammschulter, die der Schneider heute Morgen besorgt hat, machte nicht den schlechtesten Eindruck, und zur Vorspeise kann man sich noch immer auf den Kaviar aus unserem kleinen Laden am Bahnhof verlassen. Gott, was hat der mir gefehlt.‹ Von draußen ertönt ein weiteres Hupen, Zwirn nimmt das Fleisch aus der Marinade und wirft es in den heißen Wok.

»Es riecht hier tatsächlich nach Lamm«, ruft Chantal. »Den Löwen haben wir besiegt oder er uns, jetzt sind wir wieder am Anfang, und ich bewege mich noch immer in demselben Bild. Was war es? Magritte? Max Ernst? Oder ein Farbdruck aus der Kinderbibel? Hilf mir bitte. Darf man hier rauchen? Ich meine, in einem buddhistischen Tempel? Aber die kennen auch Räucherkerzen.«

»Vielleicht bist du nur hungrig, meine Liebe. Und vielleicht hilft dir ein kleiner Schluck Wodka. Auf der buddhistischen Anrichte dort hinten sehe ich eine Flasche, die mich an meine wilde Vergangenheit bei den Trotzkisten im 16. Bezirk erinnert. Der Hausherr wird bestimmt nichts dagegen haben.«

»Wer ist eigentlich der Hausherr?«

»Gestatten die Damen gütigst, dass ich mich vorstelle«, sagt in diesem Moment Leo Zwirn, der durch eine Hintertür aus der Küche in den kleinen Saal getreten ist. Er hat den Küchenkittel gegen die in den vergangenen Wochen so vermisste dunkelblaue Samtjacke mit seidenen Revers und Ärmelaufschlägen ausgetauscht, die ihm der Schneider damals zum Einzug angefertigt hat. Auf dem Kopf trägt er sein weiches Barrett, und über den Schultern hängt ein hauchdünn gewebter tibetischer Gebetsschal. Zwischen den verdreckten Uniformen und Parkas seiner Gäste wirkt sein Auftreten, als hätte ein Märchenprinz die Bühne betreten, der sich seit langem genau auf diesen Besuch gefreut und auch sorgsam vorbereitet hat.

»Wann wurde dir deine Hand das letzte Mal mit einer solchen Grazie geküsst?«

»Von meinem Onkel zur Konfirmation. Das war auf seinem Landsitz in der Dordogne, und ich habe immer noch den Verdacht, dass er nur mein Dekolleté aus der Nähe betrachten wollte.«

»Lernt man mittlerweile das Französisch aus dem vergangenen Jahrhundert in der Kommunistischen Internationale?«

»Unser Gastgeber – Leo wie in Trotzki? Oder wie in Tolstoi? – beherrscht den korrekten Gebrauch von mehr Konditionalsätzen im zweiten Futur als ein gewöhnliches Mitglied der Académie française.«

»Und seine Aussprache hat er von alten Schallplatten heruntergezaubert.«

»Oder in der Pariser Comédie beschlagnahmt.«

Zwirn bittet die Gäste an den runden Esstisch, auf dem er für acht Personen hat decken lassen. Links und rechts von ihm sind Anna Wang und Louise platziert, ihm gegenüber Kommissar Wu, der allerdings noch nicht eingetroffen ist. Neben dem leeren Stuhl des Kommissars sitzt Chantal, die im Bad ihrem Gesicht mit ein wenig Puder und Lippenstift die ihr wichtigsten Züge zurückgewonnen hat.

Genossin Lili nimmt schräg gegenüber, eng an der Seite des Fahrers, Platz. Dort registriert sie mit einem schnellen Blick die kosmetische Korrektur der französischen Genossin. Lili notiert sie geschwind auf einer mentalen Liste von Stichpunkten zum Thema »Bürgerliche Tricks im Alltag«.

Völlig entspannt greift nur Museumsleiter Wen nach dem kleinen silbernen Löffel für den Kaviar. Er hat sich bislang an alle Vorschriften der Führung gehalten. Der Professor vermisst am Tisch allerdings seinen alten Freund, den Graukopf, weil er befürchtet, dass die Unterhaltung zwischendrin temperamentvoll ins Französische abgleiten könnte. Französisch, das hat er schon gestern beim Empfang der Gäste gemerkt, ist ihm nach all den Jahren in Shanghai schon als Schriftsprache zwar liebenswert, doch nie ganz geheuer gewesen. Als Medium eines funkelnden Gedankenaustausches bei einem Essen mit fremden Gästen erfüllt sie ihn mit beklemmenden Selbstzweifeln. Diese Zweifel sind nicht geringer geworden, seit Leo Zwirn schon mit seinen virtuosen Eingangsfloskeln gezeigt hat, dass er nach dieser Sprache so traumhaft sicher greift wie ein klassischer Dichter nach Bildern für Mondlicht auf einem Brunnen.

»Freunde, Genossen, bitte fangt an«, ruft Zwirn jetzt, »Kommissar Wu zwingen dringende Dienstgeschäfte, sein Erscheinen um eine kurze Frist zu verzögern, er hat mir ausrichten lassen, ihn für diese Frist zu entschuldigen. Er kommt, sobald die Lage es zulässt.«

›Recht besehen‹, denkt Professor Wen, der sein Schälchen mit dem Kaviar als erster ausgelöffelt hat, ›also recht besehen, ist unser Freund Zwirn seit seiner Ankunft hier, das ist ja auch schon mehr als ein Jahrzehnt her, also recht besehen, ist er trotz seiner auffälligen Kostümierung und all seiner Fremdsprachen kaum noch als Russe zu erkennen. Keinerlei Überheblichkeit, überhaupt keine. Er spricht, das kann ja auch nicht anders sein, Chinesisch mit dem Akzent eines Mongolen oder eines Menschen aus den fernen Westgebieten, das darf man ihm nicht vorwerfen. Doch in seinem Auftreten ist er kaum noch von einem Landsmann zu unterscheiden. Was für eine bemerkenswerte Entwicklung.‹

»Ich heiße Chantal«, sagt Chantal in ein kurzes Schweigen der Tischrunde und zeigt mit ihren Stäbchen erst auf sich, dann auf den Fahrer, der sie am Morgen zu den Grabungsstätten der Terrakotta-Armee hätte bringen sollen. »Darf ich, nur um mich zu bedanken, Sie nach Ihrem Namen fragen?«

Der Fahrer errötet leicht, senkt den Kopf und sagt: »Ding, also ich heiße Ding«.

»Sehr erfreut, und wie lautet der Vorname?«

»Ding«, sagt der Fahrer wieder, diesmal aber in einem anderen Tonfall.

Bevor sich um die Mundfalten der Französinnen Zeichen unschuldiger Heiterkeit ausbreiten können, greift Zwirn nach seinem Glas und bringt einen Toast auf das Einfache und das Komplexe der chinesischen Sprache aus. In keiner anderen Kultur dieser Erde, führt er aus, entfielen mehr Bedeutungen auf weniger Silben, jedenfalls im gesprochenen Wort, zumal wenn man die verschiedenen Tonhöhen in Rechnung stelle, die ja auch noch von sinngebender Bedeutung seien. Das sei, ganz allgemein gesagt, ein schönes Beispiel für die Vielfalt des Ausdrucks.

›Wie ein chinesischer Beamter‹, denkt Professor Wen noch einmal glücklich, ›überhaupt nicht genau und auch überhaupt nicht unhöflich.‹

Die Runde trinkt, und Louise will wissen, ob sich diese vielen Möglichkeiten des Ausdrucks auch auf die Arbeit der hier versammelten Genossen auswirke und welche hilfreiche Rolle dabei der Vorsitzende Mao gespielt habe, etwa durch seine Theorie des »Eins teilt sich in Zwei«.

»Auch das untersuchen wir«, antwortet an dieser Stelle Professor Wen, »wir untersuchen das sehr, sehr genau.«

Der Fahrer Ding Ding hustet in sein Weinglas.

»Für unsere ganz konkrete Arbeit ist ja gerade die Vermehrung des Möglichen von größter Bedeutung«, fügt Zwirn hinzu. »Daher schätzen wir auch alle Formen der weltweiten Zusammenarbeit auf dem Gebiet der modernen, mithin der innovativen Deutung.«

Den letzten Satz hat er zunächst nur auf Französisch gesagt, dann aber sehr laut auf Chinesisch wiederholt, weil er im geöffneten Fenster des Westflügels die Silhouette von Kommissar Wu erblickte, der dort auf ein Signal zu warten scheint.

»Wir tun uns mit der Zusammenarbeit naturgemäß viel leichter, wenn wir mit Bildmaterial arbeiten können oder mit eigenen Eindrücken, um die Kunde von den großen Entdeckungen hier zu verbreiten,« sagt Chantal, »wie heißt es in Ihrem Sprichwort: ›Einmal sehen ist wichtiger als zehntausend Worte!‹ Genau das meine ich.«

Offenbar gibt sie damit dem Kommissar das Stichwort für einen äußerst unhöflichen Auftritt.

8

»... und plötzlich stand Wu in unserer Mitte«, schreibt Leo Zwirn drei Abende später an seinen Vetter Sascha, »nein, natürlich stand er nicht in der Mitte, wir saßen ja wortwörtlich in einer Runde, aber er lief um den Tisch, als müsse er wie ein Dompteur wilden Tieren eine Lektion erteilen. Es fehlten nur die goldenen Tressen an Brust und Hose und natürlich die Peitsche oder ein Stuhl in der Hand, um das Klischee des Zirkus auf den Punkt zu bringen.

Statt sich höflich für seine Verspätung zu entschuldigen, wie ich erwartet hatte, schimpfte Wu laut über ausländische Spione, die weltweit infamste Gerüchte über die bedeutenden Grabfunde unseres Museums ausbreiteten. In Deutschland, in den Vereinigten Staaten, aber ganz besonders in Frankreich, hätten sich finstere Kräfte der Reaktion zusammengetan, die in alter kolonialistischer Manier Kunstschätze entweder ausraubten oder als selbsterklärte Spezialisten mit niederträchtigen Urteilen zu bedeutungslosen Fälschungen abstuften. Bei den Worten ›selbsterklärte Spezialisten‹, die er gleich zweimal wiederholte, kränzte ihm bald ein leicht wulstiger Perlenrand von Speichel die Lippen, was zwar nicht schön anzusehen war, mich aber daran erinnerte, dass in der Küche eine helle Sojasauce auf dem Herd stand, um die ich mich längere Zeit nicht gekümmert hatte.

Ob er mit seinen Klagen vielleicht andeuten wolle, wurde Wu in sehr höflichem Ton von Professor Wen gefragt, dass die Anwesenden sich pflichtwidrig verhalten hätten und ob wir ihm bei der Lösung des Problems behilflich sein könnten.

›Von euch lasse ich mich nicht einschüchtern‹, gab Wu empört zurück, ›wer Wölfe fürchtet, der bringt keine Pilze heim.‹

Was er damit genau sagen wollte, war vermutlich uns allen nicht klar. Ich kenne den Spruch mit dem Wolf und den Pilzen, lieber Sascha, nur von unserem gemeinsamen Großvater Igor und aus einer Stalinrede, die auf einem Parteitag zitiert wurde und den du und ich noch in unseren Schulaufsätzen ›negativ‹ kommentieren mussten. Wenn ich mich recht erinnere, ging es um den Vorwurf des ›Kompromisslertums‹, also Feigheit vor dem Feind, um es mit den Worten von Igor zu sagen. Wie diese Maxime plötzlich als feurige Sternschnuppe aus völlig fremden Galaxien ausgerechnet in meinem Tempel in Xi'an auftauchte, kann nur als das Einwirken einer höheren Macht verstanden werden. Vermutlich der Macht von Igor.

Doch zurück zur Szene: Aus Paris scheint Kommissar Wu besonders bösartige Berichte gehört oder gelesen zu haben. Natürlich stammen seine Informationen aus zweiter oder dritter Hand: Das ZK der Partei lässt über einen gedruckten Nachrichtendienst, der sich ›Interne Auskünfte‹ nennt, an die Kader melden, auf welcher Position die Genossen Stellung beziehen sollen und wo nicht. Zur korrekten Linie in der Innen-, Sozial- und auch der Außenpolitik, obwohl die hier eigentlich niemand interessiert.

Das Ganze ist übrigens so geheim wie alles in diesem Land. Ich kriege von meinem kleinen Laden am Bahnhof spätestens zwei Tage später eine Abschrift des ›vertraulichen‹ Dokuments. Zu einem gewissen Preis, versteht sich. Natürlich weiß ich nicht, ob es sich um eine ehrliche oder eine bereits redigierte Abschrift handelt, aber das wissen die anderen Käufer ja auch nicht.

Und damit schnell wieder zurück zu Kommissar Wu, der immer noch stampfte und schäumte, als ich aus der Küche zurückkam. Er hat vermutlich in der letzten Ausgabe der ›Internen Auskünfte‹ gelesen, dass sich im Ausland beim Auftauchen der ersten Photos unserer historischen Funde Zweifler zu Wort gemeldet haben. Wie immer in solchen Fällen geht es um jenes strittige Gut, das in Fachkreisen unter der Rubrik ›Authentizität< oder >Echtheit< verhandelt wird. Derselbe Fall wie damals in Leningrad, als unsere Feinde abfällige Bemerkungen über unsere Gemälde von Kasimir Malewitsch machten.

Wu rief jetzt: >Ein falscher Braten ist ein Vorwurf, der immer auf die Füße derer fällt, die ihn erheben.< Das war nicht weniger rätselhaft als seine vorausgegangene Bemerkung über die Pilze und den Wolf, doch es schien seine Erregung immerhin ein wenig zu stabilisieren: Wu hielt nun den Stuhl, nach dem er gegriffen hatte, nur noch in Brusthöhe und fügte einen Satz hinzu, den nicht einmal der Museumsleiter verstand, ein Satz, der aber wohl Abfälliges über Revolutionen in Frankreich enthielt.

In Frankreich, so hat mir das Louise erklärt, liefern sich zur Zeit die französischen Professoren, die dem klassischen Marxismus anhängen, heftige Gefechte mit ihren Kollegen, die allein den Maoismus für die einzig gültige Wahrheit halten. Der Streit ist so langweilig wie alle Geschichtsphilosophie, wenn man sie aus der Nähe betrachtet. Aber es geht in Paris wohl hoch her, ganz besonders um die Frage, in welches Kapitel der Geschichte welches Unterkapitel der Kunst gehört. Wie damals bei uns in der Akademie der Streit, ob ein Gutsbesitzer wie Tolstoi bereits proletarische Gedanken gehabt haben kann. Davon gleich noch mehr, weil ich jetzt unbedingt eine merkwürdige Weiterentwicklung der Geschichte von unserer Tafelrunde berichten muss: Gerade wollte ich mich erheben, um ihn mit ein paar Worten zu mäßigen, ich wusste nur noch nicht mit welchen, da zischte Genossin Lili, ohne auch nur die Stäbchen beiseitezulegen oder den Blick von ihrem Gedeck zu nehmen: >Kommissar Wu, hör auf, dich hier wie eine Kröte aufzublasen. Du verstößt gegen die Sitten. Setz dich einfach auf deinen Platz.<

Ich mag das Wort >Zischen< in einer Nacherzählung nicht besonders, schon deswegen, weil es so billig nach Operette oder Groschenroman klingt, doch an dieser Stelle, lieber Sascha, meine ich >Fauchen<, also irgendetwas im Zusammenhang mit >Feuer< und, verzeih, dass ich das Bild noch einmal benutze, der Bildung von unschönen kleinen Blasen um die Mundpartie.

Darauf wechselte die Gesichtsfarbe des Kommissars in der Geschwindigkeit eines verschreckten Chamäleons von Puterrot zu Leichenfahl, der vormalige Dompteur begann verbindlich zu schnurren, ließ den Stuhl sinken und setzte sich auf den für ihn vorgesehenen Ehrenplatz, direkt neben Louise, und griff artig nach seiner Serviette.

Der ganze Vorgang hat wohl eine längere Vorgeschichte, die ich nur aus verschiedenen Fragmenten zu einem Bild von Oberfläche und Hintergrund zusammensetzen kann. Der eine, der oberflächliche Teil ist pikanter Natur und erklärt sich wohl daraus, dass Genossin Lili eine gewisse Macht über den Kommissar erlangt hat, weil die beiden bis vor kurzem eine Leidenschaft für einander ausgelebt haben, aus welcher der Kommissar nicht als glücklicher Gewinner hervorging. Der Kommissar, das habe ich dir früher schon anvertraut, legt großen Wert auf seinen Ruf als ›Lenzwunder‹, das scheint sein wunder Punkt zu sein. Den Hintergrund der Geschichte kann ich vorerst nur andeuten, er ist mir erst nach und nach klargeworden, als ich die Gespräche oder, man kann auch sagen Verhöre, der letzten Wochen noch einmal Revue passieren ließ.«

»Schreibst du noch lange?«, fragt Anna Wang.

»Gib mir noch eine Viertelstunde, dann bin ich wieder ganz bei euch.«

»Um es kurz anzudeuten: Unsere, nun ja, DIE Führung hat beschlossen, das ganze Projekt ›Terrakotta-Armee‹ als ihr eigenes zu übernehmen. Das bedeutet zum einen, die Organisation läuft jetzt nicht mehr über unsere Stadt oder die Provinz, ihr Geschick liegt in viel, viel höheren Händen. Kommissar Wu, um nur ein Beispiel zu nennen, ist jetzt nicht mehr der Leitwolf, als den er sich so gerne sieht, er ist nicht einmal mehr der Wolf, den mutige Pilzesammler zu befürchten haben. Denn künftig gibt es Spezialausschüsse, die über staatliche oder Stellen der Partei den Tourismus – hier nennt man es ›die Industrie ohne Rauch‹ – in eine glorreiche Zukunft führen wollen. Was naturgemäß bedeutet, dass unser bescheiden begonnenes Unternehmen zu einem Projekt von internationaler Bedeutung aufgestiegen ist. Wir richten die Augen nach New York, nach Frankreich, nach England und nach Deutschland.

Ich muss jetzt gleich schließen, will daher nur in aller Kürze noch anmerken, dass mir ein wenig unbehaglich war, als ich erfuhr, dass die Partei auch die künstlerische Oberhoheit für unser Projekt reklamiert hat, mittlerweile fahren hier selbsternannte Archäologen in Dienstwagen durch die Gegend, deren Kollegen früher allenfalls ein kostenloser Fahrschein für den öffentlichen Busverkehr zugestanden hätte. Diese neuen Experten geben Urteile ab, die mir bisweilen große Sorgen bereiten.

Über eine dritte Entwicklung berichte ich dir in ein paar Tagen, ich kenne sie bislang nur aus Gerüchten, die mir überhaupt nicht gefallen können. Oder vielleicht doch, du weißt, lieber Sascha, der Schwefel des Teufels hat auch immer etwas Verlockendes.

Was Panda aber erst später erfahren soll. Panda liebt Geschichten über die Kunst des Verschwindens und den Zauber der Fälschung. Keine Ahnung woher er das hat. Von seiner Mutter bestimmt nicht. Doch ich darf ihn nicht mit zu vielen Reizstoffen gleichzeitig versorgen. Alles ist eine Frage des Maßes. Ich werde also schweigen. Nächste Woche kann das allerdings schon wieder ganz anders aussehen.

BRIEFWECHSEL

1

In Paris schleppen sich an diesem Morgen träge Wolken nach Osten. Vielleicht werden sie am Mittag die Sonne verdecken, der Wetterbericht will sich da nicht festlegen. Chantal hat Louise zum Frühstück in ihre Wohnung in der Rue Saint-Maur, unweit der Bastille, eingeladen. Der Kaffee riecht wieder, wie Kaffee das soll, die Croissants sind noch warm und schmecken nach Croissants, die Hälfte des Küchentischs bedecken Zeitungen. Auf dem Wäschekorb vor dem Bügelbrett sitzt ein kleiner, schon etwas abgegriffener Pandabär. Aus dem Fenster der Nachbarwohnung singt Joe Dassin den trotzig verschmalzten Kassenschlager dieses Frühjahrs:

Ça va pas changer le monde,
Ça va pas le déranger …

»Du hast also all die Briefe mit den Photos abgeschickt, die dir der alte Graukopf anvertraut hat?«

»Gleich noch am Tag unserer Ankunft. Sobald ich dieses knallrote Geschenkpaket ausgepackt hatte, auf dem in allen möglichen Sprachen ›Tee‹ stand, was aber die Zöllner weder in China noch hier weiter beachteten. Frankiert und verschickt an all die Adressen, die auf den Umschlägen standen. Vom Postamt an der Rue Oberkampf. Alles schon unterwegs nach München, Chicago, Leyden, Cambridge und wohin auch immer. Und bei jedem Klatschen des Stempels auf die Briefmarken einen kleinen Gruß nach Osten, in Richtung von jenem Kommissar Wu geschickt, der unsere kleine Untersuchung sabotieren wollte. Wie früher beim Stoßgebet.«

Louise schließt das Fenster, weil bei den Nachbarn Joe Dassin schon wieder damit begonnen hat, über die Schmerzen des Abschieds zu singen. Sie mag den Sänger, zumindest dessen Stimme, aber nicht in den Fängen eines kleinbürgerlichen Foxtrotts.

»Und warum hast du bei unserem Abschied den Fahrer mit den bunten Hosen, also unseren tapferen Ding Ding, so leidenschaftlich umarmt? Das war nämlich, ohne dich jetzt direkt zu kritisieren, selbst unter Genossen ein wenig auffällig.« Chantal beißt in das Croissant und nimmt einen Schluck Kaffee.

»Weil er mir dabei einen Umschlag unter den Pullover schob. Von unten, um genau zu sein. Man nennt so etwas Camouflage.«

»Das hättest du mir aber auch vorgestern schon im Flugzeug erzählen können.«

»Du warst sofort eingeschlafen, außerdem: In den Maschinen unseres Klassenfeindes, das haben wir doch gelernt, sind Lautsprecher immer auch Mikrophone.«

»Und in dem Umschlag...?«

»Steckte eines der eigenartigsten Angebote, die mir bislang von einem Mann, den ich kaum kenne, gemacht wurden.«

Die beiden lachen, und Chantal singt: »Ça va pas changer le monde, il a trop tourné sans nous.«

»Sag jetzt bitte nichts von Sex oder Liebe oder gemeinsamem Klassenkampf in einem Land der Dritten Welt.«

»Alles durchaus nicht ohne Reiz, doch um einige, Quatsch, um viele Milchstraßen von diesem Angebot entfernt. Ich erzähle es dir später. Natürlich unter der Voraussetzung, dass du mir nicht verschweigst, was du an dem entfernten Tisch mit der Genossin Lili beredet hast, als ihr beiden die Köpfe zusammenstecktet. Ich habe genau gesehen, wie du ihr zum Abschied dein Parfum gezeigt hast. Du weißt schon, das Fläschchen mit, wie heißt das Zeug? Genau: ›Nuits d'Extase‹, von Guerlain. Das war's doch.«

»Jetzt lass uns erst einmal frühstücken. Guerlain ist es jedenfalls nicht. Du meinst vielleicht ›Shalimar‹. Das ist mir zu reaktionär. Ich will doch nicht nach einem indischen Mogul oder dessen Garten riechen. Auch meine Haut lehnt das entschieden ab. Außerdem riecht man das blockweit. Gäbe es jetzt vielleicht auch ein Omelett?«

Chantal öffnet den Kühlschrank und überprüft das Datum der Haltbarkeit auf der kleinen Eierschachtel.

»Ich bin wirklich gespannt auf die ersten Reaktionen auf unsere Briefe aus dem Ausland«, sagt sie, »und genauso auf das Echo, das uns hier in Paris entgegenschlagen wird.«

2

In Cambridge wendet an diesem Nachmittag die Dekanin der archäologischen Abteilung ihren Blick von dem dicken blauen Teppich, den die Blüten des Zweiblättrigen Blausterns vor ihr Fenster gelegt haben und liest noch einmal die kurze Mitteilung, die sie dem jüngeren Kollegen im Westflügel des Colleges geschrieben hat: »Lieber Endymion, fand heute in der Post eine Sendung, auf die ich mir keinen rechten Reim machen kann. Photos aus Frankreich mit einer sehr schlichten Botschaft. Ich wäre dir sehr verbunden, wenn du es einrichten könntest, vor dem Dinner einmal bei mir vorbeizusehen.« Bevor sie den Füllfederhalter zuschraubt, fügt sie noch hinzu: »Es wäre übrigens äußerst hilfreich, wenn du irgendwo ein Vergrößerungsglas auftreiben könntest.«

Die Dekanin deponiert die Mitteilung in dem kleinen Fach vor der Tür, das mit dem Schildchen ›out‹ markiert ist und zieht an der Klingel, die dem Briefboten das Signal gibt. Dann tritt sie an die hohe Bücherwand neben dem neugotischen Fenster und lehnt eine hölzerne Leiter so steil an, dass sie das oberste Regal erreichen kann. Dort findet sie nach nur kurzem Suchen einen Folianten, den sie seit vielen Jahren nicht mehr für ihre Forschungen benutzt hat. Das Werk bewahrt einen Schatz von akademischen Forschungen, den heutzutage kaum einer der Kollegen oder Kolleginnen noch zur Kenntnis nimmt. Das bezeugt schon die verblasste, handgeschriebene Ausleihnummer, die noch aus der Zeit vor dem letzten Krieg stammt.

»Liebe Catherine, Ich ziehe meinen Hut vor deiner, wie soll ich das ausdrücken, also vor deiner geradezu alpinistischen Verwegenheit«, sagt zwei Stunden später der jüngere Kollege. Ihm sind als erstes die Leiter und die große Lücke im obersten Regal aufgefallen. »Hoffentlich warst du vorschriftsmäßig angeseilt und mit ausreichend Sauerstoff versorgt.«

Statt zu antworten zieht die Dekanin eine frisch entkorkte Flasche Sherry aus einem hohen Fach in der rechten Schreibtischhälfte und füllt die beiden Gläser, die sie neben den Folianten gestellt hat.

»Danke, lieber Endymion, dass du es so schnell hast einrichten können.«

»Wenn man mir ein handgeschriebenes Memo schickt, liebe Catherine, in dem von delikaten Photos aus Paris die Rede ist und von rätselhaften Botschaften, verlasse ich selbst die profunden Seminararbeiten meiner Studenten. Aber wichtig war das Handschriftliche. Am Fernsprecher hätte ich abgesagt. Wie alle in meiner Familie. Fernsprecher sind die Instrumente schleimiger Erpresser.«

Die Dekanin steht auf, um das Fenster zu schließen, durch das gerade noch der honigherbe Duft des Zweiblättrigen Blausterns dringt.

»Um zu diesem Schreiben aus Paris zu kommen...« Sie breitet die zwei Dutzend kleinen Photos auf der dunklen Rückseite des Folianten wie Spielkarten aus. »Das sind die Bilder, die mit der Mittagspost kamen. Aus Frankreich, also direkt aus Paris, dem Stempel zufolge. Dazu diese in korrektem, wenn auch vielleicht etwas zu emphatischen Englisch mit der Maschine geschriebenen Zeilen: ›Unsere Freunde und Genossen in Xi'an bitten Sie, verehrter Freund von Schätzen der weltweiten und von allen Volksschichten beider Geschlechter geschaffenen Kultur, einen unbefangenen Blick auf Materialien zu werfen, die wir uns erlauben, diesem Schreiben in dokumentarischer Form anzufügen.‹«

Catharine reicht das Blatt ihrem Kollegen, der während des Vortrags die Photos wie eine missglückte Patience in immer neue Reihenfolgen gelegt hat. Endymion löst sich mit zwei flinken Wimpernschlägen von den Karten, nimmt die Ecken des Briefes links oben und rechts unten zwischen Daumen und Zeigefinger und kreist mit den Flügeln seiner Nase über das Papier.

Die Dekanin lässt überrascht das Sherryglas sinken.

»Habe ich als kleiner Junge von meinem Onkel Fred gelernt, früher im Dienst in Singapur, hat aber alles überlebt. ERST riechen an einem fremden Dokument, hat er mir beigebracht, das Geschriebene bleibt, der Geruch aber macht sich als erster davon. Zunächst meldet der Geruch die Fälschung. Also was rieche ich?«

»Mein Gott, keine Ahnung, gut, dass ich gerade das Fenster geschlossen habe.«

»Ehrlich gesagt rieche ich nur ein wenig weibliches Parfüm und vielleicht einen Hauch von Butter, die über frische Backwaren gestrichen wird.«

»Das heißt?«

»Das heißt leider sehr wenig. Nun ja, Nordkorea kann man wohl ausschließen, und die CIA betreibt ein eigenes Programm zur Geruchsunterdrückung, hat mir Onkel Fred erzählt. Nein, ich glaube, hier musst du dem Poststempel glauben, dieser Brief kommt tatsächlich aus Paris.«

»Und die Bilder, lieber Endymion, was ist mit diesen Bildern?«

»Was meinst du, liebe Catharine, warum ich die ganze Zeit nur über Gerüche rede? Das ist reine Panik. Ich habe nämlich keine Ahnung. Keinen Hauch von einem Schimmer. Das sollen offenbar die Köpfe von Kriegern sein. Von Kriegern aus einer sehr frühen Zeit. Nicht nur die Köpfe, wir können auch von den ganzen Erscheinungsformen reden. Aber nirgendwo, jedenfalls soweit ich das weiß und auch soweit das dein dickes Nachschlagewerk hier weiß, gibt es verwandte Formen. Nicht bei den Persern, nicht bei den Stämmen hoch oben im Norden Persiens oder im Hindukush...«

»Hier soll es doch um Xi'an gehen, die alte chinesische Kaiserstadt, warst du da nicht gerade?«

»Nein, das ist schon zwölf Monate her, Frühjahr `74, müsste genauer nachschauen, weil wir da eine ganze Reihe von Feldforschungen hatten. Die Jungs von der Botschaft in Peking haben das arrangiert. Da habe ich diese Köpfe zum ersten Mal gesehen. Also ›gesehen‹ ist übertrieben. Praktisch haben wir NICHTS gesehen. Ekelhaft lange Anfahrten über katastrophale Straßen. Beim Denken an diese verschlammten Straßen dreht sich mir jetzt noch der Magen um. Was mir das passende Stichwort gibt: ›Prost‹.«

Die beiden Gelehrten greifen nach den Sherrygläsern.

»Sehr guter Stoff«, kommentiert Endymion, »und im Gegensatz zu manch anderen Objekten, die man uns anbietet, völlig ohne fachfremde Zutaten.«

Catherine zündet sich eine Zigarette an, deren Filter sie zuvor sehr sorgsam abgetrennt hat.

»Jedenfalls ist das Weingut bekannt. Und Nachschub von jederzeit überprüfbarer Qualität.«

Endymion zieht eine kleine Pfeife aus der Westentasche, und klopft damit auf sein Knie. »Konkret kann ich mich jetzt nur an drei oder vier

Sachen erinnern, sozusagen als Ausrufezeichen in meinem Gedächtnis. Unendlich viele Plakate und nervenlähmende Reden, das war das eine. Dann eine kurze Begegnung mit den sogenannten Helden der Altertumskunde. Dabei handelte es sich um zwei gutaussehende Bauern, die, wie uns gesagt wurde, ›den experimentellen Kopf‹ des Fundes darstellten und zwei Funktionäre einer Dienststelle, die für die ›organisatorische Weitsicht‹ verantwortlich zeichneten. Alle vier traten mit einem Spaten über der Schulter auf. Das musst du dir einmal vorstellen, Catherine. Ein SPATEN! Mit so einem Ding hättest du beim Graben einen Kopf spalten können. Ich habe dann, ein wenig ironisch vielleicht, darauf hingewiesen, dass unsereiner bei der Spurensicherung auch schon einmal mit dem Pinsel arbeitet, dem kleinen Sieb oder der Pinzette. Recht besehen sogar häufiger als mit dem Spaten, dafür hat man schließlich seine Leute.«

»Ich kann mir deinen ironischen Ton sehr gut vorstellen, lieber Endymion«, sagt Catherine, die die Gläser nachgefüllt und sich eine neue Zigarette angesteckt hat. »Ich bin sicher, er wurde angemessen übersetzt.«

»Übersetzt wurde von einem mageren chinesischen Graukopf, der aus einem der schwärzeren Kapitel eines frühen Dickens-Romans hätte stammen können. Überraschend kompetenter Kerl. Verstanden hat er offenbar alles, doch übersetzt hat er wohl nur, was im Moment die gute Laune nicht störte. So hat mir das jedenfalls einer aus unserem Sprachendienst auf der Rückfahrt erzählt. Kleiner, übrigens überraschend gutaussehender Kerl.«

Endymion greift noch einmal nach den Photos. »Bin ich schon bei meinem dritten Punkt?«

»Ich habe mitgezählt. Nein!«

»Stunden später, nach einem dieser unsäglichen abendlichen Freundschaftsgemampfe mit unseren Gastgebern, du musst dir das vorstellen, süße Limonade und Hirseschnaps, erzählte mir dann der junge Butterworth, du kennst ihn, der mit dem Stottern aus Oxford ...«

»Ich weiß, er ist jetzt Fellow in All Souls.«

»... erzählte mir also dieser junge Streber, der im Bus immer neben mir saß, dass wir am Nachmittag fast eine Viertelstunde hinter einem

Lastwagen der dortigen Armee hergefahren sein müssen, auf dessen Ladefläche nicht weniger als zwanzig, ich wiederhole ZWANZIG terrakottafarbene Figuren von Kriegern und mindestens zwei schlammgraue Pferde aus Ton zusammengepfercht worden waren. Allerdings habe ich das nicht mit eigenen Augen gesehen. Muss kurz eingenickt sein. Gab schon am Mittag diese Mischung aus Limonade und Hirseschnaps. Aber Butterworth ist zwar aus Oxford und, wie gesagt, ein Streber, doch er hat zwei gute Augen im Kopf. Und so frage ich dich jetzt: Würde unsereiner wertvollste, frisch ausgegrabene Objekte aus dem zweiten Jahrhundert vor unserer Zeitrechnung auf den Ladeflächen von Lastwagen mit harten Reifen durch die Gegend karren lassen? Reifen ohne Profil, wie Butterworth behauptet. Bei diesen erbärmlichen Straßenverhältnissen?«

In Cambridge läuten tagein, tagaus von vielen Türmen Glocken in den kapriziösesten Tonfolgen. Eines der wichtigsten Geläute kündigt jetzt das Dinner an.

»Wir müssen aufbrechen und unsere Talare anlegen«, sagt die Dekanin, »unser Rektor, das weißt du, schätzt Disziplin bei formalen Abendessen. Vielleicht noch ein kurzer Drink nach dem Mahl? Ich muss diese Geschichte aus Xi'an irgendwie einordnen, in einen größeren Zusammenhang stellen. Darüber würde ich gern noch ein paar Worte mit dir wechseln. Aber komm bitte nicht in deinem Talar. Darin wirkst du wie eine Luxusausgabe von Nosferatu mit zu schwachen Schulterpolstern. Bring' lieber die kubanischen Zigarren aus dem Refektorium mit.«

Catherine steht auf und öffnet wieder das Fenster zum Garten, vor dem die Blüten des Zweiblättrigen Blausterns noch längst nicht zur Ruhe gekommen sind.

Drei Stunden später klopft Endymion an die Tür der Dekanin, seinen blauschwarzen Talar über den rechten Arm geworfen, in der linken Hand fünf in hell glitzernden Tubos gehüllte Zigarren, vermutlich kubanischer Herkunft.

»Für mich läuft die Geschichte auf nur wenige zentrale Fragen heraus«, beginnt Catherine, nachdem die Rituale des Beschneidens, Befeuchtens und Bezündens hinter ihr liegen, »die erste wäre: Wenn wir es in Xi'an trotz deiner vorhin so eindrucksvoll vorgetragenen Skepsis mit einem sensationellen Fund zutun haben, was bedeutet das für unser Fach. Heißt das, wir haben etwas übersehen?«

Endymion zieht die Glutspitze zunächst wie einen Pendel vor seiner Nase, um seiner Antwort noch ein kleines Moment mehr der Spannung hinzuzufügen. »Nein, ganz im Gegenteil«, antwortet er, »du musst nur das aktuelle Geschehen in einem größeren Zusammenhang sehen.« Die Glutspitze beschreibt jetzt einen großen Kreis. »Welchen Stand hat heute die Archäologie im wissenschaftlichen Wettbewerb? Wohin fließen die öffentlichen und – wichtiger noch – die privaten Mittel der Sponsoren? In die Archäologie? Nein, das muss ich dir nicht erzählen. Bemannte Raumfahrt, der absolute Schwachsinn amerikanischer Kriegsingenieure ist der Kassenschlager, dann kommt, nein, ich höre hier auf. Du musst nur begreifen, liebe Catherine, dass mittlerweile jedes unserer akademischen Fächer das braucht, was die Amerikaner ›glamor‹ nennen. Dann regnet es die Dukaten vom Himmel. Das heißt für uns, dass auch wir, in unserem gottverlassenen kleinen Forschungsgebiet, nicht mehr auf die kleine Silbermünze setzen, die wir nach sorgfältigsten Forschungen in einem genauso gottverlassenen Tal im nördlichen Wales gefunden haben, um zu beweisen, dass hier einmal ein inkontinenter Wikinger auf der Flucht Metall geschissen hat, ich meine...«

Die Dekanin hebt eine beschwörende Hand. »Ich verstehe sehr gut, was du meinst, Endymion, und gönnen wir doch einmal dem Teufel seinen Auftritt. Aber können wir es uns leisten, einer, sagen wir, einer zumindest fragwürdigen Entdeckung in China unsere gelehrte Aufmerksamkeit zu schenken, auf die Gefahr hin, unseren akademischen Kredit zu verspielen?«

Erkaltete Asche stürzt von Endymions Romeo y Juliet auf dessen Talar.

»Du begreifst das Wort ›Kredit‹ leider nur in seiner wissenschaftlichen, nicht in dessen ökonomischer Bedeutung. Die Bilanz unseres Colleges hier in Cambridge ist Gottseidank durch Liegenschaften gesichert. Grundbesitz, nicht akademische Wahrheit. Daher haben wir einen gewissen Spielraum.«

»Noch sind wir ja nicht im Spiel, aber du empfiehlst also wohlwollende Neugier, angesichts einer möglichen Fälschung?«

»Unsere amerikanischen Freunde werden mit Getöse einsteigen, weil sie denken, sie könnten Sensationen riechen. China ist im Augenblick sehr billig, hat aber Konjunktur, auch dafür haben unsere Vettern dort eine ausgeprägte Nase. Wir sollten zunächst also, um es in deinen klugen Worten zu sagen, in wohlwollender Neugier stillhalten, mehr bleibt uns ohnehin nicht übrig.«

»Und wenn die Geschichte explodiert?«

Dann, liebe Catherine, suchen wir auf bewährte Weise nach dem Asyl der Ignoranz.«

»Packendes Bild, ist das von dir?

»Könnte gut sein.«

3

Zwei Tage später, an einem weißblauen Montagmorgen, beugen sich an der Münchner Leopoldstraße die Professoren Finsterbusch und Trauzettel über zwei Dutzend Photos, die in einem gelben Umschlag ohne Absender im Seminar für Ostasiatische Sprachwissenschaften eingetroffen sind.

»Irgendetwas kommt mir hier nicht ganz koscher vor«, sagt Rolf Trauzettel, »ich rede jetzt nicht von dem fehlenden Absender, ich meine diese Gesichter. Natürlich bin ich auf diesem Gebiet nicht der Spezialist. Aber wir haben ja beide vor kurzem die ersten offiziellen Aufnahmen von den Grabfunden aus Xi'an gesehen, schon da stiegen in mir Zweifel hoch.«

Die Spezialistin auf diesem Gebiet ist Käthe Finsterbusch, auch sie hat aus Leipzig den Weg in den Westen gewählt, aber verfolgt seither den Aufstieg ihres Kollegen, der ursprünglich aus Dresden stammt, mit kritischer Distanz. »Ich muss dir beipflichten«, sagt sie dennoch nach kurzem Zögern, »entweder stimmt etwas nicht mit den Reproduktionen, oder es stimmt etwas nicht mit den Objekten. Mich erinnert das...«

Rolf Trauzettel nickt zustimmend.

»Mich erinnert das auch an gewisse Praktiken aus dem Osten, da ging es ja auch oft wild zu mit Gesichtern, es erinnert mich aber noch viel stärker an diese Geschichte mit den Etruskern im Metropolitan Museum in New York«, vollendet Käthe Finsterbusch den Satz. In das fragende Gesicht des Kollegen sagt sie noch: »Sie wissen schon, da ist auch plötzlich eine neue Armee entstanden und im Museum gelandet. Sechzig Jahre hat es gedauert, bis der Schwindel ans Licht kam.« Sie schüttelt den Kopf. »Aber ich kenne noch einen Professor aus Nanjing, einen Professor Yang, bei dem habe ich zwei Semester studiert, dann verschwand er während dieser fürchterlichen Kulturrevolution. Jetzt soll er wieder in Xi'an, in dem Museum der Provinz aufgetaucht sein. Ich werde einmal vorsichtig nachfragen.«

4

Beim Auktionshaus Sotheby's in der Londoner New Bond Street liegt der gelbe Umschlag drei Tage lang ungeöffnet in der mit »Eingang« markierten Holzschachtel auf dem Schreibtisch von Jonathan Bolton. Bolton, ein Neuling in der Firma, soll sich in den Markt für Ostasiatika einarbeiten, ist aber in der Verwaltung auch für Post zuständig, die keinem bestimmten Empfänger zugeordnet werden kann. Wie eben für jenen Umschlag, der an einen Mr. William Sotheby adressiert ist und ohne Absender in Paris aufgegeben wurde. Schon seit gut anderthalb Jahrhunderten gibt es im Unternehmen keinen Mr. Sotheby mehr.

Jonathan Bolton betrachtet die Photos, blättert in zwei oder drei Katalogen, stößt aber auf keinen Hinweis, der ihm weiterhilft. »Köpfe«, notiert er auf seinen Schreibblock, »angeblich aus Xi'an, Hauptstadt der chinesischen Provinz Sha'anxi, Männer mit breitem Schnurrbart, eng aneinanderliegenden Augen, fein gezeichneten Brauen, mittelhoher Stirn, buschigem Haaransatz und auffälligem Kopfschmuck.« Unter diese Zeilen setzt er noch seine Initialen und das Datum des Empfangs, bevor er seinen Befund mit den Photos wieder in den Umschlag steckt. Dann zündet er sich eine Zigarette an und überlegt, an welche Stelle im Haus er die Sendung weiterleiten kann. Das Haus ist übrigens ein Gewirr von Gängen und Treppen.

5

Kein gelber Umschlag ist in jenem noch jungen, für seine kühne Streichholzarchitektur so berühmt gewordenen Museum im Südosten der USA angelangt. Dennoch wird auch hier an diesem Nachmittag heftig über die Grabungen im entfernten China geredet.

»It's a must«, ruft der Leitende Kurator, der gerade aus Paris zurückgekehrt ist, wo die chinesischen Funde Gegenstand anstrengender Diskussionen über die Möglichkeiten der Kunst waren. »Und ich füge ganz gelassen hinzu, für unser Museum muss und werden diese Stücke auch zu einem ›It's a first‹ werden. Wir werden die Ersten auf diesem Kontinent sein, die hier Exponate aus Xi'an ausstellen. Was China und Kultur angeht, waren die USA die ersten, die auf Pingpong setzten, wir werden es uns auch nicht nehmen lassen, die ersten zu sein, wenn es um Terrakotta geht. Terrakotta ist ein uramerikanischer Klassiker, gerade hier, in unserem Teil der Welt.«

Der Leitende Kurator fährt über den langen dunkelroten Schal, den er seit seinem Besuch in Paris wie eine priesterliche Stola über seinem schicken Overall trägt.

»Vor allem müssen wir den Kollegen in Atlanta zeigen, dass wir hier die Nase vorn haben«, pflichtet ihm seine Assistentin bei. Auch Elaine hat sich in Paris neu eingekleidet: burgunderrote Knickerbocker über braunen Kniestrümpfen und ein hochgeschlossenes Polohemd mit Fasanenmuster. »Denkt nur an die Magie der Farben: An jenes unverwechselbare, ins Rot spielende Nussbraun. Ihr alle in diesem Raum könnt euch ausmalen, was passiert, wenn die Kulturabteilung von Coca Cola auf diese Fährte gebracht wird. Dann fließen mehrstellige Millionenbeträge nicht zu uns, no Sir, sie bleiben in Atlanta. Von den Besucherströmen muss ich erst gar nicht reden.«

Der Museumsdirektor blättert in den Unterlagen der Fachpresse, die ihm zur Vorbereitung auf die Sitzung in Ausschnitten auf den Schreibtisch gelegt wurden. »Es sind nun in der Tat Funde aus jüngster Zeit«, sagt er und nimmt die Pfeife aus dem Mund, »und ein ehrgeiziges junges Museum wie das unsere sollte der Zeit nicht hinterherhinken.« Er klemmt die

Pfeife zurück in die linke Zahnreihe. »Ich schätze ihren Enthusiasmus, meine Damen und Herren, allerdings muss ich zu bedenken geben, dass wir nicht nur dem Geist der jüngsten Zeit verpflichtet sind, sondern, etwas altmodisch gesagt, einem Gebot der akademischen Seriosität. Kann mir also einer von ihnen eine Spur von Gewissheit verschaffen, dass wir uns hier auf kunsthistorisch gesichertem Gelände bewegen?«

»Mit allem Respekt, Herr Direktor, gestatten Sie mir dazu zwei Überlegungen«, sagt der Chefkurator, »die erste betrifft den Gedanken und die Wirkungsweise eines Museums ganz allgemein. Die wichtigste Aufgabe eines Museums liegt nicht darin, Schätze zu bewahren, sie liegt vielmehr darin, historische und aktuelle Verbindungen herzustellen.«

Der Chefkurator blickt kurz zum Direktor, dann in die Runde, um den Zuhörern Zeit zu geben, diese Worte einwirken zu lassen.

»Wir bestimmen nicht, was Kunst ist, wir setzen Ströme des Bewusstseins miteinander in fruchtbare, oft auch in tödliche Beziehung zueinander. Der Kunst ist das Element der Zerstörung zutiefst wesenseigen. War es, nebenbei bemerkt, auch schon immer. Kunst ist eine eigene Form der Quantenmechanik. Ein Schwarzes Loch der Kreativität und des Verschwindens.«

»Die haben sich in Paris nicht nur neu eingekleidet, die haben auch ihr Hirn waschen, legen und föhnen lassen«, wispert die Leiterin der Bibliothek ihrem Nachbarn ins Ohr. »Aber der Schal würde dir auch gut stehen.«

»Meine zweite Überlegung: Was ist gesicherte Wahrheit in der Kunst? Elaine und ich hatten darüber mit unseren französischen Kollegen höchst stimulierende Gespräche, die oft bis in die tiefe Nacht dauerten. Und wir waren uns einig: Kunst hat kein Alter. Kunst legitimiert sich auch nicht durch Alter. Kunst ist Inspiration, oder sie ist nichts. Deshalb hat, mit tiefem Respekt, Herr Direktor, der von Ihnen verwendete Begriff ›kunsthistorisch gesichertes Gelände‹ erheblich an hermeneutischer Schärfe verloren und müsste dringend ersetzt werden.«

»Dabei sollten Sie vielleicht nicht unbedingt auf mich zählen«, sagt der Direktor und führt noch einmal ein Streichholz an den Pfeifenkopf, »aber das können wir ja auch später noch besprechen. Wie sieht es denn, sollten wir uns in dieser Woche für das Projekt entscheiden, mit der Realisierung aus? Zeitpläne, Kosten für Werbung, Kontakte, Transport, Versicherung, all das, was zu den anderen Schwarzen Künsten eines Museums gehört?«

Elaine streicht eine Locke hinter ihr Ohr und hebt dann die linke Hand. »Ich fühle mich da nicht direkt zuständig. Doch zu den Punkten ›Kosten und Versicherung‹ möchte ich hier nur Ihre Aufmerksamkeit darauf richten, dass diese chinesischen Objekte so neu sind, dass sich ihr realer Wert auf dem Kunstmarkt noch nicht abgebildet hat. Daher dürften die Prämien für die Versicherung eher niedrig ausfallen.«

»Das lässt uns hoffen«, sagt der Direktor, »jedenfalls solange wir selbst keine Anteile an entsprechenden Unternehmen halten.«

»Zu dem Punkt ›Kontakte‹ möchte ich schnell anmerken, dass wir in Paris zwei französische Intellektuelle kennengelernt haben, die erst vor wenigen Wochen die Ausgrabungsstätten von Xi'an besuchen durften und mir einige Namen von Verantwortlichen anvertraut haben. Die Namen von zwei chinesischen Archäologen und einem Russen, der wohl eher Kunsthistoriker ist.«

»Russe klingt nicht so gut«, sagt der Direktor.

»So wie ich unsere Freunde verstanden habe, lebt dieser Russe dort im Exil«, sagt Elaine. »Er soll ursprünglich aus Leningrad stammen.«

»Russe im Exil klingt schon sehr viel besser.«

»Mein Bruder kennt jemanden aus dem Russischen Museum. Er fliegt übermorgen nach Leningrad, um dort über Leihgaben für eine Ausstellung zum Thema ›Pop Art und Suprematismus‹ zu verhandeln. Also Kasimir Malewitsch und Andy Warhol, um hier einmal zwei große Namen zu nennen. Das diskutiert man gerade an der Ostküste.«

»Sehr unwahrscheinlich, dass dabei etwas herauskommt«, sagt der Direktor. »Aber in der Kunst ist ja vieles möglich.«

»Immerhin spricht mein Bruder sehr gut Russisch!«

Das nächste Treffen wird in zwei Wochen stattfinden, gleich am Dienstag nach dem Memorial Day.

6

Sascha, der Vetter von Leo Zwirn, sitzt an diesem Tag am Schreibtisch seines engen Büros in Leningrad und blättert in dem Gutachten, das er am nächsten Morgen dem Komitee für den internationalen Austausch von Leihgaben vorzulegen hat. Der Bericht ist fast fertig, es fehlt nur noch jener letzte, stets heikle Absatz, der das persönliche Urteil des Sachverständigen über Befürwortung oder Ablehnung eines noch nicht verabschiedeten Projektes enthalten muss.

Es ist Ende Mai und dennoch empfindlich kalt. In der Frühe hat es gehagelt, dann schien kurz die Sonne, jetzt türmen sich wieder Schneeflocken über den Sprossen der beiden ungeputzten Fenster. Zwischendrin, wir sind schließlich in Leningrad, zuckt Wetterleuchten durch den Raum.

›Man könnte‹, überlegt Sascha, ›dem Komitee eine Empfehlung auch damit begründen, dass man vor wenigen Jahren Arbeiten des Künstlers Malewitsch bereits an ein Museum im Westen, genauer in Amsterdam, hat verschicken lassen, was damals schon vom Standpunkt der Devisenbeschaffung eine vertretbare Entscheidung war. Die Renovierung der Heizanlage im Russischen Museum hat davon nicht unerheblich profitiert.‹

›Das Komitee weiß aber auch‹, sagt nach kurzem Zögern eine innere Stimme, ›dass es zu einem Skandal kam, als die Experten in Amsterdam herausfanden, dass es sich bei dem berühmten *Schwarzen Quadrat* von Malewitsch um eine Fälschung handelte.‹

›Das war damals ein ganz anderes Komitee‹, antwortet Sascha der inneren Stimme. ›Die Mitglieder sind längst abgelöst und durch andere ersetzt worden.‹

Mit einer gewissen historischen Großzügigkeit ließe sich auch die Herkunft der Familie Warhol als im Grunde russisch, gut, immerhin ukrainisch, ins Feld führen. Die Geburtsorte auch der künstlerischen Avantgarde hätten sich somit praktisch schon seit mindestens einem Jahrhundert zwischen den Breitengraden der heutigen Sowjetunion befunden, so könnte man gefahrlos argumentieren. Sascha nimmt die Brille ab und reibt mit zwei Fingerspitzen über seine Stirn, bevor er sich eine frische Lucky Strike zwischen die Lippen schiebt.

›Kann man hier tatsächlich von einem Jahrhundert sprechen? Kasimir Malewitsch ist nicht wirklich das Problem. Der stammte aus Kiew, und dessen hundertster Geburtstag steht in zwei Jahren auf dem Programm. Aber Andy Warhol? Merkwürdig, dass ausgerechnet jetzt überall wieder von unserem Malewitsch die Rede ist. Der Amerikaner aus dem Museum in Boston, der hier vor zwei Wochen vor seinem Schreibtisch saß und so auffällig unauffällig eine ganze Stange seiner Zigaretten auf den weit geschwungenen Haken des Hutständers ablegte, redete über den Maler wie von einer Ikone – oder einem Aktienpaket. Irgendetwas deutete sich hier an. Nur was genau? Dieser Amerikaner, Rob oder Bob oder wie immer er heißt, wird heute Nachmittag noch einmal vorbeikommen, um sich zu verabschieden. Ich habe ihm gesagt, dass bis dahin noch keine Entscheidung gefallen sein wird, das Ganze kann Wochen, wenn nicht Monate dauern. Aber er hat darauf bestanden. Warum hat er so ganz nebenbei den Namen Leo Zwirn fallen lassen? Er kann ja keine Ahnung davon haben, dass ich jedes Mal, wenn der Name Malewitsch fällt, an meinen Vetter denken muss. Seit gut zehn Jahren, wenn nicht länger, habe ich nichts mehr von ihm gehört. Dabei hat er damals auf dem Flughafen geschworen, mir mindestens jeden Monat in einem ausführlichen Brief aus seinem neuen Leben zu berichten. Gut, wir leben in politischen Systemen, in denen Briefe aus verschiedensten Gründen nicht immer ankommen. Mit den Chinesen hatten wir seit dem Ende der diplomatischen Beziehungen ganz besondere Schwierigkeiten. Aber unser Leonidowitsch hat sich in solchen Fällen doch immer einen besonderen Trick ausgedacht.‹

Sascha zündet sich eine weitere Zigarette an, ohne zu bemerken, dass aus dem Aschenbecher noch der Rauch der letzten zur Decke steigt.

›Aber wenn dieser Amerikaner, dieser Bob oder Rob, tatsächlich mit Zwirn in Verbindung steht, dann könnte man den doch bitten, einen kleinen Brief, vielleicht auch nur ein Kärtchen, in dessen nächste Korrespondenz mit dem Vetter einzutüten. Und diesen Brief nicht aus Leningrad, besser auch nicht aus Boston, sondern vielleicht aus Wien abschicken zu lassen. Da muss der Amerikaner ohnehin umsteigen. Wien ist neutral, ist eine Stadt der Museen, ist der ideale Ort für unauffällig Post an andere Zentren des weltweiten Kunstgeschehens. Es bleibt aber dennoch die Frage: Warum ist der Name Leo Zwirn überhaupt gefallen?‹

Sascha erhebt sich von seinem Schreibtisch und tritt zu dem kleinen Waschbecken neben der Tür, um sich die Hände zu waschen. Manchmal hilft ihm das beim Nachdenken. Während er sich die Hände trocknet, blickt er in den Spiegel über dem Becken und sagt zu dem graubärtigen Antlitz, das von dort erwartungsvoll zurückblickt: »Warum fragst du das den Amerikaner nicht direkt?«

»Ich hoffe, ich komme nicht zu früh«, hört er in diesem Augenblick dessen Stimme, »verzeihen Sie, die Tür war offen, ich habe zwar geklopft, doch draußen hat es gedonnert. Soll ich vielleicht später noch einmal vorbeikommen? Kein Problem. Ich bräuchte dafür nur einen neuen Erlaubnisschein.«

»Warum haben Sie mich vorgestern nach Leo Zwirn gefragt?«, fragt Sascha und deutet auf den Stuhl für Besucher. »Wie sind Sie überhaupt darauf gekommen, dass ich oder irgendjemand in diesem Haus über den Genossen Zwirn spezielle Auskünfte geben könnte, die für unser Projekt zu Malewitsch und Warhol von Bedeutung seien?«

»Er hat doch in Ihrer Abteilung des Russischen Museums gearbeitet, und er gilt in der einschlägigen Fachliteratur nach wie vor als ein führender Experte für die Werke von Kasimir Malewitsch.«

»Leo Zwirn hat unser Haus nicht nur zu meinem, vielmehr zu unser aller Bedauern vor vielen Jahren verlassen. Ich persönlich habe keine Ahnung, in welchem Winkel der Welt er zur Zeit seine für uns stets erkenntnisreichen Aktivitäten entfaltet. Zuletzt, wenn ich mich recht erinnere, hat ihn unser Außenministerium in den Fernen Osten vermittelt. Wohin genau, kann ich Ihnen leider nicht sagen. Kennen Sie denn seinen jetzigen Aufenthaltsort?«

Wie ihm der zuständige Sekretär im Generalkonsulat geraten hat, zieht jetzt der Besucher eine Flasche Cognac aus der Aktentasche und stellt sie auf den Schreibtisch.

»Kleiner Gruß aus Frankreich«, sagt der Amerikaner beiläufig. »Nein, ich habe nur von einem Museum im Westen der Volksrepublik China gehört, mit dem Freunde von mir zusammenarbeiten oder zusammenarbeiten wollen. Sehr komplizierte Geschichte, wie ich höre. Viel Geheimniskrämerei, sensationelle Funde, Nationalschätze, die zum Weltkulturerbe erklärt werden sollen, Grabungen. Sie kennen die einschlägigen Probleme. Sehr schwer, mit denen zu kommunizieren. Also geht viel nur über Kuriere, die hin- und herfahren, um das ganze Theater auf der Bühne zu halten.«

»Und dort soll Leo Zwirn stecken? Das ist doch gar nicht sein Spezialgebiet.« Sascha ist aufgestanden und zieht aus einem Regal von Karteikästen neben dem Fenster zwei Cognacschwenker, die schon im Gebrauch waren, als die Familie Romanow noch über das Land und damit auch über das Museum bestimmte.

»Vielleicht hat er sich ja in ein neues Fesld eingearbeitet. Über Kasimir Malewitsch wird er dort jedenfalls nicht arbeiten.«

Sascha füllt die beiden Gläser, hält das seine dem Gast entgegen und legt die freie Hand auf sein Herz. »Ich bin Sascha, darf ich Sie Rob nennen?«

»Die anderen nennen mich Bob, aber Rob gefällt mir auch sehr gut, Sascha.«

Wie im Film wird das Zusammenstoßen der Gläser von einem Wetterleuchten ins Grelle gerückt.

»Ich kann dir nicht viel versprechen, lieber Rob, doch ich denke, ich kann mein Komitee überzeugen, wenn wir uns auf eine bestimmte Summe einigen.« Sascha setzt das Glas ab, schreibt eine Zahl auf den Rücken eines Briefumschlags, legt den Zeigefinger über die geschlossenen Lippen und deutet auf die Deckenlampe.

»Ich werde sehen, was sich machen lässt«, sagt Rob und tippt im Gegenzug mit seinem Zeigefinger das Zeichen des Begreifens einer stillen Botschaft an die Stirn.

»Noch eine kleine Bitte, lieber Rob! Verschiedene Freunde in diesem Haus würden zu gern einen Gruß an unseren alten Kollegen Zwirn schicken. Du verfügst ja über eine Adresse. Ich hoffe, es macht dir keine allzu großen Umstände, beim Rückflug für uns ein kleines Schreiben, vielleicht in Wien auf dem Flughafen, in einen Briefkasten zu stecken? Nur einen belanglosen freundlichen Gruß von uns allen.«

»Überhaupt kein Problem. Nein, eher ein Beweis deines Vertrauens. Nur zwei, drei Anrufe aus dem Konsulat, und ich habe die Adresse in China. Ist für mich, wie wir bei uns sagen, ein Vergnügen. Lass den Brief mit einem Vermerk an mich einfach beim Portier meines Hotels abliefern.«

Der Amerikaner verabschiedet sich korrekt mit drei Küssen in den Vollbart seines sowjetischen Kollegen.

Sascha schließt die Tür, knipst den Lichtschalter aus und entwirft ein kurzes Schreiben an den Vorsitzenden seines Komitees. »Die andere Seite«, schreibt er, »ist offenbar bereit, auch das Doppelte unserer Forderung für die Leihgaben zu akzeptieren. Im Gespräch fiel auch der Name eines früheren Mitarbeiters unseres Instituts, an dem die Amerikaner offenbar großes Interesse zeigen. Diesem Hinweis werde ich gewissenhaft nachgehen.«

Dann senkt er wieder die Cognacflasche über sein Glas, streicht den Bart und beginnt einen Brief an seinen Vetter Leo in Xi'an, wo immer das liegen mag.

ZEICHEN DER VERÄNDERUNG

1

Irgendetwas hat sich für ihn im Bild verändert. Als wäre ihm beim Betrachten eines seit langem vertrauten Gemäldes, nach neuerlichem Hinsehen, unvermittelt ein winziges Detail verloren gegangen. Nein, nichts, was für das Kunstwerk von entscheidender Bedeutung gewesen wäre. Nur eine winzige Szene am Rande.

Leo Zwirn blickt aus dem Fenster des Museums auf den staubigen Hof, dann auf den Sockel für die unvollendete Statue des Gründers der Volksrepublik. Nein, hier fehlt nichts. Klar, viele, für die Zeit schon schwarzbraune Blätter der Bäume hat gestern der heftige Sturm davongerissen. Ein paar Schmierereien am Sockel sind übertüncht worden. Das war aber schon lange überfällig, es hatte sich bereits ein hoher Parteikader eingeschaltet. Mit jenem Gründer ringt übrigens gerade im jetzt nicht mehr ganz so weit entfernten Peking der Tod. Doch davon haben sich nach Xi'an bislang nur Gerüchte auf den Weg gemacht.

Naturgemäß gibt es Veränderungen im Hof des Museums: Die meisten betreffen die Gestaltung der Anfahrten. So ist der Zugangsweg erheblich breiter geworden. Offizielle Besucher bevorzugen Auftritte mit Publikum und mit Bewegungsfreiheit für ihr Sicherheitspersonal. Aber auch hier sind die entsprechenden Maßnahmen bereits vor zwei Monaten abgeschlossen worden.

Zwirns Blick kehrt zurück zum Sockel für das Denkmal, und plötzlich wird ihm klar, was seine Irritation ausgelöst hat: Es stehen nicht mehr vier, es stehen dort nur noch drei Kinderwägen nebeneinander geparkt. Und es sitzen auch nur noch drei Frauen auf der Bank, von denen kleine Wölkchen zum Himmel steigen.

2

»Sie war immer die jüngste von uns«, sagt die Älteste, »in ihrem Alter kann man noch viel lernen, obwohl, in dieser sogenannten Industrie ohne Rauch, die ist so neu, diese Industrie, da kann es überhaupt noch nicht viel zu lernen geben.«

Ihre Nachbarin zur Linken zieht das Zellophan von der Zigarettenschachtel und bietet den Freundinnen eine neue Runde an.

»Das Ganze nur, wenn ihr mich fragt, weil ihr Neffe darauf bestanden hat, dass ein Mitglied seiner Familie diesen Posten übernimmt. Der Neffe hat behauptet, Familien würden jetzt wieder sehr wichtig, aber in einem guten Sinn, nicht wie früher, wo einem aus der Familie immer ein böser Strick gedreht werden konnte, weil sie meistens politisch belastet war, wenn es nicht um die Ärmsten ging.«

»Alles, was ist, war eigentlich schon immer einmal da, hat mir mein Großvater gesagt.«

»Nicht die ›Industrie ohne Rauch‹.

Die drei Frauen kichern.

»Und was macht sie in der neuen Position für ihren Neffen?«

»So wie ich es verstanden habe, soll sie sich um Antiquitäten für ausländische Gäste kümmern. Es wird eine neue Behörde in der Stadt geben, die darüber entscheidet, was ›wertvolles Kulturgut‹ ist. Die ausländischen Gäste, die früher zu uns kamen, haben sich mehr für das neue China interessiert, unseren Weg zum Sozialismus, die revolutionäre Lösung von gesellschaftlichen Widersprüchen, ihr kennt das.«

»Das kennen wir sehr gut«.

»Die neuen ausländischen Gäste wollen dagegen lieber das Alte in China sehen. Das sagt jedenfalls der Neffe. Er nennt es den ›Widerspruch zwischen Angebot und Nachfrage‹. Ich habe das auch noch nicht so recht verstanden. Wahrscheinlich kommt diese Losung aus dem Westen.«

»Bis vor kurzem mussten wir doch dieses sogenannte Alte immer bespucken, mit Füßen treten...«

»Oder vergraben...«

»Für die Sammlung von Schnupftabakflaschen aus der Ming-Zeit, die der Großvater schon als Student begonnen hat, musste mein Bruder einen Schacht unter dem Gebäude der Parteileitung ausbuddeln...«

»Sag das jetzt nicht so laut, auch Sockel haben bisweilen Ohren!«

»Was ist also die neue Losung?«

»Denkt an den Gemüsemarkt. Wenn dort die Preise für, nehmen wir nur Melonen, Pfefferschoten oder Weißkohl, hochgehen, sagen die Verkäufer: ›Der Frost hat die ganze Ernte zerstört.‹ Dasselbe wird jetzt für die ›Industrie ohne Rauch‹ durchgeführt. Man ersetzt nur das Wort ›Frost‹ durch das Wort ›Große Proletarische Kulturrevolution‹. Die war unser Frost, der jetzt die Preise für das Alte hochtreibt. Gerade für die Gäste aus dem Ausland, die wieder das Alte suchen und dafür viel Geld bezahlen. Aber es ist ja praktisch alles zerstört worden, wie die Händler sagen. Also sehr teuer.«

»Und dahinter steckt der Neffe?«

»Dahinter steckt die Zukunft.«

»Alles, was ist, das hat doch der Großvater immer gesagt, war irgendwie schon einmal da. Ich finde das sehr tröstlich. Hoffnungsvoll für Menschen in unserem Alter. Irgendwie. Jedenfalls besser.«

Die drei Frauen stehen auf, zupfen an ihren dunklen Gewändern und beugen sich über die Kinderwägen.

3

»Der Postbote fragt, ob er dich um die ausländischen Briefmarken bitten darf«, sagt Anna Wang beim Mittagessen zu ihrem Mann. »Er meint, du könntest vielleicht nichts mit ihnen anfangen, die Umschläge seien ja sonst wertlos, aber sein Sohn interessiere sich sehr für Geographie und du kriegtest ja viel Post aus fernen Ländern.«

Leo Zwirn legt die Stäbchen auf sein silbernes Messerbänkchen aus Russland. Ein kleiner, langgestreckter Pfau, den Anna von ihrer letzten Dienstreise mitgebracht hat. Jugendstil, wie er sofort erkannte. In Shanghai werden diese Objekte jetzt wieder auf dem Markt für Altwaren feilgeboten.

»Sehr geschickt eingefädelt«, sagt Zwirn, »ich meine diese Bitte um Briefmarken. Früher habe ich nie Post aus dem Ausland erhalten, da wurden die Marken vermutlich gleich bei der Zensur vom Umschlag abgelöst. Und landeten dann wohl direkt auf dem Schwarzmarkt.«

»Briefmarken sind immer wertvoll. Schon weil sie klein sind, leicht zu verstecken und oft geheime Botschaften enthalten. Aus welchen Ländern hast du in den letzten Tagen Post bekommen?« Die Frage wird von einem interessierten Lächeln begleitet, das den Nachhall der zwei schattigen Wörter ›geheime Botschaft‹ mühelos ins Spielerische kreiselt.

Da Anna Wang von ihrer Dienstreise auch Mehl und Speiseöl von einer Qualität mitgebracht hat, wie es selbst in dem kleinen Laden gegenüber dem Bahnhof nur selten zu erstehen ist, gibt es heute Blini nach Art des Hauses. Anna und Leo nennen Gerichte, die sie gemeinsam entwickelt haben, ihren ausländischen Gästen gegenüber entweder »nach Art des Hauses« oder »à la Wilde Wesen«. Das hilft beim Entfachen eines Gesprächs mit diesen Besuchern, die oft glücklich sind, wenn sich die Unterhaltung über Gemeinsamkeiten zwischen, etwa, russischen Blini und chinesischen Frühlingsrollen oder deutschen Maultaschen und italienischen Ravioli bewegt. Für manche wird die Volksrepublik China durch diese Erörterungen weniger rätselhaft.

»Ich habe die Briefe noch gar nicht durchsehen können. Fragst du das jetzt wegen der Briefmarken oder der geheimen Botschaften?«

»Naturgemäß wegen beidem. Im Büro hat man mir erzählt, du seiest mittlerweile ein international gefeierter Stern am Himmel der Altertumskunde.«

»Das kann ich übertrumpfen, ich bin mittlerweile sogar auf Erden wieder eine amtliche Person.«

Anna gleitet vor Überraschung ein Blini aus den Stäbchen: »Was soll das heißen?«

»Seit drei Tagen bin ich wieder ein behördlich dokumentierter Mensch mit Vor- und Vatersnamen, Geburtsort und -datum, dazu selbstverständlich mit einem Photo, dessen, wie wir Altertumsforscher sagen, also dessen Authentizität durch ein fettes Amtssiegel alle Zweifler zum Verstummen bringen wird.«

»Hat Kommissar Wu...?«

»Nein, die Arbeit stammt nicht aus unserem Haus, das Dokument erhielt ich direkt aus der Hauptstadt. Zu Kommissar Wu gleich mehr und leider wohl Unerfreuliches, doch zunächst würde ich gern mit dir auf meine zweite Geburt anstoßen, wenn sie auch nur bürokratisch ist.«

Der Champagner stammt nach wie vor aus Weißrussland. Als Anna ihr Glas absetzt, bemerkt Leo Zwirn zwei Tränen, die streng symmetrisch aus ihren schwarzen Brombeeraugen quellen.

»Ich hätte auch vor Freude weinen können.«

Anna greift nach ihrem Taschentuch. »Du bist also wieder frei«, sagt sie, »frei, in deine Heimat und frei zu deinen neuen Freunden in der ganzen Welt zu reisen. Dazu kann man dir nur aufrichtig Glück wünschen. Ich wusste ja, dass es irgendwann einmal dazu kommen würde.«

»Wir sollten das zum Anlass nehmen, heute Abend mit unseren Freunden zu feiern«, sagt Zwirn, der in diesem Moment nicht begriffen hat, was Anna alles ausdrücken will. »Ich bin sicher, auch Direktor Wen, Frau Wu und der Graukopf, sogar Genossin Lili und ihr Freund mit den guten Manieren und den ausgefallenen gefleckten Hosen werden gerne kommen.«

4

»Anna hat gestern geweint, und ich habe zunächst wirklich nicht richtig verstanden, was sie bewegte«, schreibt Leo Zwirn an seinen Vetter Sascha, »doch bevor ich jetzt fortfahre, möchte ich dir erst einmal aus tiefem Herzen für dein Lebenszeichen danken. Es erreichte mich aus einem Land, das ich mit Peter dem Großen für Besuche aus unserem Volk schätze. Das wirst du bedacht haben, obwohl der Absender naturgemäß kein Zar, sondern ein Kollege aus der Neuen Welt war, der mich übrigens vor zwei Wochen in Xi'an aufgesucht hat. Die ganze Welt gibt sich mittlerweile hier die Ehre.

Dieser Kollege aus den Vereinigten Staaten war inzwischen hoffentlich auch so freundlich, das ausgewählte Konvolut meiner bisherigen Briefe an dich weiterzuleiten. Vielleicht fandest du ja auch schon Zeit, in ihnen zu lesen. Meine Archivarin hat die ›Korrespondenz‹ seit vielen Jahren sehr sorgfältig zwischen die Buchdeckel dreier sowjetischer Klassiker des Marxismus gepresst. So waren sie über die Jahre als ›keinesfalls geheimnisträchtig‹ vor allen behördlichen Schnüffeleien bestens geschützt.

Besondere Mühe gab sich die Mitarbeiterin übrigens mit der Umschlaggestaltung, einer Kunst, deren Niedergang ich seit langem bedauere. Bei jedem zehnten neuen Eintrag gab es eine Flasche Champagner für die Archivarin, auch daher nannten wir das ganze Unternehmen sehr verschwörerisch ›Flaschenpost‹. Davon vielleicht später mehr und Unterhaltsameres, doch jetzt schnell zurück zu meiner Anna und deren Tränen.

Als mir klar wurde, wie betroffen sie sich fühlte, wollte ich die Angelegenheit mit einem Witz aus der Welt schaffen und sagte: ›Ich bin doch nicht der Ritter Lohengrin, der nach Feststellung seiner Identität sofort in die Heimat zurückeilt‹, aber Anna verstand an dieser Stelle nur die Wörter ›Heimat‹ und ›zurückeilen‹, von Wagners Oper hatte sie nie gehört, und so schluchzte sie noch heftiger. Irgendwann ist dadurch Panda aufgeschreckt worden, der in seinem Zimmer mit zwei Freunden spielte. Zu dritt kamen sie dann hereingestürzt und führten, um Anna zu trösten, den ›Tanz der kleinen Sonnenblumen‹ auf, ein Spektakel, das sie einst im Kindergarten gelernt haben, so ergreifend kitschig, dass Anna wieder zu lachen begann.«

Zwirn greift nach einem neuen Blatt und füllt sein Rotweinglas. »Vor unserem Tempel tanzen, das hat mich gerade belustigt, Panda und seine Freunde jetzt zu merkwürdig groben Rythmen, die sie weiß der Teufel wo aufgefangen haben. Die Jungen sind jetzt in einem Alter, das man auf Chinesisch sehr lyrisch ›die lenzgrüne Periode‹ nennt, deutlicher gesagt: Sie stecken voll in der Pubertät. Die Tanzschritte sind provozierend gemeint, natürlich dem anderen Geschlecht gegenüber, mich erinnern sie aber in erster Linie an Figuren, die diese Kinder vor sieben oder acht Jahren gelernt haben, 1969 als am Urussuri chinesische gegen sowjetische Einheiten kämpften, und ich hier in Xi'an glücklich war, von überhaupt keiner Nation reklamiert zu werden. ›Wir schlagen den Polarbären, wo wir ihn treffen‹, schrien und tanzten damals schon die Siebenjährigen. Gott bin ich froh, dass auch diese Zeit vorbei ist.

Anna hat inzwischen, davon bin ich überzeugt, auf ihre pragmatisch chinesische Weise begriffen, dass mich nicht nur meine Liebe zu ihr und Panda, sondern auch die äußeren Umstände an meinen hiesigen Aufenthaltsort fesseln. Es wäre für die politische Führung in unserem Haus völlig undenkbar, meiner neuen ›Identität‹ auch noch den Stempel der ›Ausreisebefähigung‹ hinzuzufügen. Ich bleibe also für alle gewöhnlichen Belange des Lebens eine ›tote Seele‹. Schließlich bin ich durch meine bisherigen Tätigkeiten und nicht weniger durch die Einbindung in ganz neue Projekte zu einer Person geworden, die eines besonderen Schutzes bedarf. Das hat mir erst heute Morgen ein politischer Kommissar bestätigt, ein Typ, um noch einmal Gogol zu zitieren, ›den allein das schlichte Übelwollen auf eine poetische Weise inspiriert‹. Stammt das Bild überhaupt von Gogol? Du wirst mich belehren.«

Die Tür zu seinem Studio öffnet sich, zunächst nimmt Zwirn nur einen riesigen Strauß von Pfingstrosen wahr, doppelt so groß wie der Kopf von Anna, die in der anderen Hand eine Vase hält.

»Sie sind erst heute Morgen eingetroffen«, sagt Anna, »hoffentlich nicht zu spät. Ich habe sie auf der Rückfahrt in Luoyang bestellt. Pfingstrosen aus Luoyang sind die berühmtesten. Der Blumenhändler ist übrigens der Vetter eines alten Freundes aus Shanghai.«

Zwirn räumt die Papiere auf seinem Schreibtisch beiseite, und Anna arrangiert die Blumen in der Vase. »In der chinesischen Kultur stehen Pfingstrosen seit mehr als tausend Jahren auch für Schüchternheit«, sagt sie, »und um anzudeuten, dass sich der Überbringer für einen gewissen Vorfall schämt.«

Ihr Mann erhebt sich aus dem Sessel und nimmt Anna in die Arme. »Bei uns gilt die Pfingstrose als ein Geschenk von Göttervater Zeus an seine Tochter Artemis, damit sie weiterhin Wunden heilt, wenn ich die Geschichte richtig behalten habe. Und wenn ich jetzt ›bei uns‹ sage, habe ich keine Ahnung, von welchem ›uns‹ ich da gerade geographisch rede. Aber vergiss nicht: In Leningrad hat man mich vom Hühnerhof gejagt, hier in Xi'an bin ich zum Phoenix geworden.«

»Solange Panda und ich dazugehören, ist mir die Geographie egal.«

»Ach und zur Geographie und dem Wohlbefinden hier noch ein schneller Satz, den mir mein Großvater beigebracht hat.« Zwirn überlegt einen Moment, legt dramatisch den Kopf zurück und sagt: »Wer zu große Schritte macht, dem zerreißen schnell die Hosen.«

»Dann solltest du heute besonders vorsichtig sein. Genossin Lili kommt in einer Stunde, hat sie mich gerade wissen lassen und will mit dir über ihre Zukunft reden. Über ihre eigene Zukunft und über das ihr eigenartig erscheinende Verhalten von Kommissar Wu.«

»Ich werde mich nicht von der Stelle bewegen«, sagt Zwirn, »davor muss ich meinem Vetter Sascha nur noch erklären, was mir der Amerikaner neulich zum Thema ›Antiquitäten auf Nachfrage‹ erklärt hat. Keine Angst, ich schreibe das alles nur in den reinsten Begriffen des historischen Materialismus. Die Rosen, meine Liebe, lass mich das noch einmal sagen, diese Rosen sind ein erfüllter Traum.«

Er küsst Annas Hand, steckt die Nase tief in eine der roten Blüten, greift dann mit der linken Hand zur noch brennenden Zigarette im Aschenbecher neben der Vase und demonstrativ mit Daumen und Zeigefinger zum Füllfederhalter.

»Dieser Amerikaner redete in lauter Andeutungen, lieber Sascha, ich kann mich hier auch täuschen, doch ein gewisses Grundmuster scheint mir schon erkennbar: Es geht schlicht um die Kunst der Steuerung, also das, was wir bei uns vor noch nicht allzu langer Zeit als die ›Wissenschaft der Kybernetik‹ bezeichnet haben. Ganz neu ist das also nicht, mein Freund, der alleswissende Anatom Yang, hat mir gestern erzählt, irgendein arabischer Mathematiker aus dem Mittelalter habe dafür den Begriff ›Algorithmus‹ eingeführt. Oder umgekehrt gehe der Begriff des Algorithmus auf jenen Araber zurück. In unsere Sprache übersetzt bedeutet das ganz schlicht: Die Vielfalt der Erscheinungen muss auf eine möglichst kleine Zahl von sehr einfachen Merkmalen kleingerechnet werden. Das ist, sagen wir, bei einem Gemälde von Kasimir Malewitsch, wenn du dich an unsere damaligen Bemühungen erinnerst, keine sehr große Herausforderung. Ein schwarzes Quadrat auf der Leinwand hat eben, künstlerisch betrachtet, nur wenige spezifische Merkmale. Umso wichtiger wird die Geschichte, die über dieses Quadrat erzählt wird, mithin das, was wir ›die Aura‹ nennen. Ich will hier nicht übertreiben, doch in diesem

Erschaffen einer Aura, banal gesagt: einer fesselnden Geschichte, darin genau liegt unsere Aufgabe. ›Fälschung‹ ist ein viel zu billiger Begriff, kunsthistorisch, geistesgeschichtlich, ja, auch ökonomisch viel zu kurz gedacht, denn wenn wir diese Aufgabe im Sinne von Karl Marx betrachten, leisten wir nicht nur einen materiellen, sondern auch einen unschätzbaren ideellen Beitrag zur Wertschöpfung. Wenn ich dir jetzt noch vertraulich mitteile, dass selbst die Volksbefreiungsarmee...«

Anna Wang unterbricht die Szene und winkt mit einer kleinen Geste die Genossin Lili wie eine Ballerina in das Arbeitszimmer ihres Mannes. Und wie auf der Bühne deutet Lili eine kleine Verbeugung an, bevor sie neben der Vase mit den Pfingstrosen Platz nimmt.

5

»Ich fürchte, er hat über diese Arbeit einen Teil seines Verstandes eingebüßt«, sagt Lili und greift nach der angebotenen Zigarette, »ich rede natürlich von Kommissar Wu und dem Auftrag, den er glaubt, erfolgreich erfüllen zu müssen. Im Namen der Parteiführung, versteht sich, die von ihm angeblich bis Ende des Monats, also in zwei Wochen, einen Bericht verlangt. Einen Bericht, versteht ihr, in dem Wu dokumentieren soll, was er aus unserem Projekt gelernt hat.«

»Das ist ja an sich nicht ungewöhnlich. Wir alle haben eine ähnliche Direktive erhalten.«

»Aber Kommissar Wu hat einen ganz speziellen Auftrag: Er soll erklären, welche besonderen Züge im Gesicht eines Menschen für dessen Wiedererkennung eher wichtig sind und welche eher nicht.«

»Für eine Wiedererkennung?«

»Im Kultusministerium der Hauptstadt sind Meldungen aus dem westlichen Ausland gesammelt worden, in denen bezweifelt wird, ob die Gesichtszüge der Krieger unserer Terrakotta-Armee tatsächlich den wahren Gesichtszügen chinesischer Soldaten jener Zeit entsprechen.«

»Eine Unverschämtheit und typisch für die Lakaien der früheren Kolonialmächte«, sagt Zwirn. »Wahrscheinlich weil wir die ersten waren, die eine Armee ans Licht gebracht haben, von der niemand behaupten kann, sie habe je Schaden angerichtet.« Er schüttelt angewidert den Kopf. »Doch damit musste man früher oder später rechnen. Ich werde Anna bitten, uns einen Tee aufzutragen. Kommissar Wu ist doch Manns genug, sich gegen solche Gerüchte zu wehren. Er wird schon die richtige Antwort finden.«

Genossin Lili zieht einen kleinen Spiegel aus der Handtasche und überprüft ihr Make up.

»›Manns genug‹ ist vielleicht genau das Problem. Ich spreche hier aufrichtig unter Genossen, die gemeinsam ein Problem zu lösen haben. Als ich Kommissar Wu gestern aufsuchte, ich wollte ihn nur nach Fortschritten in seinem Bericht fragen, da fand ich also auf seinem Schreibtisch, er war gerade in der Küche beschäftigt, und ich dachte, das ist ja alles rein dienstlich, da fand ich zu meiner Bestürzung...«

»Danke«, ruft Zwirn, als Anna den Tee serviert, »bitte weiter...«

»Ich fand also lauter Texte aus unserer chinesischen Feudalzeit, die sich zwar ausnahmslos mit dem Erkennen und Erfassen eines anderen Menschen befassen, doch sie trugen alle Titel wie ›Wahrer Klassiker der Vollkommenen Vereinigung‹ oder ›Das einfache Mädchen und der Kaiser‹ oder ›Die Taktik der Schildkröte, des Drachens, der Schlange und des Tigers‹ oder ›Die Grotte der weißen Tigerin‹ oder...«

»Danke Lili«, sagt Anna Wang, die leicht errötet ist. »Danke, aber ich glaube, wir alle hier haben verstanden. Waren das Originale oder Nachdrucke?«

»Jedenfalls sehr zerlesen. Ich habe auch sofort den Zusammenhang mit unserem letzten Treffen verstanden. Ich meine jetzt mein Treffen mit dem Kommissar. Da habe ich Wu ein wenig kritisiert. Überhaupt nicht politisch, ganz und gar nicht, aber manche Männer, vielleicht habt ihr selbst einmal die Erfahrung gemacht, bestehen einfach unbedingt darauf, dass das Politische, selbst im Kleinsten, auch das Private ist.«

Auf Lilis Wangen vergrößern sich zwei kleine Punkte zur Größe der Blütenblätter in der Vase.

»Und wenn sie, ich meine diese Männer, dann von einer Schwächung hören, beziehen sie sich oft genau auf das Falsche. Selbst wenn das nur hilfreich gemeint ist, ich meine jetzt die Kritik. Gut möglich, dass ein Mann unter diesen Umständen auf der Suche nach der Wahrheit, also dem Kern einer Person, zu den falschen Dokumenten greift.«

Zwirn gießt sich Tee nach.

»Diese Texte werden den Genossen in der Hauptstadt nicht wirklich weiterhelfen«, sagt er, »und ein unverständlicher Bericht von Kommissar Wu richtet in unserer jetzigen Situation gewiss weniger Schaden an als eine präzise Darstellung, dennoch ...«, er stellt die Teetasse neben den Aschenbecher und zieht die Wodkaflasche aus dem Sekretär, »dennoch sollten wir bald den berühmten Spruch beherzigen, dass nur eine besonders gute Geschichte der Wahrheit die Stirn bieten kann. Diese Geschichte müssen wir noch niederschreiben.«

»Was ich persönlich an dieser Stelle noch sagen will«, sagt Anna Wang hastig, nachdem auch ihre Tasse nachgefüllt wurde, »es hat gar nicht direkt mit unserem Projekt zu tun, nur bin ich gerade sehr glücklich und mit allen möglichen anderen Gedanken unterwegs und deswegen vielleicht auch ein wenig verwirrt...«

Annas Blick trifft auf vier zu hohen Bögen gezogenen Augenbrauen.

»Ästhetik betrachte ich als unverzichtbaren Bestandteil unserer Kultur, Quatsch, ich will nur sagen, ich finde es toll, wie Lili die Kragen ihrer Uniformjacke einfach hochgestellt und an den Spitzen abgeknickt hat. Das hat so etwas Mutiges, wie soll ich sagen, exquisit Französisches. Und verstößt, was mir heute auch gefällt, bestimmt ganz und gar gegen alle Vorschriften.«

Lili lächelt wie eine Schülerin, die überraschend von einer guten Examensnote erfahren hat. »Chantal hat mir den Tipp gegeben, ihr erinnert euch, eine von diesen beiden Französinnen. Natürlich mache ich das nur privat. Aber das Lernen vom Klassenfeind hat bisweilen seine befriedigenden Seiten. Doch lasst mich für das Erzählen unserer Geschichte, von der gerade die Rede ist, noch eine kleine Bemerkung machen: Als ich Kommissar Wu kurz zur Rede stellte, welchen Zusammenhang er denn sähe zwischen dem Schweinkram, den er gerade auf dem Schreibtisch ausgebreitet hätte, und dem Bericht, den er abliefern müsse, sagte er und tat dabei sehr verwundert: ›Die suchen doch keine Schuldigen, wofür ich früher zuständig war, die wollen nur wissen, was sie – also die Führung – aus eurem Projekt für die Zukunft alles lernen können. Jetzt gilt es, das geschlachtete Schwein erst einmal sorgfältig zu zerlegen‹, so hat der Kommissar wörtlich gesagt. ›Wer kriegt den Rücken, wer den Kopf, wer das Tellerfleisch oder die Füße? Alles andere spielt im Augenblick nicht die geringste Rolle. Für deren Träume zeichnet selbst der Himmel keine Grenze‹, das waren ganz konkret seine Worte.«

»Und für deine Träume, Lili?«

Lili schaut kurz zur Decke und inspiziert dann ihre sorgfältig gepflegten Fingernägel. »Ich richte mich selbstverständlich nach den Aufgaben, die mir die Partei stellen wird. Allerdings...«

»Allerdings?«

»Es gibt da offenbar mehrere Möglichkeiten, deshalb möchte ich euch jetzt gern um euren Rat bitten. Ich muss mich nämlich zwischen zwei Linien entscheiden: der Linie des Kommissars, der behauptet, die Partei werde auch in Zukunft auf die chinesische Vergangenheit setzen, und einer anderen Linie, die das Gegenteil behauptet.«

»Und wer vertritt die?«

»Genau betrachtet ist es noch keine richtige Linie, eher eine Reihe von Punkten, die miteinander zusammenhängen. Aber erklärt hat mir diese Punkte unser Freund Ding Ding.«

»Der mit den auffälligen Hosen?«

»Sein Vater war ein sehr hoher Funktionär, wurde das Opfer einer Verschwörung und ist erst vor wenigen Wochen rehabilitiert worden«, sagt Lili gelassen, als beantwortete das die Frage nach den Hosen. »Das wird auch das Leben von Ding Ding verändern«, fügt sie hinzu, vielleicht um sicher zu gehen, damit jeden Aspekt der Frage erschöpfend gewürdigt zu haben.

Zwirn greift nach einer Zigarette und dem Feuerzeug mit dem Abbild des ehemaligen Vertreters des verstorbenen Parteivorsitzenden, das Kommissar Wu vor langer Zeit auf seinem Schreibtisch liegengelassen hat.

»Bei einem englischen, nein, ich glaube, es war sogar ein irischer Schriftsteller, jedenfalls irgendwo dort geboren, habe ich einmal einen wertvollen Hinweis für das richtige Vorgehen bei lebenswichtigen Entscheidungen gefunden. Dieser Autor schreibt sinngemäß, dass die ältesten europäischen

Volksstämme jede wichtige Entscheidung zweimal trafen. Einmal am Abend, wenn die Männer sich in einen Rausch getrunken hatten und der Mut zur Tat den nüchternen Verstand bezwang. Und dann...«

»Lass mich raten«, sagt Anna Wang und stellt die Wodkaflasche zurück in den Sekretär. »Und dann am nächsten Morgen, wenn alle wieder halbwegs nüchtern waren.«

»Woher weißt du das?«

»Deine Frau ist Restauratorin. Die frühesten Brennanlagen für Schnaps, da lassen unsere archäologischen Funde aus dem Neolithikum keinen Zweifel zu, stammen aus der unmittelbaren Nachbarschaft von Xi'an. Hirse war damals im Spiel, desgleichen Honig, und die entsprechenden Gefäße stehen in unserem Museum, jedenfalls ihre zusammengefügten Scherben.«

»Und was bedeutet das?«

»Wir sollten spätestens übermorgen unsere Freunde noch einmal zum Abendessen einladen. Alle Freunde: Frau Wu, »den Merker«, Professor Wen, dazu seinen Freund, den Graukopf, auch wenn nichts übersetzt werden muss. Aber selbstverständlich den Anatomen Yang. Du, Lili bist sowieso wieder dabei und wirst hoffentlich Ding Ding mitbringen.«

»Und Kommissar Wu?«

»Wenn der nicht kommt, muss ein anderer seine Rolle übernehmen.«

»Ich könnte mir das vorstellen«, sagt Genossin Lili. »Aber vielleicht sollte unsere Frau Wu den Part übernehmen. Sie kann ihn am besten nachmachen. Nur darf ihr der Schluckauf keinen bösen Streich spielen. Schade nur, dass unsere Freundinnen aus Frankreich nicht dazukommen können.«

6

Louise und Chantal sind von ihrem Seminar in die kleine Wohnung an der Rue Saint-Maur zurückgekommen und trinken Anis-Schnaps. Die späte Nachmittagsstunde lädt dazu ein, nicht weniger auch der plötzliche Einfall der Sonne auf den Balkon. Sonne war schon seit Tagen nicht mehr.

»Ich weiß, dass die Marke Ricard dem neuen Trend entspricht, trotzdem finde ich ihn einfach besser als Pernod. Irgendwie nicht so kehlig.«

»Ich mag das Wort ›kehlig‹. Du hast ganz recht. Der Geschmack von Pernod erinnert immer so an die Arbeiterklasse im 19. Jahrhundert und an Schwindsucht oder Geschlechtskrankheiten. Besonders nach einem Seminar über Émile Zola.«

»Besonders in der Kehle.«

»Unser Professor trinkt, wie du weißt, immer nur Pernod. Für ihn ist das, wie er sagt, ›die Setzung eines signifikanten Zeichens‹. Schluck für Schluck. Wobei ich, ehrlich gesagt, noch immer nicht begriffen habe, wie ein Zeichen auch ›nicht-signifikant‹ sein kann.«

»Hast du seinen letzten Vortrag über das Thema ›Die Metaphysik der menschlichen Bindungen‹ gelesen? Wir waren ja in China, als er ihn gehalten hat.«

Louise greift nach dem seidenen Fächer, den ihr Ding Ding zum Abschied am Flughafen von Xi'an geschenkt hat.

»Der Professor hat mich gestern sogar um einen Kommentar gebeten. Sein Assistent hat mir das Redemanuskript geschickt. Ich will das jetzt nicht spannend machen, doch könntest du noch einmal nachschenken?«

»Mit Eis?«

»Unbedingt, Eiswürfel sind so unbestechlich bürgerlich.«

Es schnarrt und klopft an der Tür der Wohnung. Das ist der Briefträger, doch es vergehen einige Momente, bis Chantal die Geräusche deutet und zur Tür läuft.

»Aus der Volksrepublik China«, ruft der Briefträger. »Ich wollte nur fragen, ob ich die Marken vom Umschlag ablösen darf. China ist für manche ein Zeichen, für die Klasse der Arbeiter und nicht nur für die Sammler von Postwertzeichen.«

Ihr Glas hat sich Chantal inzwischen selber nachgefüllt.

»Wir sprachen gerade über den Professor und über menschliche Bindungen«, sagt Louise, die jetzt einen dick wattierten Umschlag in der Hand hält. »Der Professor ließ mich über seinen Assistenten bitten, in meinen Anmerkungen ›klassisch freudianisch assoziativ‹ vorzugehen.«

Chantal wirft eine Kusshand in die zögerlich graurot herabsinkende Dämmerung. »Klassisch freudianisch assoziativ«, wiederholt sie. »Ein Gedanke wie aus einem Trachtenanzug, nein, besser noch: der Gedanke als Trachtenhut, geschmückt mit Birkhahnfedern, also mit eindeutig sexuellem Bezug. Hast du dem Professor schon geantwortet?«

»Noch nicht. Aber ich habe so eine Idee.«

»Erzähl sofort und mach dann bitte den dicken Umschlag auf, ich weiß doch, wer der Absender ist. Und vergiss nicht, dass wir später noch mit unserer Frauengruppe verabredet sind. Wir haben versprochen, über die Lage der Frau in China zu diskutieren, das können wir nicht mehr absagen.«

Louise findet in der Schublade des Schreibtisches eine Schere und beginnt, den Umschlag an der oberen und der unteren Kante aufzuschneiden.

»Ich werde dem Professor schreiben, dass er bei dem Thema ›Metaphysik, Verbindungen und Bindungen‹ unbedingt die Sitte des Fußbindens im vorrevolutionären China erwähnen muss.«

»Genial! Passt wunderbar in unser Thema von heute Abend.«

»Der Professor redet naturgemäß über allen möglichen Kram in der europäischen Kulturgeschichte, über die Literatur der französischen Aufklärung, was weiß ich, über Goethes ›Wahlverwandtschaften‹, dazu noch die einschlägigen Metaphern aus der Chemie. Alles steuert auf einen Buchtitel zu, der vermutlich ›Bindung als Unterwerfung‹ lauten wird. Was Titel angeht, kennt der Professor den Buchmarkt sehr genau.«

»Wie bist du darauf gekommen? Ich meine auf die Geschichte mit den Füßen?«

Louise zieht einen Stapel von Photos aus dem Umschlag und legt den Stoß so auf den Tisch, dass nur die weiße Rückseite zu erkennen ist.

»Ich habe mich plötzlich an eine Szene erinnert, als wir vergeblich versuchten, zu dieser Ausgrabungsstelle zu kommen, du weißt schon, wir waren alle nass bis auf die Knochen, doch als ich endlich ins Hotel kam, war ich viel zu erschöpft und habe nur den Mantel ausgezogen, mich aufs Bett geworfen, ohne an irgendetwas anderes zu denken als an meine Frustration über unser gescheitertes Unternehmen. Aber das war nur so ein schnelles Wetterleuchten im Hirn, danach bin ich wohl eingeschlafen.«

»Und wo war ich?«

»Du hattest noch eine Verabredung mit dem jungen Mann in den komischen Hosen, du weißt schon, der Busfahrer.«

»Ding Ding. Die Wiedergeburt der höflichen Manieren im chinesischen Manne!«

»Ich kann nicht sehr tief geschlafen haben, eher war es wohl so ein Schlummern, aus dem ich langsam erwachte, als ich merkte, wie mir die Genossin Lili die Stiefel abstreifte.«

Chantal füllt die beiden Gläser nach.

»Weiter!«

»Das war keine große Geschichte. Sie streifte mir also sehr sanft die schmutzigen Stiefel von den Füßen, dann auch die nassen Socken und legte sich rechts neben mich. Da blickte ich auf ihre Füße an der Bettkante und sah, dass auch sie sich Schuhe und Baumwollsocken ausgezogen hatte.«

»Begrüßenswert, wenn man in ein fremdes Bett steigt.«

»Ich habe mir auch nur gedacht: Gott, sie wird genauso müde sein wie ich, doch dann fühlte ich ein zartes Tasten oder Pochen an meinem kleinen rechten Zeh, nur so ein unbestimmbares Signal, ein paar Herzschläge später wurde mir klar, dass es sich deutlich mehr um ein erregendes Streicheln handelte, das von ihrem kleinen linken Zeh ausging. Nein, ich will das hier nicht übertreiben...«

»Aber es hat dich, sagen wir, stimuliert?«

»Ehrlich gesagt war es kein unangenehmer Kontakt. Ungewohnt, doch den ganzen Körper hochsteigend. Bis ins Hirn. Gut möglich, dass mir deshalb der Gedanke kam, den Professor auf das Thema ›gebundene Füße‹ im Zusammenhang mit der Metaphysik von Bindungen aufmerksam zu machen.«

Chantal blickt auf ihre Uhr. »Haben wir noch Zeit, die Photos anzuschauen? Nicht, dass mich die Fortsetzung deiner Geschichte nicht brennend interessierte.«

»Leider nicht. Disziplin und Pünktlichkeit sind proletarische Tugenden, an denen wir festhalten müssen. Wir könnten aber nach der Sitzung hier noch ein kleines Glas nehmen. Oder zwei. Die Photos, ich habe nur einen flüchtigen Blick darauf geworfen, sind fast sämtlich Porträts unserer Freunde. Ich habe sie als unseren ganz eigenen Satz Tarot-Karten in ihrem Stapel belassen. Wir können sie nachher wie bei einer Séance aufdecken. Wer ist der Narr, wer der Herrscher, wer der Magier, wer sind die Liebenden? Erinnere dich an den Satz von Leo Zwirn: ›Entscheidend sind die Geschichten, die wir aus den Fakten machen.‹«

DIE NEUE FREIHEIT

1

Manches hat sich seit seiner Ankunft in Xi'an verändert – Bauten, Straßen, einige Baumgruppen, die aneinander Halt suchen –, das meiste ist aber gleichgeblieben, vertraut wiedererkennbar wie der Park vor dem Museum und das Podest aus Zement, dem immer noch die Statue von Mao, dem Großen Steuermann, fehlt. ›Und die heftigen Staubwinde aus der Gobi‹, denkt Zwirn, der mit dem Koch auf dem Gemüsemarkt nach besonderen Pilzen für das Essen am Abend sucht. ›Heute ist wieder so ein Tag: Der Himmel getreu einer literarischen Vorlage, *nass und schwer wie eine Pferdedecke*, mithin verhangen und gleich wieder zerrissen von wilden Böen, deren Sandkörnchen auf der ungeschützten Haut der Bewohner wie Moskitostiche brennen.‹

Auch das kennen die Bewohner der Stadt, seit sie hier leben, deshalb bleibt kaum ein Teil der Haut ungeschützt, naturgemäß auch das Gesicht. Alles wird verhüllt mit dichten Schleiern und einem Mundschutz, der das Antlitz vom Unterkinn bis zu den Augen abdeckt. Wer es sich leisten kann, trägt eine Sonnenbrille, wer nicht, schließt so oft wie möglich die Augen und hält eine schützende Hand davor.

»Wehrlos sind nur das Obst und das Gemüse«, sagt der Koch und lacht. »Sie müssen sich schon zeigen, damit sie nicht verwechselt werden.« Er zieht zwei Bündel Rettich aus der Holzkiste des Verkäufers und wischt sie frei von ihrem Staub. »›Mundschutz‹, sagt meine Frau immer, ›da muss ich an die Peking-Oper denken, also an die Masken der Darsteller. Alle tragen Masken. Da weiß ich sofort, wer der Schurke ist und wer die Gute. Darauf ist Verlass. Warum führt unsere Partei das nicht ein und lässt stattdessen das Volk mit den immer gleichen Masken herumlaufen, bei denen kein Mensch erkennt, ob man dieser Person trauen kann oder nicht.‹ Sagt meine Frau, und sie sagt auch, dass die meisten in ihrer Arbeitsbrigade dasselbe denken. Eine Frau hat immer auch ihre Sicherheit im Auge. Geht mir ja genauso, nach all den Jahren mit den dauernden Neuanfängen.«

»Die Partei«, mischt sich ein anderer, nicht weniger vermummter Kunde ein, der seine blaue Schirmmütze bis über die Sonnenbrille trägt, »die Partei kennt alle Gesichter und alle Masken. Sie bestimmt nur, wann die

Zeit gekommen ist, allen Feinden die Masken herunterzuziehen. Entscheidend ist das Gesicht.«

Bevor sich ein Streitgespräch entwickeln kann, zahlt Zwirn für den Rettich und zieht den Koch mit sich mit.

»Gibt es eigentlich noch den alten Laden für Feuerwerkskörper, du weißt schon, das Geschäft hinten in der Weststraße? Panda hat mitbekommen, dass es heute Abend zu einem Fest kommt, und deshalb wünscht sich unser Sohn, wie er sagt: ›modernen Himmelszauber‹.«

»An einem Abend wie heute? Bei diesem Wetter?«

»Panda hat darauf bestanden. Er möchte später Kosmonaut werden, als erster Chinese. Das ist nun einmal sein Traum.«

Der Laden in der Weststraße ist nicht geschlossen, doch zu dieser Jahreszeit ist das Angebot an Feuerwerkskörpern recht dürftig. Vereinzelte Knallfrösche unterschiedlichen Umfangs und ein paar Böller, aufgereiht wie Zwiebeln an langen Schnüren, liegen in den Regalen, eher kärglicher Stoff für die Phantasie eines ehrgeizigen Schülers, der sich vorgenommen hat, souverän den Kosmos zu durchstreifen.

2

Sie treffen Ding Ding auf dessen Weg zum Tempel der Ausgedehnten Menschlichkeit. Auch Ding hat sich vermummt, doch die bunten Hosen verraten ihren Träger auch bei widrigstem Wetter.

»Kein Problem«, sagt Ding, »ich weiß, wo ich nach Feuerwerkskörpern zu suchen habe, das Wetter wird später auch für einen klaren Himmel sorgen, ich habe mich bei den zuständigen Stellen erkundigt.«

»Wir wollen um sechs beginnen«, sagt Zwirn, »mit dem Essen natürlich, nicht mit dem Feuerwerk, hoffentlich lässt sich das einrichten, ich meine das mit dem Himmel und später mit dem Feuerwerk.«

»Kein Problem«, sagt Ding noch einmal, als sei das seine Beschwörungsformel für alle Widrigkeiten des Alltags und des Kosmos. »Ich fahre danach zum Bahnhof, um meinen Vater abzuholen.«

»Deinen Vater?«

»Meine Familie stammt aus Xi'an. Mein Vater und seine Frau wurden fünf Jahre lang unschuldig verfolgt und in ein Arbeitslager in der Wüste verbannt. Wie der Anatom Yang, wie der Mann, den ihr den Graukopf nennt, wie auch der Professor Wen. Aber jetzt ist er wieder rehabilitiert. Sehr hoch rehabilitiert.«

»Dann musst du ihn doch unbedingt zu unserem heutigen Abendessen einladen! Dann gehört er doch zu uns.«

Ding Ding verbeugt sich und tippt mit der Ehrerbietung eines Schauspielers an seine Wollmütze. »Meinen Vater kann man nicht einladen. Er entscheidet jetzt selber, wo er auftritt und wo nicht. Und er entscheidet auch wann.«

»Sag ihm bitte, er sei uns jederzeit willkommen!«

Ding antwortet nicht, er tippt nur noch einmal an seine Mütze.

3

Irgendetwas an dieser kleinen Geste befremdet Zwirn. Als habe sich plötzlich ein leiser, falscher Ton in eine Melodie geschlichen, die zuvor noch sehr harmonisch klang. Zwirn zündet sich eine Zigarette an. ›Recht betrachtet‹, denkt er, ›ist es heute bereits der dritte falsche Ton. Das zweite kleine Signal von sich ankündigenden, doch nicht vollständig zum Vorschein gekommenen Bockshörnchen des Schicksals.‹

Am Morgen ist es zu einer kleinen Auseinandersetzung mit Anna gekommen, nichts Schlimmes, es ging um Panda, der sein altes Kindermädchen mit einem Schimpfwort bedacht hatte, das er, Zwirn, für lustig, Anna hingegen für strafwürdig hielt. Das stämmige Kindermädchen, das wie alle halbe Jahre seine alte Dienststelle besuchte, hatte sich zum Schutz vor dem Sandsturm in einen teefarbenen Umhang aus Jute oder Leinen gehüllt und sah darin tatsächlich ein wenig aus wie die neue Kreation einer rustikalen Schnapsmarke. Der Name des Getränks steht in einem Glück verheißenden rotem Karo auf dem Bauch der Flasche und lautet: »Schnaps der Schnapsteufel«. Panda hat gestern das Objekt in der Küche entdeckt und Freude an dem ihm neuen Namen »Schnapsteufel« gefunden. Also nennt er das ehemalige Kindermädchen »Schnapsteufel«, als sie ihm Vorhaltungen wegen des nicht geschlossenen Gartentors macht.

Nein, das war kein richtiger Streit mit Anna gewesen. Als besorgte Mutter legt sie eben großen Wert auf Respektbezeugung und Disziplin im Umgang mit der älteren Generation. Leo Zwirn dagegen ist beglückt über die boshafte Phantasie seines Sohnes. Wie gesagt, es war nichts Heftiges. Trotzdem hat auch der Wortwechsel zwischen dem Paar eine winzige Irritation hinterlassen, unauffällig wie ein kleiner Holzsplitter, der fast unbemerkt in die Haut eingedrungen ist und sich nur bemerkbar macht, wenn die Stelle zufällig wieder berührt wird.

»Ich habe übrigens zu unserem Abendessen auch noch einen früheren Kommilitonen aus Shanghai eingeladen«, hat Anna Wang nach dem Gespräch über Schnapsteufel gesagt, »der Sohn eines alten Freundes meiner Familie. Ein Kunsthistoriker. Wenn ich es richtig verstanden habe, arbeitet er oder vielmehr soll er hier für eine neu eingerichtete Abteilung der Armee arbeiten, die den Verkauf von Antiquitäten zentral regelt.«

»Aber er kennt doch unsere kleine Runde gar nicht.«

»Ich sagte doch schon, er ist ein guter alter Freund und gerade erst in unserer Stadt angekommen. Stört dich das vielleicht?«

Alle Männer reagieren verschieden, wenn sie von überraschenden Besuchen alter Freunde ihrer Frauen erfahren, das kennt Zwirn nicht nur aus der Literatur. Er hat daraus gelernt, sich zunächst einmal nicht aufzuregen. Also macht er einen Spaziergang in die Altstadt und sucht das Vertraute. Der Sturm hat sich gelegt, die Kameltreiber singen die vertrauten Lieder zu den Glöckchen ihrer Tiere, die zum Markt oder den Lagerhäusern getrieben werden, die wenigen Taxis machen mit gespielt aufmüpfigem Hupen Platz für die grünen Fahrzeuge der Armee. Auf den Bürgersteigen spielen alte Männer Schach, umstanden von Passanten, die deren Züge auf dem Brett laut mit Seufzern der Zustimmung oder der Warnung kommentieren. Alles wie gehabt, wären da nicht diese drei Irritationen des Tages gewesen, die ihm die Stadt wie in einem unruhigen Traum langsam, aus der Perspektive von expressionistischen Künstlern vorführen. Künstler, die Dächer neu falten, neu besiedeln, bedrohlich eng zusammenrücken lassen, um ihm, Zwirn unmissverständlich die Botschaft zu überbringen: »Du bist hier eine Erscheinung von außen! Und auch wenn du in einem alten Tempel wohnst und eine Landestochter geheiratet hast, du bleibst eine Erscheinung von außen!«

›Immerhin habe ich dem Land geholfen‹, denkt Zwirn, der sich jetzt auf das Podest für die Statue gesetzt hat und einem alten Gedanken nachhängt. ›Immerhin gebührt mir welthistorisch der Dank dafür, an der Erschaffung der einzigen Armee beteiligt gewesen zu sein, die nie eine Gefahr für Leib und Leben bedeutet hat. Der einzigen Armee! Ich hätte einen größeren Anspruch auf den Friedensnobelpreis als der Amerikaner Kissinger und dieser Vietnamese, dessen Namen kein Mensch korrekt aussprechen kann.‹ Über diese Sätze muss er lachen und beschließt, sie im nächsten Brief an seinen Vetter Sascha unterzubringen. Und da gerade der Name Sascha in seinem Hirn aufgeblitzt ist, erinnert er sich auch an den Umschlag mit Dokumenten, den er zur Weiterleitung an eine Adresse in Paris zu schicken vergessen hat. Gut, dass das Postamt direkt auf dem Heimweg liegt.

4

Vor dem Eingang zum Tempel der Ausgedehnten Menschlichkeit steht ein schwarzer Wagen der Marke Shanghai mit einem Kennzeichen der Volksbefreiungsarmee. Die grauen Gardinen vor den Fensterscheiben der Rücksitze sind zugezogen, der dunkelgrün uniformierte Fahrer lässt einen bunten Staubwedel über die Kühlerhaube quirlen. Auf Zwirns Frage, ob er dem Fahrer ein Getränk bringen lassen könne, schüttelt dieser nur abweisend den Kopf.

Im Tempel findet der Hausherr den vertrauten Platz am Schreibtisch besetzt von einem kahlköpfigen Fremden, der einen grauen, hochgeschlossenen Anzug mit Stehkragen trägt, wie er aus allen Bildern und Denkmälern bekannt ist, die den Gründer der Chinesischen Republik von 1911 zeigen. Anders aber als der »Vater der Republik« trägt der Fremde einen sehr viel mächtigeren Schnurrbart, und auch das breite Kinn ist umwölkt von dunkel gekräuselten Haarpartien.

›Die untere Gesichtshälfte könnte er von Trotzki haben‹, schießt es Zwirn in den Kopf, bevor er sich von seiner Überraschung erholen kann, ›die Augen vielleicht auch.‹

»Ihre Gemahlin, die Genossin Wang, war so höflich, mir diesen Platz zuzuweisen«, sagt der Fremde. »Wie ich verstanden habe, soll hier am heutigen Abend ein Abendessen stattfinden. Genossin Wang meinte, hier würden mich die Vorbereitungen am wenigsten stören. Natürlich komme ich ungelegen, das ist leider unumgänglich. Genossin Wang hat ihren Sohn Panda aufgefordert, mir hier Gesellschaft zu leisten.«

»Panda?«

»Ihr Sohn hat sich vor ein paar Minuten mit einem Buch hinter den Wandschirm vor dem Kachelofen zurückgezogen, irgendeine technische Anleitung der Armee. Ein sehr kluger Junge. Ich werde ihn rufen, wenn Ihnen das Recht ist.«

»Danke, das erledige ich schon gerne selber.«

Zwirn deutet eine Verbeugung an, die er gleich wieder bereut, und macht sich auf die Suche nach seinem Sohn hinter dem seidenen Wandschirm.

»Schnapsteufel mit Bart«, sagt Panda und deutet durch den Schirm auf den Gast. »Schlimmer als jeder Lehrer, härter als jede Lehrerin. Will alles über unsere Familie wissen und verwendet sehr unschöne Wörter.«

Das Dutzend rechteckiger, rot verpackter Geschenke hat die Form einer Abschussrampe angenommen.

»Alles von Onkel Ding Ding«, sagt Panda in das fragende Gesicht seines Vaters, »hat er mir gleich nach der Schule vorbeigebracht. Für den speziellsten Festzauber am Himmel. Für dieses ganz speziellste Wunder, das noch kein Mensch vor mir je erlebt hat.«

›Irgendwann muss ich einmal mit Anna und Panda über den Gebrauch von Superlativen reden‹, denkt Leo Zwirn und streicht seinem Sohn zum Willkommen liebevoll über die Stirn. Dann wendet er sich wieder dem Besucher an seinem Schreibtisch zu. »Darf ich mich nach Ihrem Namen erkundigen?« Es ist weniger eine Frage als eine Aufforderung. »Sind sie vielleicht der Kunsthistoriker aus Shanghai, der mit meiner Frau in Shanghai studiert hat?«

»Mein Name ist Ding!«, sagt der Fremde, »Generalberater Ding«. Er zieht eine Handvoll Visitenkarten aus der linken Brusttasche und breitet sie wie ein Kartenblatt auf dem Schreibtisch aus. »Ich glaube, Sie kennen meinen Sohn.«

In Zwirn kämpft das Gefühl der Erleichterung mit dem der Reue. Wie konnte er sich seine scheue, doch so geschmackssichere Anna an der Seite eines Mannes vorstellen, der aussieht wie ein Porträt für das zu verschiedenen Zeiten Leo Trotzki und Kublai Khan Modell gestanden haben?

»Ich freue mich«, ruft Zwirn, »Ihr Sohn hat uns erst kürzlich von Ihnen erzählt und dabei erwähnt, dass eine kluge Verwaltung in Ihrem Fall ein glänzendes Beispiel für die Rehabilitation von zu Unrecht verfolgten Politikern vorgelegt hat. Wir müssen später darauf anstoßen.«

»Kein Lametta«, sagt der Besucher und winkt eine abwehrende Hand, »die Führung trifft historisch immer die korrekten Entscheidungen.«

»Das soll uns nicht davon abhalten, diesen Entscheidungen unseren Respekt zu erweisen.«

Ding nickt. »Aber vorher müssen wir noch dringend über ein paar andere Themen und ein paar andere Personen reden, die uns gemeinsam bekannt sind.«

»Gemeinsam?« fragt Zwirn. »Aber wir lernen einander doch gerade erst kennen.«

»Ich durfte in Peking Einsicht in Ihre Akten nehmen. Und hier in Xi'an naturgemäß auch.«

»Die Akten in Peking müssen allerdings so alt wie unvollständig sein. Sie kennen das doch aus eigener Erfahrung, was in diesem Land mit Akten alles angestellt werden kann.«

Der Generalberater sammelt seine Visitenkarten wieder ein und legt sie dann in einer neuen Reihenfolge auf die Tischplatte. Dann rollt er sich in der rechten Jackentasche eine Zigarette, die plötzlich, wie von Wunderhand entzündet, in seinem linken Mundwinkel qualmt, als sei sie dort aufgewachsen.

»Als Sie vorhin den Raum betraten«, sagt er, ohne sich um die Zigarette zu kümmern, »haben Sie mein Gesicht fixiert, als blickten Sie auf einen polizeilichen Steckbrief. Dieser Blick hat mir gefallen. Er war fest und analytisch. Was haben Sie wahrgenommen?«

»Verschiedene Züge«, antwortet Zwirn, »die Entschlossenheit eines Politikers aus meiner früheren Heimat und das strategische Geschick eines chinesischen Kaisers aus dem Mittelalter.« Den anfänglichen Verdacht mit dem Kunsthistoriker aus Shanghai behält er für sich, »entschlossener Politiker« und »Kaiser« klingen ohnehin besser.

»Kublai Khan war kein chinesischer Kaiser«, sagt der Generalberater, »er war Mongole und darin liegt ein Problem, doch darüber reden wir später. In der Tat stammen die Vorfahren meiner Familie aus dem Nordwesten. Sie haben ein scharfes Auge, Herr Leo. Das ist eine außerordentlich nützliche Eigenschaft für mein heutiges Anliegen.«

»Wer sich lange mit Kunst beschäftigt, lernt zwangsläufig das Wahre von dem Falschen zu unterscheiden«, sagt Zwirn und legt eine souverän geflissentliche Bescheidenheit in den Satz. Anna Wang, die aus dem kleinen Vorzimmer der Unterhaltung zuhört, errötet leicht vor Stolz. ›Mein Mann‹, denkt sie, ›kann mittlerweile auch den Unterwürfigen spielen. Aus dem Hühnerhof ist ein wahrer Phönix aufgestiegen.‹

»Lammspieße«, ruft jetzt Panda, »es wird heute Abend Lammspieße geben, ich rieche schon den Kreuzkümmel. Wie damals, als die Frauen aus Frankreich hier zu Besuch waren.« Er löst die Geschenke von Ding Ding aus ihren roten Umhüllungen und legt sie in eine antike Bratschüssel. Ein schmuckloses Objekt aus der chinesischen Frühgeschichte, das seine Mutter vor zwei Jahren zum Restaurieren heimgenommen hatte und das später versehentlich als Untersetzer oder als Aschenbecher benutzt wurde. »Gibt es heute auch endlich wieder Fladenbrot?«

Seine Mutter fasst den Sohn am Ellbogen und schiebt ihn aus dem Zimmer. »Schnapsteufel!« ruft Panda, ohne sich nach dem Fremden umzudrehen. Er hat an dem Wort Freude gefunden.

5

»Worin sehen Sie die Grundvorzüge der chinesischen Zivilisation?«, fragt der Generalberater, als er wieder allein mit Zwirn am Schreibtisch des Arbeitszimmers sitzt. Er hat sich jetzt eine Brille auf die Nase gesetzt, die runden Gläser gefasst in dunkelrotbraunem Schildpatt, er ähnelt damit einem strengen chinesischen Intellektuellen, der sich noch an die Prüfungen in der Kaiserzeit erinnern kann.

»Unbeugsamkeit und List«, antwortet Zwirn, dem auch nach längerem Nachdenken nichts Gescheites eingefallen ist. Das Schildpatt in der Brille hat ihn an die Symbolkraft der Schildkröte für die chinesische Kultur erinnert. Dann besinnt er sich aber plötzlich, dass diese Reptilien – oder waren es nicht eigentlich Amphibien? – auch für Fruchtbarkeit und, davon abgeleitet, für allerlei Unanständiges standen, doch dann war das erste Wort schon dem Mund entschlüpft. Statt »List« hätte er gern »Virtuosität« oder etwas ähnlich grandios Klingendes gesagt, aber das passende Wort wollte sich im Moment einfach nicht abrufen lassen.

»Wir reden von Virtuosität«, korrigiert ihn der Generalberater, »die glückliche Verbindung von Kunst und Technik.«

»Genau das wollte ich sagen«, sagt Zwirn und tupft sich ein paar Perlen Schweiß von der Stirn.

Das Wetter in Xi'an hat sich noch immer nicht beruhigt, daher hat der Koch die kleinen Kohleöfen für das Anrösten des Kreuzkümmel und das spätere Braten der Lammwürfel im Vorzimmer aufgestellt.

»Wir wollen offen miteinander reden«, sagt der Generalberater. »Eine meiner neuen Dienststellen hat in den letzten Monaten die Umstände der Arbeit dieses Museums bei der Förderung der ›Industrie ohne Rauch‹ genauestens untersucht. Die Rede ist von der Terrakotta-Armee. Dabei wurden gewisse Unstimmigkeiten festgestellt. Sie betreffen sowohl die Ursprünge der Objekte wie deren Zahl. Ich gehe hier nicht auf Einzelheiten ein, ich wiederhole nur das Wort ›Unstimmigkeiten‹.«

Zwirn greift nach seinem Taschentuch, doch das ist bereits feucht, so nimmt er diesmal die Serviette, um die Stirn zu trocknen

»Ich habe gerade bei der Parteizentrale angerufen«, sagt Anna Wang, während ihr Sohn hinter ihr, eine Papiertüte schwenkt. »Kommissar Wu kommt ein wenig später, bringt dafür aber noch ein paar Genossen mit. Und sag du bitte deinem Sohn, er möge jetzt endlich seine Sachen aufräumen, mir fehlt dazu heute offenbar die elterliche Autorität. Verzeiht die Unterbrechung.« Nach einer kleinen Verbeugung verschwindet sie wieder in Richtung Küche.

Panda steht einige Momente unschlüssig in der Mitte des Raums. In der linken Hand hält er immer noch die Papiertüte. »Darf ich mit dem Aufräumen im Vorzimmer anfangen?«, fragt er. Zwirn winkt den Jungen mit einer freundlich lässigen Geste auf den Weg zur Tür. »Mach schon!« Dann wendet er das Gesicht wieder dem Generalberater zu.

»Wir reden über Unstimmigkeiten«, sagt der Vater von Ding Ding, »Unstimmigkeiten auf mehreren verschiedenen Positionen: Zahlen und Zeiten sind die wichtigsten. Sie erfordern eine sofortige Lösung. Ideologische Widersprüche müssen daher erst später in Kauf genommen werden. Die Zeiten haben sich geändert. Das gilt natürlich auch für euer Museum.« Er bohrt seinen glühenden Zigarettenstummel in eine erst vor kurzem gelöschte Kippe.

›Diese Spekulatiussprache von politischen Rudelführern, wie ich sie hasse‹, denkt Zwirn, ›jetzt, wo er wieder alle Karten in der Hand hält, soll er doch gleich damit herausrücken, was uns blüht, wenn wir uns nicht auf seine Forderungen einlassen. Als Nächstes wird er mir einen Blutsonntag ankündigen.‹

Laut sagt er aber höflich: »Darf ich Ihnen vielleicht eine Erfrischung anbieten?«

»Jederzeit! Ein Schluck Champagner aus Ihrer Quelle, Sie wissen schon, der kleine Laden hier in der Bahnhofsgegend, käme jetzt gerade recht. Man redet dort nur Gutes über Ihren weitreichenden Geschmack, wie wir von den Genossen dort erfahren haben.«

Zwirn versucht sich nichts anmerken zu lassen und bittet Panda, der gerade mit der jetzt zusammengeknüllten Tüte aus dem Vorzimmer gekommen ist, in der Küche die entsprechende Bitte vorzutragen. Er muss sich dazu zweimal räuspern, weil seine Stimme ihren Halt verloren hat.

Der Generalberater wartet, bis die Gläser gefüllt und die beiden Herren wieder unter sich sind. »Zwei Ihrer Mitarbeiter haben ja bereits Erfahrungen mit unserem sozialistischen Strafsystem gemacht, auch darüber bin ich informiert. Wenn ich die Berichte an meinen eigenen Erfahrungen messe, sind die beiden noch relativ milde davongekommen. Strafsysteme können jedoch nur wirksam sein, wenn die zuständigen Organe ständig daran arbeiten, aus einer negativen Existenz eine positive Existenz zu schaffen. Das verlangt bedingungslose Härte, und nur daran kann der notwendige Erfolg gemessen werden. Eine sozialistische Gesellschaft ist ein Körper, der sich ständig abhärten muss. Das betrifft alle Bereiche des öffentlichen und des privaten Lebens. Auch und gerade den Bereich der Kultur. Gerade den Bereich der Kultur!«

›Komm doch endlich zur Sache‹, denkt Zwirn, ›was hilft mir das Gequatsche über Prinzipien, ihn haben sie doch auch über Jahre fernab der Heimat in einen Schweinestall gesperrt, und genauso lange musste er öffentlich bekennen, wie glücklich er sei, für seine Untaten gerecht bestraft zu werden. Soll er mir doch sagen, was mir jetzt blüht.‹

Sein Gegenüber greift nach einer Ledertasche, die er neben dem Schreibtischsessel abgestellt hat. Er entnimmt ihr einen Aktenordner und löst den roten Knoten, der die Papiere zusammen hält. »Das ist Ihr Fall«, sagt er, »Ihr Leben, soweit es sich seit Ihrer Ankunft hier festhalten ließ. Dankbar waren wir auch für die aufschlussreichen Dokumente, die Sie für sich selbst unter dem rätselhaften Stichwort ›Flaschenpost‹ sicherten. Unsere Experten aus der Abteilung ›Russisch als Fremdsprache‹ haben ungewöhnlich lange an einer Übersetzung arbeiten müssen, doch sie haben dabei eine mich sehr befriedigende Arbeit geleistet.«

6

Zwirn ringt noch um eine Antwort, als vor dem Eingangstor mit heftigem Hupen ein dunkelgrauer Mannschaftswagen hält, dem als erster Kommissar Wu entsteigt. Ihm folgen sechs Männer in dunklen Uniformen, die sich auf Befehl des Kommissars zu einer Reihe formieren und in dieser Aufstellung hinter ihrem Anführer in den Tempel der Ausgedehnten Menschlichkeit einrücken. Erst als Wu den Hinterkopf des Generalberaters wahrnimmt, gibt er überrascht ein Zeichen zum Halt.

»Ich mache Meldung: Wir haben den Genossen Generalberater erst in drei Stunden erwartet.«

»Dann können Sie sich für Ihre Maßnahmen ja noch etwas Zeit lassen«, antwortet der Generalberater gelassen.

»In einer Stunde können wir mit dem Essen anfangen«, ruft Zwirn, »gib Anna und dem Koch Bescheid, dass einige Gäste dazugekommen sind.« Er sucht nach seiner Zigarettenspitze. ›Was kann mit dem Wort *Maßnahme* gemeint sein?‹, denkt er. ›Wieso hat mir niemand etwas erzählt? Steckt vielleicht Lili dahinter, die sich schon auf die Seite von Wu geschlagen hat?‹

»Ich möchte das Gespräch mit dem Genossen Zwirn allein fortsetzen«, sagt der Generalberater und winkt Kommissar Wu beiseite wie einen Kellner, der jetzt nicht mehr benötigt wird. »Wir haben uns eine Reihe von Maßnahmen überlegt. Welche davon wir letztlich ergreifen werden, hängt natürlich auch von Ihrem persönlichen Willen und Ihrer individuellen Eignung ab.«

Zwirn legt die Zigarettenspitze beiseite und faltet die Hände vor dem Kinn, wie er es aus allen einschlägigen Darstellungen von demütigem Zuhören kennt.

»Ich werde es kurz machen«, sagt der Generalberater, zieht ein weißes Blatt aus seinen Akten und macht darauf einen kleinen, waagrechten Strich, das chinesische Zeichen für die Zahl Eins.

»Erster Punkt: Der Mensch ist nicht von Natur aus gut oder schlecht. Alles hängt davon ab, ob sein Wirken in den richtigen Zusammenhang gestellt wird. Sie, Genosse Zwirn, standen über Jahre in einem finsteren Zusammenhang.«

»Ich war gewiss nicht Herr dieser Zusammenhänge«, sagt Zwirn leise, obwohl er ahnt, was jetzt kommt.

»Sie haben sie aber benutzt. Sehr spektakulär benutzt. Ich nenne nur zwei Beispiele. Ich nenne die Ausstellung von frühen Zeichnungen unseres Parteivorsitzenden, und ich nenne Ihren sehr entscheidenden Beitrag zur Inszenierung einer Armee aus der chinesischen Feudalzeit. Das können Sie nicht bestreiten.«

»Soll ich dafür jetzt öffentliche Selbstkritik üben?«

»Dazu ist es zu spät. Die Gegenstände sind in der Welt und können nicht einfach geleugnet werden.«

Zwirn nickt. »Sie können aber interpretiert werden. Womit ich nicht behaupten will, dass sie nicht auch aus der Welt geschafft werden können. Aus meiner früheren Heimat, also aus der Sowjetunion, könnte ich dafür beliebig viele und sehr eindrucksvolle Beispiele bemühen. Der Genosse Stalin hat auf diesem Gebiet Maßstäbe gesetzt.«

Mit einer geschmeidigen Bewegung beugt der Generalberater seinen Oberkörper über den Schreibtisch. »Trauen Sie es sich zu, eine ganze Dynastie zum Verschwinden zu bringen? Wer ein historisches Faktum in die Welt gesetzt hat, vielleicht ein umstrittenes historisches Faktum, der müsste doch auch in der Lage sein, andere historische Fakten aus der Welt zu befördern.«

Zwirn füllt die Gläser nach und merkt dabei, wie seine rechte Hand leicht zittert. »Sie fragen, ob ich mir die Rolle eines Ingenieurs der Geschichte zutraue? Das ehrt mich, doch dazu muss ich Näheres wissen. Worum ginge es bei diesem Auftrag denn ganz konkret?«

Aus der Küche dringen in diesem Moment zwei schrill vorgetragene Schimpfwörter, eines in einer männlichen, das andere in einer sehr hohen weiblichen Tonlage, dann ein dumpfes, schepperndes Geräusch, als sei ein Wok auf dem Steinfußboden gelandet.

Der Generalberater lässt sich ungerührt in seinen Sessel zurückfallen. »Die chinesische Geschichte«, beginnt er in einem verhalten leiernden Ton, »ist die Geschichte der Chinesen, das heißt, sie ist die Geschichte der Han-Chinesen. In jeder Dynastie waren es die Han-Chinesen, die den Glanz des Reiches mehrten. Es gibt für diese Regel nur eine Ausnahme, das sind die nicht einmal hundert Jahre unseres Mittelalters. Was, wie ich weiß, auch das europäische Mittelalter war, also nach eurer Zeitrechnung. Ich rede von der sogenannten Dynastie der Yuan. Vor ihr kam die Song, nach ihr die Ming. Verstehen Sie?«

Zwirn zieht das Ohr zurück, das er besorgt in Richtung Küche gerichtet hat, und wendet sein aufmerksames Gesicht wieder dem Gegenüber zu. »Ich verstehe«, sagt er, »wir reden von der Zeit zwischen der Song- und der Ming-Dynastie. Der kurzen Dynastie, die bekannt ist wegen der Erfindung des Papiergelds und der berühmten blauweißen Vasen. Wenn ich mich recht erinnere, saßen damals die Mongolen auf dem chinesischen Kaiserthron. Kublai Khan, zum Beispiel, von dem wir erst vorhin sprachen.«

Der Generalberater nimmt einen tiefen Zug aus seiner Zigarette, lehnt sich zurück, kreuzt ein wenig mühsam das rechte über das linke Knie und sagt: »Ich möchte, dass diese Dynastie verschwindet. Unsere neue Politik braucht keine Mongolen in der Geschichte des Reiches. Traust du dir das zu?«

Zwirn antwortet nicht sofort. Eine sofortige Reaktion, egal in welche Richtung, wäre auch auf keinen Fall überzeugend gewesen. Also legt er die Stirn in Falten und sagt nach einer längeren Pause: »Darüber muss ich mit meiner Frau reden. Sie ist die Expertin. Egal, ob Song, Yuan oder Ming, ohne Annas genaue Kenntnisse der Materie kann ich das Gelingen eines solchen Projektes nicht beurteilen und schon gar nicht angehen. Ich muss gestehen, ich persönlich habe noch nie eine Dynastie entfernt.«

»Mir ist bekannt, dass ihr beide, wie man sagt, unter einer Decke steckt. Auch über die Genossin Wang sind natürlich aufschlussreiche Dossiers angelegt worden. Doch ihr werdet auch nicht allein sein. Entscheidet euch aber schnell, es sind noch viele andere Varianten möglich, keine davon zu eurem Vorteil – und vergesst dabei nicht: Kommissar Wu wartet auf den Befehl zu seinem Einsatz. Stimmt es eigentlich, dass ihr ihn hier ›den Stählernen‹ nennt?«

»Er hat sich selber den Namen gegeben.«

»Also ein Großmaul?«

»Er hat auch schon gezeigt, dass er es ernst meint.«

Als habe er auf sein Stichwort gewartet, taucht in diesem Moment der Kommissar auf. »Ich melde: Der Beginn des Abendessens muss verschoben werden. Gewisse Widersprüche in der Küche über Marinaden haben zur Beschädigung von Materialien geführt.«

»Und sind die Widersprüche inzwischen gelöst worden?«

»Sie sind es nicht«, ruft Genossin Lili, die sich neben den Kommissar gestellt hat und die Fäuste in die Hüften stemmt. »Nicht einmal mit Marinaden kennt sich dieser Mann aus. Aber in alles will er hineinreden.«

»Könnte man eure Besprechung vielleicht in einen anderen Raum verlegen?«, fragt Anna Wang ihren Mann. »Die zusätzlichen Gäste sind natürlich hochwillkommen, doch wir müssen überall ein wenig umgruppieren und einen neuen Wok in Betrieb nehmen. Ich bitte um Verzeihung für die Umstände. Wo steckt eigentlich Panda?«

»Ich bin hier, ruft Panda und winkt aus dem Vorzimmer mit einer frischen Tüte Kreuzkümmel. »Ich räume weiter auf.«

Zwirn bittet seinen Gast in die Bibliothek. Das Gespräch, das sie dort mit großer Ernsthaftigkeit führen, wird erst eine Stunde später durch eine heftige Kaskade von Explosionen unterbrochen.

7

»... die meisten Berichte sind extrem übertrieben«, schreibt Zwirn zehn Tage später an seinen Vetter Sascha, »andere hingegen so wortkarg, dass weder die Wahrheit, noch deren Gegenteil direkt ausgeschlossen werden können. Was, aus meiner Sicht betrachtet, auch als eine gewisse Meisterschaft in der publizistischen Verbreitung von Nachrichten gewertet werden muss. Im Postskriptum werde ich dir eine dieser Perlen zukommen lassen. Aber du gestattest, lieber Vetter, dass ich daher mit den wichtigeren Themen beginne, also denjenigen, die mein Gespräch zwischen dem Vater von Ding Ding und mir betrafen. Der ›Alte Ding‹, wie ich ihn jetzt nennen darf, im Chinesischen ist ›alt‹ ja eine Koseform, ganz wie im Russischen. Der Alte Ding betrachtete zunächst einige Bücherreihen in den Regalen an der Wand, wobei er sich durch ein paar Bemerkungen als überraschend belesener Kopf zeigte. (Ich hatte mir vorher über seinen Kopf noch kein rechtes Urteil gemacht, weil sein Schädel eher auf etwas Ungeschlachtes hinwies: Klar, eine hohe Stirn zwar, doch das haben auch die Antlitze auf den Osterinseln im Südpazifik, allerdings mit erheblich stumpferer Nase.)

Während der Alte Ding noch auf einer Leiter vor dem hintersten Regal stand, begann er ein Gespräch über das Thema >Aufklärung<. Er entwickelte hierzu ein paar spannende Theorien, die sich alle um das Motiv >Licht< drehten. Im Chinesischen bedeutet der Begriff Aufklärung übrigens dasselbe wie bei uns in Russland, doch das nur am Rande. Auffallend war für mich, dass Ding mehr Aufklärung verlangte, damit aber meinte, der Staat müsse mehr Licht auf seine Bürger werfen können, denn nur so könne er seine Aufgaben erfüllen. Und dazu seien eben auch die Beiträge der Kunst so wichtig, denn Kunst sei ja nichts Anderes als Aufklärung. Als ein wichtiges Beispiel nannte er die Technik des Porträts.

Ich ahnte, dass er früher oder später auf das Stichwort >Fälschung< kommen würde. Er tat es eher früher, aber mit einer überraschenden Pointe. Fälschung, sagte er sinngemäß, sei die natürliche Schwester der Kunst. Sehr legitim, weil auch sie als ein notwendiges Instrument der Herrschaft gedacht werden müsse. Oder des Kampfes gegen eine unrechte Herrschaft. Gerade bei der Erstellung von Porträts wisse ein Fälscher meist mehr über das Wesentliche der Darstellung als der sogenannte Künstler. Deswegen müsse man auch die Fälscher im Lager der >Ingenieure des Objektiven< willkommen heißen.

Ding blickte mich darauf lange und fast besorgt an, als fürchtete er, meinem Hirn ein wenig zu viel an Aufklärung zugemutet zu haben. Ich nahm nur einen tiefen Schluck aus dem Champagnerglas und suchte dabei nach einem Spruch, der ihn beruhigen könnte. Schließlich sagte ich: >In der Physik<, hier legte ich eine kurze Pause ein, >in der Physik hat die Relativitätstheorie die klassische Mechanik ja auch nicht als Fälschung denunziert.< Irgendwie hat ihn dieser stockende Satz aus meinem Mund beruhigt, und wir kamen endlich auf das Praktische zu sprechen.

Nicht alles habe ich sofort verstanden, doch in groben Zügen geht es um das Projekt einer neu geschaffenen Institution in Peking, die im Gespräch nur als >die Zentrale< auftauchte. Diese Zentrale untersucht die Entstehungsbedingungen von, wie es wohl heißt, >Glück der chinesischen Staatsbürger unter Berücksichtigung verschiedener materieller und mentaler Komponenten sowie deren Verbesserung<. Nur im Sozialismus oder im Spätbarock, das musst du zugeben, lieber Sascha, kann man noch auf derart glorreiche Formulierungen treffen.

Um in dieser Sprache fortzufahren: Ganz konkret will ›die Zentrale‹ zwei Ressourcen ausbeuten: die unbeschreiblich hohe Zahl von künstlerischen Objekten, die während der Kulturrevolution heimlich versteckt wurden, das ist die materielle Seite der Angelegenheit. Die mentale Seite, sozusagen die zweite Kraft der Turbine, wie ich es als ›Ingenieur des Objektiven‹ sagen darf, liegt in der Neugier des Auslandes auf das hier noch Vergrabene. Auf das Geheimnisvolle. Auf den stolzen Satz meiner hiesigen Zeitgenossen: ›China werden sie nie verstehen.‹

Vor Jahren begeisterten sich die internationale Linke und die modische Avantgarde, zumindest teilweise, für die Sonderheiten der chinesischen Kultur. Man trug Plastiksandalen, schwenkte ein kleines rotes Buch, verehrte schlicht gestaltete Ikonen als höchste und teuerste Offenbarung der Kunst.

Der linke Zauber ist jetzt wohl vorbei. Als er dies sagte, richtete der Alte Ding die Augen dankbar zu den Putten, die Anna an die Zimmerdecke gemalt hat, so als hörten ihm von dort oben himmlische Heerscharen zu. Das neue Interesse, fuhr er fort, sei daher auch von sehr viel reizvolleren, wirtschaftlichen Motiven getrieben.

Ich will hier nicht ins Detail gehen, aber du verstehst schon die Generallinie: Das ganze Land soll sich ›mit Stirn und Faust‹, wie wir früher bei den Jungen Pionieren sangen, auf den Handel mit der eigenen Landschaft und den eigenen Kunstschätzen einstellen. Dazu muss vorher naturgemäß das eine oder das andere neu eingerichtet, gefälliger arrangiert werden. Sowohl in der Natur, wo es gilt, einige Hässlichkeiten zu bereinigen, was die Aufgabe von Architekten oder Sprengmeistern sein wird, wie in der Erscheinungsform der Geschichte des Landes. Letzteres, meinte Ding, den zu diesem Zeitpunkt Champagner und ausbleibendes Abendessen bereits an die Grenze der Vertraulichkeit geleitet hatten, letzteres würde dann in mein künftiges Aufgabengebiet fallen.

Ich bedankte mich artig, und dafür machte er mir noch zwei weitere, sehr vertrauliche Andeutungen: Die erste betraf seinen Sohn, also Ding Ding, der offenbar den Auftrag erhalten hat, für die Volksbefreiungsarmee ein riesiges Auktionshaus aufzubauen. Er soll dazu bald mit der Genossin Lili nach Paris und London aufbrechen, in Paris sind wohl schon erste Kontakte aufgebaut worden. Ich weiß, lieber Sascha, wie sehr du sprachliche Trüffel schätzt, daher füge ich noch hinzu, dass man in der hiesigen Umgangssprache einen speziellen Ausdruck für den Begriff ›Auktion‹ verwendet. Er lautet: ›Dem Preis den Arsch streicheln‹!

Dings zweite, vertraulich geräusperte, doch durchaus verständliche Mitteilung hieß: ›Kommissar Wu soll Sie noch am heutigen Abend verhaften. Er will endlich Ihren Posten übernehmen.‹ Und kaum hatte er das gesagt, begannen hier im Haus die Explosionen.

Das kleine Drama ist jetzt längst vorbei, daher kann ich das Geschehen ganz ruhig und in der gebotenen Kürze zusammenfassen. Materieller Auslöser des Unheils waren die Geschenke gewesen, die mein Sohn Panda am Nachmittag von Ding Ding erhalten hatte, also die kleineren und größeren Raketen für das abendliche Feuerwerk.

Panda muss schon bei seiner Geburt tief von diesen Spektakeln beeindruckt gewesen sein, jetzt ist er fast 16 und die alte Begeisterung bleibt ungebrochen. Als er also vor dem Empfang der Gäste zum Aufräumen seiner Geschenke aufgefordert worden war, hat er diese in einen alten Wok gepackt und zur Tarnung mit Kreuzkümmel überhäuft. Als Kind der Kulturrevolution wollte er natürlich nicht, dass die ›morschen Alten‹ ohne ihn mit dem Feuerzauber anfingen. Wie man in Sibirien sagt: Der junge Tiger ändert auch später nicht die Flecken auf seinem Fell. Als dann in der Küche ein größeres Durcheinander wegen der neuen Gäste und einer schadhaften Pfanne entstand, geriet der Wok von Panda in die Hände des Kommissars Wu, der, nur auf den Kümmel achtend, das Gerät auf einer der drei kleinen Feuerstellen abstellte.

Wie nach den Gesetzen der Chemie nicht anders zu erwarten, dauerte es nicht sehr lange, bis die Hitze im Wok eine Reaktion des Schwarzpulvers auslöste. Kommissar Wu beugte sich gerade über meinen Schreibtisch, um nach einem Geheimfach zu suchen, als die Sache losging. Das war für ihn Glück im Unglück, weil so nur die fleischige, hintere Hälfte des Kommissars von drei oder vier Einschlägen getroffen wurde. Es war zudem ein sinnloses Opfer, weil ich die Unterlagen, nach denen er suchte, bereits am Nachmittag an dich abgeschickt hatte. Wu ist für mindestens ein halbes Jahr krankgeschrieben.

Schlimmer ging es nur meinen Brieftauben, die zwei Querschläger trafen und die dadurch von dieser in eine hoffentlich bessere Welt befördert wurden, ohne je ihren Käfig verlassen zu haben.

Mein Tempel hat ein wenig Schaden gelitten, doch als richtigen Verlust kann man, neben den Tauben, nur das Abendessen bezeichnen. Zwei Tage lang hat die Polizei alles abgeriegelt, vielleicht hat sich auch deswegen Annas alter Studienfreund nicht bei ihr gemeldet.

Ich hatte dir noch das Postskriptum versprochen. Im Bericht der Agentur Neues China hieß damals die Meldung aus Xi'an: ›Die gestrige Explosion im Tempel der Ausgedehnten Menschlichkeit hatte keine Ursache.‹

Es umarmt dich dein alter Freund Leo.«

8

»›Keine Ursache‹ klingt in meinen Ohren nicht schlimm«, sagt die älteste der drei Frauen vor ihrem Kinderwagen, »im Gegenteil: ›keine Ursache‹, dieser Ausdruck beruhigt. Es hat so etwas von Schicksal, wie das bei meinen Großeltern noch hieß.«

Sie bewegt in ruhigem Rhythmus den Griff des Kinderwagens, in dem seit drei Monaten ein neues Mitglied ihrer Familie seinen Platz gefunden hat. Dazu summt sie eine Melodie, die männlichen Säuglingen seit Generationen Glück bringt und zu großen Taten anspornt. Es ist ein dickes Kind, die Haare müssen noch wachsen, sein Blick ist noch nicht zu entschlüsseln. Am liebsten stößt der Bub mit seiner kleinen Hand nach einem seidenen Seil mit Glöckchen und wartet, was darauf passiert.

»Natürlich wissen die in der Hauptstadt viel mehr«, sagt die Nachbarin zur Linken der Ältesten. »Ich finde es nur schade, dass unser Museum jetzt schon seit zwei Monaten geschlossen ist. Nicht, dass ich es betreten wollte, ich kenne es ja aus Erzählungen, doch ein Park wirkt irgendwie anders, irgendwie auch belebender, wenn in seiner Mitte ein Herz schlägt.

Kultur ist schließlich ein Schatz, von dem man nur wissen muss, dass er vorhanden ist. Und zwar ganz in der Nähe.« Sie hält den Freundinnen die geöffnete Zigarettenschachtel entgegen, es ist immer noch die Marke »Langes Leben«. »Dabei dachte ich gerade: Wo steckt eigentlich unser russischer Karpfen?«

Die Frauen kichern, als der alte Spitzname von Leo Zwirn fällt.

»Der Karpfen ist zum Goldfisch geworden«, berichtet die Frau zu ihrer Rechten. »So habe ich es jedenfalls in der Küche gehört. Der zweite Vetter von meinem Dienstherrn hat ihn angeblich in der Hauptstadt gesehen. Er stieg am Platz des Himmlischen Friedens aus einer dicken, schwarzen Limousine. Der Vetter hat den Russen zuerst gar nicht erkannt.«

»Hat er sich so verändert?«

»Ihr erinnert euch doch alle noch an die lange dunkle Jacke aus Samt mit den breiten Aufschlägen...«

»Was wir damals alle so ›wild‹ fanden...«

»Und die geknöpften Stiefel...«

»Ich erinnere mich an keine geknöpften Stiefel, da weißt du mehr, aber das hast du uns verschwiegen...«

»Und auch an die dunkle Mütze aus Samt, die, das habt ihr, das habe nämlich nicht ich gesagt, wie ein verkohlter uighurischer Brotfladen auf seinem Kopf saß!«

Wieder kichern die Frauen und blasen kleine, energische Rauchwölkchen über die rosafarbenen Steppdecken ihrer Schutzbefohlenen.

»Jetzt trägt unser Russe den schneidigen, hellgrauen Anzug eines hohen chinesischen Parteikaders, hat der Vetter erzählt. Und aus den zwei Taschen neben dem Revers des Anzugs sah der Vetter, das hat er noch zweimal wiederholt, die goldenen Köpfe von zwei dicken Füllfederhaltern herausragen.«

Für einen langen Moment tritt Stille ein. Auch die Säuglinge in ihren Bambuswägelchen sind verstummt. Allein der Schützling der Ältesten pocht gegen das seidene Seil mit den Glöckchen.

»In dem Dorf im Süden vom Westsee, ihr wisst schon, da, woher meine Familie stammt«, sagt die Frau an ihrer Seite, »da hat es immer geheißen: ›Nur der wilde Stier macht später einen guten Ochsen‹.«

Die Frauen nicken und ziehen an ihren Zigaretten.

»Wann war das?«

»Schon immer...«

»Und der Karpfen? Das habe ich doch schon gesagt, im Alter wurde er zum Goldfisch. Einer von uns.«